Gabriele Wohmann

Schwarz und ohne alles

Gabriele Wohmann

Schwarz und ohne alles

Erzählungen

aufbau
AUFBAU VERLAGSGRUPPE

ISBN 978-3-351-03238-8

Aufbau ist eine Marke der Aufbau Verlagsgruppe GmbH

1. Auflage 2008

Einbandgestaltung Andreas Heilmann und Gundula Hißmann, Hamburg
Druck und Binden CPI – Clausen & Bosse, Leck
Printed in Germany

www.aufbau-verlagsgruppe.de

Im Karijini-Park

Bei Amanda abends trank ich sogar heiße Milch. Wenn es später wird, hört es für sie mit Whisky auf, ich vermute, dass sie bei dieser Angewohnheit geblieben ist. Damals folgte ich ihr in die Küche und sah ihr zu, in jede ihrer Bewegungen und in jeden ihrer Handgriffe verliebt, und wenn sich auf der schneeweißen Oberfläche in dem kleinen Tiegel winzige Löcher bildeten und ein bisschen blubberten, stellte sie die Herdplatte von Drei auf Einhalb, dann ganz aus, aber das hätte sie früher tun sollen. Sie sagte, sie hätte sich noch nicht an Elektroherde gewöhnt, Gasherde hätte man besser unter Kontrolle, und mit Gasherden wäre sie groß geworden. Es bildete sich immer Haut auf der Milch, und die löffelte sie ab, schmiss sie ins Spülbecken, bevor sie ihr Lieblingsgetränk in unsere Becher goss. Ich war doch schon mehr als verliebt, ich war mir ziemlich sicher, wenn ich mir sagte: Das ist sie nun also, die Liebe. Aber das war vor dem Karijini-Park.

Es hatte mich vor einem Jahr, und hier bin ich noch gar nicht richtig eingelebt, an die australische Westküste verschlagen, genauer ans Perth-Institut für mein Sabbatical, und schon an meinem zweiten Tag dort lief Amanda mir über den Weg, und obwohl ihre Figur in ihrem weißen Kittel nicht voll zur Geltung kam, konnte man merken, dass es eine tolle Figur war, zumindest für Leute, die etwas für ziemlich dünne Frauen übrighaben, Leute mit Kennerblick für einen sehr speziellen, nicht sofort augenfälligen Sex Appeal. Und dann ergab es sich auch noch, dass Amanda meine Nachbarin in dem hellblau angestrichenen Holzschindelhaus gegenüber in der South View Lane war. Es ist keine von den besseren Straßen im westlichen Außenbezirk von

Perth, der hübschen, etwas verschlafenen Großstadt am Indischen Ozean, den man leider von der South View Lane weder sehen noch hören kann, aber mir kam es so vor, als würde es nach Meer riechen und die Luft wäre salzig. Ich war vom Ankunftstag an gern in Perth. Unser Bezirk hätte genauso gut eine amerikanische Kleinstadt sein können, mich hat er an Basingstoke am Avon im Delaware-Delta erinnert und die South View Lane an eine der schäbigeren Straßen mit den schmalen einstöckigen Häusern und ihren Vorderveranden nur ein paar Meter weg vom Gehweg und winzigen Gärten, in denen sich die Pflanzen zusammendrängen, hier vor allem der blasse grünliche Spinifex; in Basingstoke wohnten in so einer Gegend die Farbigen.

Ich war also abends wieder einmal zu Amanda rübergegangen. Dass wir uns bei ihr und nicht bei mir trafen, war schon bald zur Gewohnheit geworden, und einen bestimmten Grund dafür hatte es nicht gegeben. Wir hatten uns geliebt und dann geraucht und vom Bett aus ein bisschen ferngesehen, später sind wir aufgestanden und haben Toasts gegessen, am liebsten mit Lachspastete, und dazu einen fremdartigen Salat, längliche hellgrüne Blätter, und Amanda macht ihn mit Cottage Cheese an. Wir haben Bitter getrunken, oft trinken wir auch Weißwein, australischen, aus der Shiraz-Traube. Das Abendessen war noch eine kulturelle Angelegenheit, wegen der vernünftigen Getränke, aber dann kam, so wie auch diesmal, Amandas heiße Milch dran. Sie sagte manchmal noch: Ich weiß, Whisky wäre dir lieber, und nur weil ich so liebesbeduselt war, behauptete ich: Die Milch ist schon okay, und dass ich entweder den Whisky nachher drüben bei mir nachholen würde oder auch nicht, und es wäre mir egal, was natürlich nicht stimmte.

Auch an diesem Abend, an dem die Würfel fielen, hatten wir es uns in den wuchtigen weichen Sesseln bequem gemacht, mit denen das gemietete Wohnzimmer möbliert ist, übrigens fast genauso möbliert wie bei mir, und Amanda sagte mit einer Imperativ-Stimme: Paul, ich weiß jetzt, was wir über die Feiertage machen. Irgendwas an der Art, wie sie das vorbrachte, klang problematisch. Als wäre es etwas, das nicht verlockend war, nicht für mich.

Na wunderbar, sagte ich, bin gespannt, was das sein soll.

Es war Dezember, also bis März der australische Hochsommer mit penetranter Sonne und schon morgens viel zu heiß, und Weihnachten stand bevor, die Feiertage, die Amada meinte.

Schieß los. Ich höre. Was werden wir Schönes machen, sagte ich.

Wir werden überleben, sagte Amanda.

Das hoffe ich. Ich habe nicht daran gezweifelt, sagte ich.

Das, was wir machen, überleben. In Stiefeln und bei 45 Grad. Amanda hörte sich triumphierend an, jeden Widerstand verbannend.

Und wie, bitte, ist das gemeint? Ich suggelte an meiner heißen Milch und war alles zusammen: belustigt mit unentschlossenem Spott, neugierig, etwas schockiert und auch selbstverständlich verliebt. Ich sagte: Klingt extrem lusterweckend.

Und Amanda warnte: Bleib so gut gelaunt. Und meinetwegen ironisch.

Schließlich bin ich ein erwachsener Mensch mit selbständigem Willen, und wenn mich hundertmal die Liebe im Griff hat, blind macht sie mich nicht. Und widersetzen könnte ich mich, wenn ihre Idee zu verrückt wäre, was sie zu sein schien. Dachte ich.

Amanda redete im angeschlagenen Ton weiter: Er hat mich schon immer gelockt, und ich höre von allen Seiten, wie grandios und ein *Must* für jeden Westaustralienbesucher er ist, der Karijini-Nationalpark. Er ist voller Wunder. Keine Menschen, nur Natur. Du bist Biologe, ich bins, Biologin, demnach gehört der Karijini zum Pflichtprogramm, und wir dürfen ihn uns nicht entgehen lassen. Nicht aus Bequemlichkeit.

Ich halte eine Menge von Bequemlichkeit. Für Bequemlichkeit würde ich Amandas Wunder der Natur sausen lassen, und der verdammte Karijini konnte mir gestohlen bleiben, wenn Überleben in Stiefeln und bei 45 Grad die Voraussetzungen waren, unter denen man ihn kennenlernte. Der australische Hochsommer ist keine Reisezeit für zivilisierte Menschen.

Und wir werden in einem Auto ohne Klimaanlage fahren, sonst gilt es nicht, drohte Amanda, sie war zufrieden und vergnügt, und ihre Stimme war sanfter geworden, fast zärtlich. Wir werden die Reise und das Land ohne Weichzeichner erleben. Im Handschuhfach werden wir eine Broschüre griffbereit haben, das Handbuch *Surviving in the Outback*.

Ich kannte dich nicht von dieser Seite, sagte ich. Und dass ich um keines Naturwunders willen auf Mutproben scharf wäre und Überleben auch ohne außergewöhnliche Taten für schwierig genug hielte.

Wenn du mich enttäuschst und kneifst, nehme ich Jackson mit oder Bill Higgins. Vielleicht auch Teddy Gordon, der sieht bloß so weich aus, aber er kennt sich mit dem Outback aus, und mein Risiko wäre geringer.

Ich dachte, sie wollte mich übers Anfachen meiner Eifersucht verwirren und damit umstimmen, aber da sagte sie, in ihrem Sessel vorgebeugt, den rechten Arm ausgestreckt, um mit der Hand mein Knie zu streicheln, und diesmal klang sie samtig und tief und wie bei unseren Pausen im Bett:

Aber ich will es mit dir machen. Es würde uns noch viel enger zusammenschmieden, ich glaube, etwas fehlt noch, eine existenzielle Erfahrung oder so was, und danach gibt es nichts Trennendes mehr. Beziehungsweise schon währenddessen. Unterwegs und nur auf uns gestellt.

Und dann ist sie aufgestanden und hat sich neben mich in den Mammut-Sessel gedrängt und zuerst nur an meinen Hemdknöpfen herumgespielt und sie geöffnet, und so weiter und so weiter, und ich bin auch nicht untätig geblieben, und meine Entscheidung, wenn man das noch Entscheidung nennen kann, war getroffen: Karijini. Australien auf die harte Tour.

Als wir uns dem Karijini näherten, schon verschwitzt in dem alten Ford, war ich bereits am Ende, Amanda immerhin auch strapaziert, nur hatte sie mir den Vorteil ihrer hochgespannten Erwartung voraus. Wir kamen aus dem Outback, endlose staubige Straßen hatten wir hinter uns, von Fliegenschwärmen verfolgt und alles unter der ungnädig brennenden australischen Sonne. Die Überleben-im-Outback-Broschüre hatte Amanda studiert, bevor sie sie im Handschuhfach deponierte. Ihren Ratschlägen folgend, waren wir mit sechzig Liter Wasser in Kanistern versorgt, die wir auf dem Autodach und im Gepäckraum und auf den Rücksitzen verstaut hatten. Amanda dozierte im Übereifer ihrer Vorfreude: Keine Panne kann uns erschrecken. Der Mensch braucht bei über vierzig Grad mindestens drei bis vier Liter pro Tag.

Wir hatten unsere sechzig Liter noch nicht angebrochen, als wir den Pilbara erreichten. Der Pilbara ist die tropische Halbwüstengegend Westaustraliens, erfuhr ich, und vom Wendekreis des Steinbocks und der südlichen Grenze des Pilbara und dass die fast identisch wären, und es interessierte mich nicht die Spur, nicht in meinem Zustand, und es hätte mich auch in keinem anderen Zustand interessiert. Es waren ausschließlich Amanda und die Liebe, durch die meine Stimmung nicht gänzlich zusammensackte. Wir peilten den Karijini von hinten an, vom Great Northern Highway aus. Trotz seines imposanten Namens ist der so spärlich befahren wie irgendeine Nebenstraße auf dem Land, und ich verstand jeden, der hier nicht herumkutschierte.

Wir kamen von Newton, einer Bergwerksstadt, die in dieser unbewohnbaren Gegend wohl nur wegen des Eisenerzvorkommens existiert. Hinter Newton steigen die Hamersley Ranges auf, las Amanda aus einem anderen Handbuch vor, das sind flache Berghänge, bewachsen mit Spinifex und grünen Graspolstern, die vom Highway aus ganz weich aussehen. Aber das Zeug sticht, sagte Amanda, da kann man nur in richtig hohen Stiefeln durch, unsere sind zu kurz, und dicke Jeans werden auch empfohlen.

Amanda hatte weiße Boxershorts und ein komisches matrosenartiges T-Shirt an, mit blauem Anker auf weißem Stoff, und weil es ihr nicht stand, rührte es mich, und auch die Shorts rührten mich, weil sie verkrumpelt und für ihre dünnen Beine zu weit waren. Sie hatte ihre nicht langen dunklen Haare am Hinterkopf mit einer Hornklemme hochgesteckt, und das sah zu ihrem schmalen Gesicht sehr gut aus. In unseren für den Spinifex zu kurzen Stiefeln heizten wir uns von unten noch zusätzlich auf, und ich sagte: In diesen Dingern bei fünfundvierzig Grad zu überleben ist auch alles andere als einfach. Und Amanda tätschelte mir mit der linken Hand mein rechtes Bein, in der rechten hielt sie das Lenkrad. Sie steuerte uns jetzt durch eine Gebirgslandschaft aus rotem Fels, in der sich immer neue Täler öffneten, endlos weit, endlos leer.

Um mich aufzumuntern, kündigte Amanda eine Rast an, aber es dauerte noch zwanzig Minuten, bis sie in die Zufahrt zum *Auskie Roadhouse* einbog, der letzten Station vor dem Karijini, Außenposten der Zivilisation und Anblick der Verlorenheit mit Tankstelle, Schnellimbiss, kalten Getränken, einer Kellnerin aus Neuseeland. Vor uns rollte ein Monster-Truck mit Anhänger auf das Gelände und umhüllte uns mit einer roten Staubwolke, und wir mussten husten, als wir ausstiegen und unsere Sachen abklopften, und ich spottete grimmig: Gut, dass du dich so weiß angezogen hast. Doch Amandas Gemütsverfassung nahm keinen Schaden, sie war ganz Erwartung der *Wunder der Natur*. Und in diesem Moment *brauchte* ich die Erwartung eines Getränks und Imbisses, um verliebt zu bleiben. Außerdem half mir, dass sie zu verschwitzt war, um Shorts und Shirt wieder weiß zu kriegen, Mitleid hilft oft.

Ein paar Männer hockten schon an der Bar, als wir mit den beiden aus dem Truck eintraten; keine Ahnung, von woher die kamen, denn andere Autos hatten wir auf dem Parkplatz nicht gesehen, es waren uns auch seit langem unterwegs keine mehr begegnet. Wir setzten uns an einen kleinen rötlichen Plastiktisch, und die verwitterte, noch knapp junge und auf ihre Weise hübsche Kellnerin lächelte und sagte: Na, ihr zwei armen Schätzchen, habt ihr euch hierher verirrt, oder was? Aus dem Radio tönte Country & Western, und es hätte wieder in Amerika sein können. Amanda in ihrer unbegreiflichen Hochform stimmte in das wehmütige Lied des Sängers ein, und die Kellnerin sagte: Für mich bleibt er doch immer der Beste, erst recht jetzt, wo er tot ist. Ich habe damals um ihn geweint, ehrlich. Und was für eine Henkersmahlzeit darf ich euch bringen?

Ich sagte zu Amanda: Da hörst du es, Henkersmahlzeit.

Wir bestellten Rühreier und Amanda Wasser, ich wollte Kaffee, und sie sagte: Kaffee zieht Wasser aus dem Körper, aber ich orderte trotzdem Kaffee, und der war wässrig genug, also wieder amerikanisch. Wir kauften einen großen Beutel mit Eiswürfeln für unseren Eskie, eine spezielle Kühlbox, ohne die man verloren ist: Innerhalb weniger Stunden verdirbt zum Beispiel Obst bei über vierzig Grad. Die Kellnerin sagte, zuerst habe sie gedacht, hier halte ich es nicht aus, und unter Heimweh nach Hazefield in Neuseeland gelitten, aber mittlerweile habe sie sich eingelebt, und sie würde ihren Job sogar lieben. So viel ich gehört habe, sind alle Straßen im Nationalpark zur Zeit frei, sagte sie. Aber macht die Fenster zu, wenn ihr durch den Yampire Gorge reinfahren wollt. Der Asbeststaub von der alten

Mine ist immer noch gefährlich. Sie ging weg und kam mit Mais-Muffins zurück und sagte: Stärkt euch, wer weiß, was kommt. Im Nationalpark müsstet ihr erst ein Känguru erschlagen. Die Muffins sind gut, sie sind vom Haus, gratis schmeckts noch besser.

Und jetzt wollte auch Amanda diesen contraindizierten Kaffee. Sie sagte: Auf Asbest sind wir wirklich nicht scharf, aber wir haben keine Wahl. Die Kellnerin wünschte uns viel Glück, und von da an kümmerte sie sich wieder um ihre anderen Gäste.

Vom *Auskie Roadhouse* führt der Weg nur mitten durch das Gelände der alten Asbestmine in den verdammten Karijini, und wir banden unsere Mund- und Nasentücher um und fuhren mit geschlossenen Fenstern und abgedrehter Lüftung da durch, und mir brannte der Schweiß oder was sonst das war in den Augen.

Warum all die Quälerei? Ich wusste die Antwort: Wegen Karijini, warts nur ab, er entschädigt dich für alles. Noch vor wenigen Jahren hieß er übrigens Hamersley Range National Park, bis man ihn an seine ursprünglichen Bewohner zurückgegeben hat. An die Clans der Panyjama, Innawoga und Kurrama, und die hatten das Gebiet Karijini genannt, was so viel heißt wie: sehr alt, kommt von weit her. Amanda musste die Broschüre, die zugleich auch Wegweiser war, auswendig gelernt haben. Ich erfuhr, dass seit ungefähr 20 000 Jahren in diesem wilden Land die Aborigines lebten. Dass das Land wie eine Idealform des Outback gestaltet ist, worunter ich mir nichts vorstellen konnte.

Und ab 1860 verdrängten nach und nach die Engländer die Ureinwohner, berichtete Amanda. Die rötlichen Felsstaubspuren auf ihren weißen Sachen und auch auf dem blauen Anker rührten mich schon nicht mehr genug. Hinausgedrängt, sagte Amanda, und zwar von Goldsuchern und Farmern, und die machten die Ureinwohner zu Randexistenzen, aber die Aborigines sind selbstbewusste Leute, und mit der Zeit sind sie wieder in das Land ihrer Ahnen und Legenden zurückgekehrt.

Ich habe mir nie was aus dem Ureinwohner-Kult gemacht, sagte ich, er ist mir zu ideologisch, genauso wie der mit den Indianern.

Du bist nur schlecht gelaunt. Amanda trällerte ein bisschen Johnny Cash, der angeschmutzte blaue Anker klebte schief auf ihrem kleinen Busen, und ich war wieder verliebt, obwohl das kaum etwas an meiner allgemeinen Unlust änderte. Ich solle bedenken, sagte die unverzagte Amanda, dass vor über 2,5 Millionen Jahren die Berge des Karijini sich aus dem Meer erhoben. Das Alter hat sie so abgeschliffen, dass ihre Strukturen offen liegen, geschwungene Erzbänder, gefaltet, gequetscht. Und in den Hochebenen klaffen tief Risse von jahrtausendealten Gewässern, das sind die Gorges.

Könnte Arizona sein, könnten irgendwelche roten Canyons sein.

Das wäre ja auch nicht das schlechteste. Bis zu hundertfünfzig Meter tief sind sie, und es gibt zwanzig verschiedene. Übrigens, wir sind längst im Karijini. Ich meine, das müsste er sein.

Aber er war es noch nicht, wir fuhren zwar durch ein weites Tal, aber der Karijini war es erst von einem großen Schild links von der roten staubigen Straße an, das die Besucher an die Eintrittsgebühren erinnerte: fünf Dollar pro Tag, das Doppelte für Typen wie Amanda, die zelten wollten. Zwei Trinkwasserstellen wurden angegeben zusätzlich zum Tipp, genügend Vorräte mitzubringen. Den Müll sollte man selbst wieder mit zurücknehmen.

Lass uns nur die fünf Dollar zahlen, sagte ich. Erspare uns das Zelten.

Ich möchte aber, dass wir uns im Karijini lieben. Amanda machte ein Schmatzgeräusch und strahlte mich an: Noch ein Wunder der Natur inmitten all ihrer Wunder. Unter den

Ghost Gums, zwischen den weißen Stämmen der Geistereukalyptusbäume, auf der roten Erde, der Karijini hat circa 630 000 Hektar, mein armer Liebling, wir lieben uns auf dem blassgrünen Spinifex, im blaugrünen Blätterwirrwar der Mulgas, die sind hart, aber wir haben die Matratze, und ringsum knallgrüne und dunkelblaue und dunkelrote Blüten, und wenn die Sonne schon tief steht und die Berge zu Saphiren werden.

Und wirklich bestand Amanda auf den Farben der Wildnis, und wir übernachteten unter dem Sternenhimmel, und sie bestand auch darauf, dass die Sterne hier viel größer und viel näher wären als irgendwo sonst. Aber ich hatte sie gewarnt: Wenn du noch irgendwelchen Wert legst auf solche Beiläufigkeiten gemessen am Karijini, dass es mit uns beiden nach all deinen Naturwundern so weitergeht wie vorher in unserer zivilisierten South View Lane, dann schlagen wir das verdammte Zelt auf und morgen wieder ab und machen uns davon. Aus dem Staub, im Wortsinn: Staub. Wir haben genug gesehen. Und du hast mir erzählt, worauf man nach Einbruch der Dämmerung achten soll.

Das waren Kängurus, die plötzlich aus dem Busch springen könnten, und Nachtvögel mit dem Bedürfnis nach Staubbädern. Schon tagsüber war man vor diversen Viechern nicht sicher. Eidechsen und werweißwas für Schlangen sonnten sich auf unserer staubigen Fahrbahn, Spinifex-Täubchen saßen herum und flogen nicht auf, wenn unser alter Ford vor ihnen stoppen musste.

Schätzchen, säuselte Amanda, das sind die Abenteuer, die der Karijini für zehn Dollar liefert, die gezähmten und die ungezähmten. Und wir werden zum Crocodile-Dundee-Look fahren, und dort werden uns die Ranger beraten, das Surviving-Buch beschreibt sie als freundlich, und wenn du das möchtest, können wir einen mieten und uns führen lassen. Nach ihrem Plan allerdings würden wir mit einem Aborigine ein Walkabout machen, es wäre viel professioneller, und Walkabout bedeute irgendwohin losgehen, herumwandern. Bruce Chatwin hätte das gemacht und er, ein Reiseschriftsteller, sie denke, als so einer wäre man viel herumgekommen, und nichts könnte einen noch wirklich überraschen, doch Bruce Chatwin hätte von Traumpfaden gesprochen, auf denen sei er gegangen, nein: *gewandelt*. Und zu meiner Beruhigung: Diese Ureinwohner-Begleitung wäre gut organisiert, nichts Verwegenes, in der Karijini Aboriginal Corporation mit Sitz in Tom Price.

Tom Price ist die einzige Stadt nah am Park, aber nur sogenannte Stadt. Und selbstverständlich bezahlten wir einen von diesen Ureinwohnern, die grimmig-hässlich nur aussehen, für sein Geleit auf diesen *Traumpfaden*, bei schlechter Laune mehr Stresspfade. An die Hitze gewöhnt man sich sowieso nicht. Wir stiegen in die Gorges hinunter, auf brüchigem Gestein, und daran war das Beste das Dämmerlicht, in das wir tief unten tauchten. Bei guter Laune hätte ich zugegeben, dass auch ich auf dieser Strecke beeindruckt war. Aber nicht nur für Liebhaber der Bequemlichkeit war es eine harte Tour. Immerhin erreichte uns in der Schlucht entlang einem ausgetrockneten Flussbett die feindselige Sonne nicht. Durch enge Felsdurchgänge zwängten wir uns, umgeben von einer seltsam besorgniserregenden Stille, und meine leisen Flüche kamen nirgendwo an, unser Ureinwohner verstand sie nicht, Amanda beachtete sie nicht.

Als Anblick gefiel mir Amanda jetzt besser als beim Reiseantritt in ihren unpassenden kindischen Sachen, die sie anhatte. Rotverstaubt und verdrückt vom Schwitzen und der blaue Anker fleckig, sahen sie oder sie in ihnen jetzt besser aus, und ihre angeschrammten schmutzigen Beine, die zu dünn aus den zu weiten Shorts stakten, nach Kinderspielplatz. Aber ihre nicht niederzuzwingenden Hochgefühle isolierten mich in meiner missmutigen Kontraststimmung. Auch weil sie von ihr überhaupt nicht beachtet wurde, fühlte ich mich ausgesperrt. Ich bin sicher, ihre

Euphorie, die ich außerdem ziemlich lächerlich fand, gab den Ausschlag, mehr als die Strapaze drängte sie meine Liebesverliebtheit weg, oder es war wie Absaugen, und es tat mir leid um all das Gute zwischen uns. Unserem von sich aus bestimmt lieber stummen Aborigine gegenüber hörte sie nicht auf mit Flirt-Versuchen, und der finstere untersetzte Adressat schien damit einverstanden zu sein, wenn auch ohne Gegenleistung. Nur ein Etwas von einem Lächeln, eine leichte Erhellung, brachte er aus seinem knorrigen Gesicht heraus.

Wir waren plötzlich zu einem Wasserbecken vorgedrungen, es sah tief und gefährlich aus und schimmerte grün, und Amanda kündigte an, mitsamt ihren beschmutzten Sachen hineinspringen zu wollen, und der Aborigine sagte kein Wort dazu, und ich sagte auch kein Wort dazu, weil ich nicht gut genug auf sie zu sprechen war, nur deshalb, aber aus einer Gruppe von Männern nicht weit von uns am Ufer trat einer, der unserem Ureinwohner ähnlich sah, und der war es, der Amanda zurückhielt. Er sagte, zuerst müsse jeder, der hier in dieses Gewässer eintauchen wolle, sein Gesicht benetzen und den Geist der Schlucht um Genehmigung bitten. Er sagte: Ich bin Sprengmeister auf der Hamersley Eisenerzmine in Tom Price, und wir müssten dem Geist versprechen, dass wir diesen Platz behüten und beschützen würden, und er meinte es ernst, und Amanda, für mich längst nicht mehr überraschend, ging mit gläubiger Begeisterung auf sein Gebot ein, hüpfte dann, sie hatte etwas gemurmelt und ihr Gesicht nass gemacht, ins Wasser, ohne ihre Sachen auszuziehen, und sagte: Vielleicht werden sie sauber, und aus dem Wasser rief sie: Es ist herrlich, es kühlt ab, komm rein! Und selbstverständlich folgte ich ihr nicht.

In ihrer nassen Kleidung, auf der die Schmutzflecken nach dem Bad ineinander verschmiert waren, hatte sie zwar wieder dieses Rührende, doch zum für das Lieben so nützlichen Mitleid reichte es nicht. Außerdem war sie, weiterhin auf abenteuerbegierigem Höhenflug, besonders glücklich, als der Sprengmeister uns zu alten Felszeichnungen führte, verborgen in einem Seitental der Eisenbahnlinie, und ich bekam den tasmanischen Beuteltiger zu sehen und erfuhr, dass der schon seit über tausend Jahren ausgestorben ist. Wieder sollten wir auch an diesem Ort dem hier ansässigen Geist unsere Ehrerbietung zeigen, Amanda tat es dem Sprengmeister nach und verneigte sich tief, ich hatte schon ein Problem damit, den Kopf zu senken, denn ich musste an Pinkelhaltung denken und war erbost, übelnehmerisch. Was war eigentlich los mit Amandas liebenswerter und oft sehr einfallsreicher, origineller Ironie? Abhanden gekommen, seit wir unterwegs waren, endgültig dann vom Karijini verschluckt. Wieder spürte ich meine Isolation.

Die Eisenbahnlinie verbindet Tom Price mit der Hafenstadt Dampier am Indischen Ozean, und ich wünschte mich dorthin und sagte es, und Amanda lachte, und der Sprengmeister erklärte: Täglich fahren zwei oder drei Züge die Strecke, die Wagen sind mit Tausenden von Tonnen Eisenerz beladen. Amanda sagte: Der Karijini ist umkreist von Baggerrüsseln. Das liegt am Schatz in seiner Erde. Er ist in jeder Hinsicht etwas ganz Besonderes. Die Wunder der Natur, ich hab sie dir versprochen.

Und eine halbwegs kultivierte Nacht hätte sie mir auch versprochen, schwindelte ich ihr vor. Sie sagte, das hätte sie vergessen, aber obwohl ihr der freie Himmel oder das Zelt lieber wäre, würde sie ihr vergessenes Versprechen halten. Wir fuhren nach Tom Price, die Abendtemperatur, achtundzwanzig Grad, kam mir schon wie eine Wohltat vor, obwohl es nicht komfortabel im *The Crown* war. Vielleicht weil wir alles andere als taufrisch aussahen und ihm Amandas Aufzug verdächtig schien, machte der Portier einen misstrauischen Eindruck, doch kann es sein, dass einfach nur seine Lebensjahrzehnte in der heißen Ödnis diese Physiognomie herausgebildet hatten.

Ich misstraute den Fleischgerichten auf der abgegriffenen Speisekarte im kleinen Hotelrestaurant und aß wie im *Auskie Roadhouse* Rühreier, die hier aber vertrocknet waren, und dazu gebutterte Toasts, während Amanda vergnügt an ihrem Stück Kängurubrust herumsäbelte und behauptete, mir entginge was. Serviert hat übrigens wieder der Portier, außer ihm und einem unsichtbaren Koch sahen wir kein Personal, Gäste genauso wenig, und vermutlich gab es nicht einmal den Koch, und das *The Crown* war im Hochsommer, wenn nur Wahnsinnige wie wir reisten, ein Einmannbetrieb. Als der Portier uns den Kaffee brachte, lächelte Amanda ihn an und sagte: Erzählen Sie uns ein bisschen was. Wie lebt es sich in Tom Price?

Und wahrhaftig, der Gesichtsausdruck täuschte, setzte sich der ältliche Mann zu uns, erzählte von den Eisenerzmenschen, die Tom Price bewohnen: Sie hassen ihre Stadt, aber sie lieben sie auch. Ihre Bungalows sind in Ordnung, ganz modern mit Klimaanlage wie hier im *The Crown*, ohne die wäre man verloren. Und sie haben ihre Gärten, aber was sie hassen, das ist zuerst mal die Hitze. Dazu kommt die Einsamkeit, wir sind hier völlig abgeschieden, nur zwischen August und November ist es erträglicher. Sie hätten irgendwann in dieser Zeit kommen sollen, vom Klima her ist es besser, und dann haben wir auch oft das Haus voll, obwohl es noch billigere Unterkünfte gibt und das *Hamersley* und das *Tom Price*. Und die King Browns hassen sie, die Giftschlangen, ein Biss genügt, und man ist tot.

Wir wollten das harte Australien, sagte Amanda.

Sie wollte es, sagte ich. Die Klimaanlage, das kalte Bier vorhin und überhaupt der Abend unter einem richtigen Dach und zwischen festen Wänden hatten meine Laune erheblich verbessert.

Ich weiß, dass wir die Wildblütenzeit verpasst haben, sagte Amanda. Und was die Einwohner trotz allem lieben, das ist sicher der Karijini. Die einmalige Natur.

So ist es, sagte der Portier, und nicht zuletzt das kalte Bier.

Morgen kaufe ich mir was zum Anziehen, sagte Amanda.

Der Portier, obwohl er sie lang genug gesehen hatte, taxierte ihre drollige Aufmachung und riet: Gehen Sie zu Jeanie's, die dürfte etwas nach Ihrem Geschmack haben.

So zieht sie sich sonst nicht an, sagte ich.

Es ist in der Drummond, nur einen Block von hier, sagte der Portier.

Wunderbar, sagte Amanda. Er sollte auch was Frisches haben. Sie drehte mir ihr lustiges Gesicht zu. Es ist nett, dass Sie uns überhaupt aufgenommen haben, zwei Schmutzfinken. Wir waren in einer Asbestwolke. Und heute haben wir ein Walkabout gemacht, eine der schwierigen Level-2-Routen. Auch nicht gerade eine chemische Reinigung. Was gibts sonst noch Interessantes von Tom Price zu wissen?

Die Minen hier, und das sind Paraburdoo und Channar, fördern so circa fünfundfünfzig Millionen Tonnen Eisenerz pro Jahr. In der Reisesaison machen sie Führungen durch die Minen, es ist Tagebau, und ganze Berge werden weggesprengt, damit sie das Erz rausholen können. Die Minen sind richtige Monster, gigantisch. Alles in Australien ist das, gigantisch.

Oh, rief Amanda, das müsste toll sein, eine Wanderung durch die Minenlandschaft.

Nur in der Reisesaison, nur dann kannst du da rein, sagte ich. Das tat mir zwar gut, aber mittlerweile hatte ich die abenteuerversessene andere Seite meiner Freundin zur Genüge kennengelernt, und schon summte sie, die Unterarme auf den Tisch gestützt und zum Portier einschmeichelnd vorgebeugt: Wärs nicht möglich, doch einen Führer zu organisieren? Wir haben an einem Wasserbecken in einer Gorge einen Sprengmeister kennengelernt, und er war sehr nett und hat uns viel beigebracht, aber natürlich weiß ich seinen Namen nicht. Gute Bezahlung, ich meine das Ausnahme-Extra, ist selbstverständlich.

Könnte sein, dass sich was tun lässt, sagte der Portier, trotz physiognomischer Gegebenheit erkennbar empfänglich für Amandas Getue. In den Minen sind sogar die Wholepacks sehenswert, auch Giganten, diese Kipplaster.

Für eine Naturwunder-Anbeterin bist du mir nicht gewissenhaft genug, sagte ich später im Bett mit der Absicht, Amanda nicht zu lieben, du dürftest nicht vor lauter Überschwang sogar auch noch diesen Baggern und Lastern applaudieren. Das ist doch in den verdammten gigantischen monströsen Minen Ausbeutung. Ausbeutung der Ressourcen. Je drüber nachgedacht?

Und wie! Amanda lachte. Den Reiz der Region machen diese Kontraste aus. Kontraste zwischen der allermodernsten Ausbeutung, ja, da hast du recht, es ist Ausbeutung, und sie haben nun mal diese Bodenschätze in der absoluten, totalen Wildnis. Alles gigantisch, wie der Portier gesagt hat. Die Wildnis der Region Pilbara und die Kontraste sind ihr Reiz. Und Westaustralien ist das Ultimative an Abenteuerland. Wir beide haben hierhin gewollt.

Perth war nicht ganz meine Wahl, nicht die erste, sagte ich. Es war nur das schnellste zu verwirklichende Angebot.

Der fünfte Kontinent. Fast ist er noch unentdeckt. Amanda legte ihren nackten Oberschenkel über meinen Bauch. Im Gegensatz zu ihr war ich nicht nackt. Der Ayers Rock ... Amanda flüsterte, mit ihren Fingern bearbeitete sie meine Hemdknöpfe, und sie zählte auf, was es noch alles zu besichtigen gäbe, und dass sie neugierig auf die Minen wäre.

Zwei Tage Karijini, Amanda, und keinen mehr, so wars abgemacht. Ich flüsterte nicht. Und ich werde jetzt runtergehen und dem Portier sagen, dass er sich morgen früh nicht um einen Minenführer zu bemühen braucht. Dass wir zurück nach Perth müssten. Genau das werde ich tun.

Meine energische Abfuhr erschreckte Amanda nicht, ihr schönes langes Bein bewegte sich streichelnd auf meinem, und sie klang nicht anders als vorher, weder ärgerlich noch enttäuscht, alles beim Alten: Gut, du wirst das tun, Verabredungen soll man einhalten; zwei Tage Wildnis; aber bevor du es tust, werden wir selber die Wildnis sein, und in unserer vielfach bewährten Wildnis, denk an unsere Abende in der South View Lane, werden wir unsere Ressourcen ein bisschen ausbeuten. Dicht an meinem Ohr sagte sie: Das verstößt gegen keinen Plan, Liebling, das tut es wahrlich nicht. Und danach werden wir sehen, was du dem Portier erzählst.

Ich fand jedes Wort albern. Ich sagte, dass ich keine Ressourcen mehr hätte, und *Macht nichts*, sagte sie, und fast sofort schlief sie ein, was mich dann doch wieder mitleidsähnlich rührte. Ich bin nicht runter zum Portier gegangen. Wir haben die verdammten Minen besichtigt, aber sofort hinterher hat mich Amanda mit Vollgas durch die Hitze und den verdammten Asbeststaub gefahren, und die Kellnerin im *Auskie Roadhouse* hat uns wie alte Bekannte bewirtet und auch wieder mit Mais-Muffins gratis verwöhnt, und wir hatten sogar noch zwei Kanister Wasser im Kofferraum, als wir in der South View Lane parkten, und ich war zurück in meiner Bequemlichkeit, und Amanda sagte, bevor jeder in sein dem andern ähnliches und fast genau gleich möbliertes Haus ging: Du kommst doch nachher rüber, alles wie immer. Und sie hatte sich in Tom Price keine neuen Sachen gekauft, bei dieser *Jeanie's* in der Drummond, und der Anker und alles drumherum war noch schmutziger als vor der Rückfahrt.

Alles wie immer? Aber das war vor dem Karijini, als ich mir sagte: Das ist sie nun also, die Liebe. Viel darüber nachgedacht hatte ich nicht, unterwegs hatte ich oft gedacht, mit der Liebe hätte ich mich schwer getäuscht, ich liebte Amanda nicht in der Wildnis, es war ein rissiges, kratziges Gefühl. Aber vielleicht ist sie anders nicht zu haben, die Liebe. Nicht ohne ein paar Knackse und Einbußen. Vielleicht ist sie gerade das, etwas Verwundetes. Fest steht, es ist nicht mehr alles wie immer. Andererseits: Ich bin auch kein Typ für die Wildnis.

Little Land

Ich musste sehr früh aufstehen, ich hoffte, nicht wieder vergeblich wie so oft in den letzten Wochen. An diesem Montag sollte es trocken bleiben. Endlich könnten die Anstreicher für mein Landhäuschen kommen, mein Little Land. Alle finden mein Leben zu hart, irgendwie streng, und einsam auch. Und niemand hat sich mit mir begeistert, als ich draußen in der Prärie Little Land erworben habe. Noch mehr Sparta, erst recht Einsamkeit: Mein nächster Nachbar wohnt sieben Meilen von Little Land entfernt. Ich entbehre nichts, Shakespeare genügt mir.

Neun Uhr, hatte David gesagt, neun Uhr am Landhäuschen, aber nach früheren Erfahrungen mit ihm konnte ich das nur halb ernst nehmen. Es ist auch schon vorgekommen, dass er vor der verabredeten Zeit an Ort und Stelle war. Weil ich nichts riskieren wollte, habe ich mich aus einem schlingpflanzenartigen Traumschlafdickicht gerissen und dabei, wie immer bei sehr frühem Aufstehen, *das ist kriminell* gedacht. In Little Land müsste ich die Sicherung für die elektrische Pumpe anstellen, Shakespeare in den Zwinger sperren und werweißwas noch vorbereiten. Nach dem Sonntagsausflug mit Shakespeare fühlte ich mich eigentlich für jede Bewegung zu abgenutzt. Wir hatten Spitzmorcheln und Maipilze gesucht, ich sage *wir*, Shakespeare hat natürlich keine Pilze gesucht, war jedoch als Gesellschaft eine große Hilfe. Fast, weil ich so bleiern war, hätte ich mir Regen gewünscht und damit einen Aufschub der dringenden Arbeit in Little Land. Da klingelte um halb acht das Telephon. Es war David. Er sagte, ihr Arbeitsplan habe sich verschoben, und sie könnten nicht kommen. Also bis dann, Dienstag.

Wirklich, verrückt, aber ich war richtig erleichtert. Ich bin sonst nicht so. Ich holte die Lokalzeitung herein, ich abonniere sie fast nur wegen der lokalen Wettervorhersage. Für Montag lautete sie: cooler, late t-storms 67°/36°. Für Dienstag: cooler yet, with showers 53°/33°. Das machte auch den Dienstagstermin ziemlich unwahrscheinlich. Aber David hatte entschlossen geklungen, und ich fragte Shakespeare, der zweimal aufmunternd bellte, alles okay?, und er grinste auch. Ich sage lieber keinem mehr, dass Shakespeare grinsen kann, sogar lachen, ich habe keine guten Erfahrungen damit gemacht.

Ich hatte an diesem Montag aus Nervosität mein Zigaretten-Gesetz überschritten, eine pro Stunde, wie Breshnew mit seiner eigens dafür konstruierten Maschine oder was immer es bei ihm war, das ihn vor der Stundenfrist an keine Zigarette heranließ. Und den zweiten Pulverkaffee hatte ich mir auch schon aufgegossen, war jetzt richtig wach und konnte mir einen Tagesplan machen. Ich bereitete mein Osteoporose-Frühstück zu: mit einem aus Algen hergestellten Calcium-Pulver. Ich leerte zwei der Kapseln in einen Glasnapf, verrührte es mit drei Löffeln Yoghurt, garnierte alles mit etwas Gefriergelee. Danach esse ich meistens einen Toast mit Tomate und zusammen mit Shakespeare ein bisschen Thunfisch. Keine Ahnung, ob das Osteoporose-Frühstück meinen Knochen nützt, ich habe mich entschlossen, daran zu glauben.

Und der Tagesplan nahm Gestalt an. Ich würde noch heute nach Little Land hinausfahren und übernachten, um morgen David und seine Gehilfen früh gleich dort zu empfangen. Vorher würde ich einige Besorgungen in der Stadt machen, zu Haus gab es auch eine Menge zu erledigen, mehrere Telephonate, eine dringende E-Mail beantworten (mein Doktorand hatte Fragen, die nicht bis Semesteranfang warten konnten, er hatte sich in eine Sackgasse geschrieben, wie es aussah). Es hat übrigens etwas geregnet, zuerst als Nieseln, dann mit einem Schauer. Ich stopfte noch eine Ladung Wäsche in die Waschmaschine, holte die Post rein und sortierte sie. Danach kümmerte ich mich um Shakespeares und meinen Proviant. Shakespeare, der mittlerweile alle Zeichen deuten kann, wimmelte dauernd um mich herum, blickte immer wieder auf, erwartungsfroh grinsend. Ab und zu ein kleines kurzes Einverständnisgebell. In seinem lachsfarbenem Fell erkennt man Zecken gut, und ich sah eine, seine gute Laune aber war mir wichtiger, und ich würde ihn ein anderes Mal damit plagen. Shakespeare, und das macht ihn so britisch, hat die großen ernsten Bassey-Augen, als Tierheim-Hund kennt keiner seine Eltern, es müssen Labrador und Retriever gewesen sein. Für beide ist er ein wenig zu kurzbeinig. An mich gewöhnt, das ist dreieinhalb Jahre her, hat er sich sozusagen über Nacht. Nicht viel später wurde es Liebe.

Um die Mittagszeit kamen wir in Little Land an. Zuerst schloss ich alle Bewässerungsschläuche an, postierte einen Sprenger unter die Weiden, den zweiten im kleinen Gemüsegarten, außerdem stellte ich die ausgedehnte Tropfanlage für die weiter entfernten Bäume auf der Südseite an. Danach wärmte ich mir eins der knapp bemessenen banquets in der Mikrowelle auf, diesmal sour chicken with rice. Mit Mahlzeiten gebe ich mich nie lang ab, was auch wieder als spartanisch kritisiert wird. Shakespeare servierte ich einen Imbiss aus gekochtem Ei und ebenfalls Reis, und ich schaute zu, wie er es genoss, das macht mir gute Laune. Er fraß schnell, aber blickte zwischendurch zu mir auf, wir waren in seinem großen Zwingerhaus bei offener Tür. Er war so rührend und lieb und glücklich, ich liebte ihn. Gestern beim Pilzsuchen auch, obwohl ich schimpfen musste, weil er störte. Aber was zählt, ist seine gute Laune, und insofern ist er immer ein Beistand.

Als wir hineingefahren waren, hatte Shakespeare schutzengelhaft mit warnendem Knurren gegen die schwarzen

Kühe protestiert, die auf der Ostseite des Zufahrtswegs weideten. Ich gab ihm einen kleinen Klaps, ich sagte: Nein nein, die sind nett, schau nur, wie schön sie sind, und ich fand, er sah überrascht und enttäuscht aus. Eine Kuh war uns entgegengetrottet und blieb unmittelbar vor uns am Drahtzaun stehen, und ich hielt bei laufendem Motor an. Die Kuh fixierte mich. Den Ausdruck ihrer großen nassen Augen fand ich schwermütig. Shakespeare blieb still. Diese Herdentiere da draußen bekommen ja fast nie Menschen zu sehen, überhaupt keine Abwechslung. Mir kam die Kuh nachdenklich vor, so als würde sie versuchen, sich an etwas zu erinnern. In diesem Moment, wahrhaft einen Augenblick, wünschte ich, die Welt und mich eingeschlossen wäre nicht so scharf auf Rindfleisch. Ich fuhr wegen Shakespeare weiter, längeres Verweilen hätte er nicht verstanden.

Nach unserem Imbiss wurde ich plötzlich sehr müde, ich musste mich ein bisschen hinlegen. In Ermangelung von besseren Programmen sah ich mir die Reklame für einen »Wellness Letter for Women« an. Trotz der schwachsinnigen und allzu aufdringlichen Empfehlungen beschloss ich, diese Schrift zu abonnieren. Dann wieder: Aufraffen, dazu Kaffee, und wie jedes Mal beneidete ich Shakespeare, der nach Hundeart, eben aus dem Schlaf gerissen, sofort hellwach war. Das Aufraffen: um weiterzumachen mit dem Sprengen. Nebenher: Ausraufen von Unkraut, von dem Löwenzahn bekam ich nicht immer die Wurzeln mit raus. Ein noch öfter als in früheren Jahren auftauchendes Gewächs kann ich mittlerweile identifizieren: Es ist tarkspur, Lerchensporn, mit seinen jungen Trieben, aus denen später tief dunkelblaue große Blüten wachsen, schön anzusehen, aber tödlich giftig für Vieh. Alle Exemplare, die ich entdecken konnte, riss ich aus und wusch mir danach die Hände.

Zum Abendessen war ich gut in der Zeit. Das heißt, Abendessen um achtzehn Uhr zu den Radionachrichten.

Suppe aus Resten war noch genug da, und für Shakespeare entsalzte ich mit Wasser eine Dose Tuna. Er hat es lieber mit Salz, aber er kriegt schon zu viel davon ab, wenn er und ich das Gleiche essen. Draußen zerrten südwestliche Winde die Äste meiner Bäume, und in immer geringeren Abständen rumpelte ein Gewitterdonnern über uns. Nicht zum ersten Mal wunderte mich Shakespeares Gleichmut. Jenseits des Grundstücks, aber nah genug, grasten auch die schwarzen Kühe ungerührt. Warum hatten Tiere oft keine Angst? Wieder musste ich mich an das erste Kapitel von Stifters »Nachsommer« erinnern, meiner Nachtlektüre in Little Land, der Einband ist schon ziemlich ramponiert. Tiere sind die besten Wetterpropheten, sagt mir dieses erste Kapitel, ihr Verhalten ist die Vorhersage. Also hielt ich mich an Shakespeares Schlaf und an die weidenden Kühe und befürchtete kein Unwetter. Und wieder hatten Adalbert Stifter und die Tiere recht. Schon zwei Stunden später hatte der Wind gedreht, war abgeflaut, und das Gewitter musste mit den Böen abgewandert sein, alles war ruhig und friedlich. Im letzten Sonnenlicht glänzten die grasenden Kühe am Fuß von Sheep Mountain, ich war eigenartig gerührt und dachte, den Augenblick musst du festhalten, aber ich hatte den Photoapparat nicht mitgenommen und wusste nicht, was ich sonst tun sollte zum Einprägen für immer. Shakespeare genoss es, dass er noch mal hinausdurfte; bevor er sich aufmachte, man kann bei ihm nicht sagen: lossprang, er geht es langsam an, blickte er zu mir auf, ich fand: dankbar und so, wie ich es war: gerührt. Wir hielten bis zum Sonnenuntergang durch.

Das Wetter hier draußen ist verrückt: Mitten in der Nacht weckte mich ein Regenschauer in einen wohligen Halbschlaf, dann fiel der Regen gleichmäßig. Am Morgen war der Himmel dunkel wolkig, es war ziemlich kalt. Obwohl es nicht mehr regnete, war ich skeptisch wegen der Anstreicherei. Nach neun Uhr rief ich per Handy bei David an, um zu wissen, ob er auch wirklich herauskäme. Er wohnt auf der anderen Seite des Sheep Mountain im Centennial. Davids Frau klang sehr entschieden, als sie sagte: Oh nein, David wird nicht rausfahren. Es geht ja gleich wieder los mit dem Regen, da kommt noch eine Menge runter. Ich fand, sie machte mich zum Störenfried, zu einem Ärgernis. David sei außerdem zu Einkäufen nach Fort Collins gefahren.

Ich tat unbeeindruckt, lachte sogar, aber etwas gekränkt war ich doch. David hätte mir Bescheid geben können. Oder nicht?, fragte ich Shakespeare, der mich besorgt ansah, und damit er wieder lustig würde, habe ich wie vorher mit Davids Frau gelacht, obwohl ... Shakespeare lässt sich nicht täuschen, und deshalb sah er nicht wirklich zuversichtlich aus. Es war kalt und windig und alles unangenehm. Ich zog über meinen wärmsten Little-Land-Pullover die gefütterte Parka und drehte alle Tropfanlagen ab, pflückte Schnittlauch, eine ganze Schüssel voll. Ich entfernte sogar die Schläuche von den Leitungen und rollte sie auf, für den Fall, dass es frieren würde; die volle Regentonne leerte ich nicht aus, auch nicht den Karren mit dem Unkraut. Abschied von Little Land. Auf der Rückfahrt kein Kuh-Erlebnis. Übrigens auch kein Regen. Zu Haus in der Stadt in der North Seventeenth Street war es zwar warm und eigentlich behaglich, doch fühlte ich mich matt und zu faul für alles, und wenn ich gelegentlich so bin, strengt Shakespeare sich immer an damit, mich aufzumuntern. Diesmal nicht. Manchmal kommt er mir prophetisch vor. Als ahnte er, was bevorstand: sein Gehorsams-Trainings-Kurs. Zu seinem eigenen Schutz, wenn ich mit ihm draußen in der Wildnis bin, muss er teilnehmen. An diesem Abend also und leider zur Essens- und Nachrichtenzeit mussten wir zu den Fairgrounds am Stadtrand aufbrechen. Danach, auf dem Rückweg, ist Shakespeare bester Laune, und beim Tanken bellte er nicht mal den

Tankwart an, der die Abfalltonnen mit neuen Plastiktüten versorgte.

Bei dunklem Himmel hatte es doch den ganzen Tag über keinen Tropfen geregnet, und ich dachte, wie gut jetzt alles wäre, wenn das Anstreichen endlich stattgefunden hätte. Ich überwand die Versuchung, David anzurufen. Es gibt so Stunden mitten im Tag, in denen ich nichts, überhaupt nichts mit mir anzufangen weiß. Hundert Sachen, die ich erledigen könnte, die immer wieder wegen der Schreibtischarbeit liegenbleiben, aber es ist eine Barriere zwischen mir und all diesen Dingen. Vielleicht zwischen mir und der Wirklichkeit. In Little Land habe ich das nicht.

Ich wärmte mir eine Minestrone auf, und plötzlich wurde es grell hell im Zimmer, ich schaltete die Lampen aus, Shakespeare lief zur Verandatür und bellte vergnügt (es gibt auch grimmiges Bellen, überhaupt: viele Spielarten): Wirklich und ohne Ankündigung war die Sonne noch einmal herausgekommen. Wir aßen zu Abend, Shakespeares zerkleinerter Turkey-Hamburger war im Nu verspeist, und ich erinnerte mich an meine Hochstimmung von gestern Abend vor dem Sonnenuntergang in der Prairie. Shakespeare, nicht satt wie meistens, aber lieb, betrachtete mit mir die bestrahlte Szenerie. Hinter den westlichen Wolken löste das Sonnenlicht sich in eine weiche Glut auf. Meine Stimmung hob sich, aber es war nicht wie gestern. Es war schön genug. Ich wollte dennoch kein Photo mehr machen.

Call-a-pizza

Alles hat damals damit angefangen, dass sie eines Abends, und das Gartentor muss offen gewesen sein, oben an der Haustür geklingelt hat, würde Greta Kleber später ihrer Freundin erzählen, und Norbert war zufällig in der Nähe, als ich ihr aufmachte. Und ohne seine Gesellschaft gäbe es seit diesem Abend so wenig Pamela Smith wie in unserem ganzen Leben zuvor. Smith, weil ihre Mutter in zweiter Ehe einen Amerikaner aus Philipsburg/Pennsylvania geheiratet hat. Aber Norbert war nun mal in der Nähe, und da blieb er auch, weil er mitkriegte, dass es ein Mädchen war, eine junge Stimme, und schließlich ist er auch nur ein Mann. Wie sie da stand, dünn in ihren Jeans und mit einer engen kurzen Jacke und ihren Packen Pizza vor der Brust gestapelt. Und sie klang nicht piepsig wie alle Jungen jetzt, das mit den Stimmen der Jungen muss nicht nur Mode sein, es muss irgendwas mit der Evolution sein. Sie klang dunkel und ein bisschen heiser und nach Schnupfen, aber sie hatte keinen, mittlerweile weiß ich ja, sie raucht nicht wenig und immer diese Selbstgedrehten. Es war noch hell genug, um zu erkennen, wie gut sie aussah. Ganz Norberts Fall, und dabei kannte er ja noch nicht ihre übrigen Qualifikationen, so ein paar biographische Details, die ihm imponieren. Dass sie eine ungarische Holländerin und amerikanische Staatsbürgerin aus diesem Philipsburg ist. Sie hat vorher in London und in Leeds studiert und dann, im fünften Semester, hier mit Komparatistik weitergemacht. Zwischendurch ist sie durch England und Holland getrampt, und ab und zu besucht sie ihren Vater in Budapest. Das Studieren hätte sie genauso gut zu Haus erledigen können und zwar in Altoona an der Penn State University, aber sie ist nicht der sesshafte Typ, sagt sie und dass sie die Welt kennenlernen will und etwas aus ihrem Leben machen, und obwohl Norbert und ich das natürlich etwas abgedroschen finden, bei ihr fliegt er drauf. Sie hat immer irgendwelche Stipendien, aber die würden vorne und hinten nicht reichen, und deshalb finanziert sie ihr Studium und die Eskapaden zusätzlich mit wechselnden Jobs. Was sie nicht schon alles gemacht hat! Zeitungsaustragen in der Nacht und vormittags Postaustragen und oft noch abends Babysitten, man fragt sich, wann sie schläft. Damals fuhr sie nachmittags Mahlzeiten für *Call-a-pizza* aus.

Pamela Smith hatte sich wegen der Störung entschuldigt. Ihre drei Pappkartons rochen nach ungelüftetem Lokal. Ich werde diese Lieferung nicht los, sagte sie. Die Adresse gibt es nicht, es sollte hier in der Mexikanischen Straße sein, aber Sie sind das letzte Haus, nirgendwo eine Nummer 127 B. Und weil ich sonst Ärger mit dem Chef kriege, dachte ich, frag mal die Nachbarn, ob die vielleicht die Pizza übernehmen, falls Sie noch nicht zu Abend gegessen haben. Haben Sie schon gegessen?

Sie sah aus, als würde sie frieren. Sie lächelte fast nicht. Sie war auch im Gesicht dünn. Im letzten Tageslicht wirkten ihre kurzen krausen Haare dunkelrot mit hellerem Braun. Es hatte an diesen späten Oktobertagen einen Kälteeinbruch mit Nachtfrösten gegeben, und die Ahornblätter fielen ab, bevor sie sich verfärbt hatten.

Kommen Sie doch rein, sagte Norbert. Eine Nummer 127 B kennen wir nicht, das muss ein Irrtum sein, vielleicht ein Hörfehler.

Die Mexikanische Straße geht jenseits der Bahnschranke weiter, sagte ich. Könnte sein, dass man da auf Ihre Lieferung wartet.

Ich wollte dieses Mädchen los sein, erzählte Greta, und dass Norberts Zugänglichkeit ihr nicht geheuer gewesen sei. Es ist so gar nicht seine Art. Da standen wir schon in der Diele. Mir hat die Sache nicht gefallen, aber ich wollte mir das nicht anmerken lassen und nicht die typische miesepeterige Ehefrau sein, nur war ich die längst, im Innern war ich es, und erst recht, als ich, jetzt bei guter Beleuchtung, ihre Augenbrauen sah. Gerade, dunkle, dicke Augenbrauen, man sieht solche Augenbrauen nur bei den Türkinnen in der Stadt. Es war wirklich so was wie ein Schock, so erstaunlich. Ich wollte sie gar nicht mehr ansehen und musste es doch. Pamela Smith, wenigstens für Kenner, war mir um ein paar Nummern zu schön. Schön in einem schwierigen Sinn.

Fremde lässt Norbert nicht so leicht über die Schwelle. Wir wimmeln sie per Sprechanlage schon am Gartentor ab. Diese Fremde aber hat er sogar bis in die Küche geleitet, damit sie ihren Kartonstapel wenigstens erst mal absetzen könnte. Und nein, wir hätten noch nicht zu Abend gegessen. Zu mir hat er sich umgedreht, und gelächelt hat er sowieso schon die ganze Zeit über und gesagt: Vielleicht keine schlechte Idee, wenn wir Pizza essen, was meinst du? Und ich erwartete, was dann auch passierte, dass er, weil sie ja drei Kartons hatte und wir nur zwei sind, seit Judy und Robby hier nicht mehr wohnen, sie einladen würde, mitzuessen.

Es gibt immer so viel Verpackungsmaterial als Abfall, sagte ich zu Norbert und dem Mädchen. Außerdem mag ich es gar nicht, dass dann das Haus ewig nach altem Fett und Lokal stinkt.

Aber ich kam mir wie ein Hindernis vor, deshalb fügte ich hinzu: Ich will wirklich keine Spielverderberin sein, nur …

Andererseits, so übel fand Greta die Pizza-Idee auch nicht, sie hatte abends nie große Lust, noch irgendwas zu fabrizieren – aber irgendwie wollte sie nicht noch mit *ihr* am Tisch sitzen, zu dritt, wie eine kleine Familie, ein Horror. Ihr ging plötzlich auf, dass es für ihren Eindruck bei dem Mädchen am besten wäre und höchste Zeit, die Dinge in die Hand zu nehmen und Norbert das Feld nicht länger allein zu überlassen. *Sie* wollte Regie führen. Noch nie in ihrem ganzen Leben, auch als Kind niemals, hatte es irgendjemand mitbekommen, wenn sie eifersüchtig war.

Wir haben uns überhaupt noch nicht vorgestellt, ein bisschen sollten wir uns doch kennen, wenn wir womöglich gemeinsam essen, sagte sie.

Wir sind die Klebers, ich bin Norbert, und das ist Greta, sagte Norbert. Greta hat zwar nicht immer recht, aber diesmal hatte sie es. Er war noch besser aufgelegt als vorher. Er lachte. Was ist mit dem Essen?

Ich heiße Pamela. Pamela Smith, sagte das Mädchen. Das mit der Einladung ist nett, aber …

Ich finde, Sie sehen hungrig aus, sagte Greta.

Stimmt, sagte Norbert. Und den Ärger mit dem Chef kriegen Sie dann auch nicht. Und für uns ist es eine ausgefallene Idee, hab ich recht, Greta, mal was anderes. Du sparst das Salatmachen oder was du sonst vorhattest. Sie liebt die Küchenarbeit nicht allzu sehr, wissen Sie?

Und das ist noch untertrieben, sagte Greta.

Ich war nun aufgekratzt, und zwar nicht nur gekünstelt und mit Absicht. Es muss mit einem Gefühl der Neugier angefangen haben, vorhin habe ich es Anziehungskraft genannt. Dass Norbert mich komisch ansah, deshalb komisch, weil er sonst nie für ausgefallene Ideen zu haben ist, hat mich fast gar nicht mehr geärgert. Auch noch die kleinste Kleinigkeit anders zu machen als üblich, er hats immer abgelehnt. Und mir ist es mindestens genauso viel wert geworden im Lauf all der Jahre, wenn alles so ist wie gewohnt, obwohl es auch so was wie ein Korsett ist. Schon seltsam. Als hätte diese Pamela Smith uns hypnotisiert.

Wirklich, zu nett, dass Sie mich einladen. Pamela zog die verblüffenden Augenbrauen hoch in die Stirn und sah ernst aus. Aber mir wäre es lieber, wenn Sie die Pizza übernähmen und die dritte vielleicht aufheben würden. Es ist nämlich immer dasselbe, immer wenn ich mich auf den Feierabend freue, kommt bestimmt noch eine Bestellung und bestimmt eine mit tausend Sonderwünschen und schwieriger Adresse.

Essen müssen Sie aber sowieso irgendwas, sagte Norbert.

Hör auf zu drängen. Greta lachte, um Pamela Smith zu gefallen. Ich verstehe Sie nur zu gut. Endlich Privatleben. Stimmts? Wir nehmen diese Lieferung. Das ist das Beste für sie, Norbert. Sicher wartet schon ein Freund, hm?

Eine Freundin, sagte Pamela und blieb so ernst wie eigentlich die ganze Zeit über. Beim leichten Aufscheinen eines Lächelns machten neunundneunzig Prozent der Gesichtsmuskulatur nicht mit.

Irgendwann aber könnten ja wir die unbeliebte letzte Bestellung sein, und dann essen wir die gemeinsam auf, sagte Greta.

Weil es wegen Pamela Smith später als sonst geworden war und nicht mehr viel Zeit bis zu den Nachrichten blieb, hatte er eine Dose Linsen geöffnet, und Greta hatte daraus Salat gemacht, ihre Spezialität, dazu gab es Corned Beef. Die Pizza war nicht mehr heiß, sie würden sie am nächsten Tag aufbacken.

Ich hatte Norbert vorenthalten, wo sie wohnte, vorerst, denn wie es aussah, käme es schon noch heraus, und zwar durch mich selber, erzählte Greta weiter. Ich schließlich hatte das mit dem gemeinsamen Essen vorgeschlagen. Norbert würde es nicht vergessen. Trotzdem, es ließe sich gewissermaßen einschläfern, ein Kinderspiel, das kriegte ich hin. Doch war ich gar nicht sicher, ob ich das auch wirklich wollte. Es ist eine ziemlich üble Gegend, in der sie wohnte, und voller Mitleid würde Norbert darauf fliegen, es würde exzentrisch und exotisch auf ihn wirken und wie ein Geheimnis sein, und als ich sie wegen dieser Gegend bedauert hatte, dort bei uns im Grünen am Gartentor, da sagte sie, dass es drin bei ihr und ihrer Freundin prima wäre, ein Loft in einem alten Lagerhaus, und sie würden sich wie allein dort fühlen, vor allem ab vier nachmittags, und gleich nebenan gäbe es eine Kneipe. Und bis zum Imax-Kino und dem Reality wäre es auch nicht besonders weit. Einziges Problem: das Parken. Jede hatte ihr Auto, und in keinem war noch das Radio drin. Das sind alles soghaft anziehende Zutaten für Norbert, weil sie gleichzeitig abstoßend sind, ich verstehe auch wieder das, es ist der komplizierte Reiz der Fremde. Wir waren gleichermaßen von ihr fasziniert, das heißt, ich wars bestimmt noch mehr als er, gründlicher, Männer sind weniger vielschichtig: Gut also, wir zogen an einem Strang, stumm übrigens, obwohl wir viel von ihr redeten, nur ließen wir unsere Gefühle dabei weg. Kurzum, und obwohl alles irgendwie gemeinsam war, fürchtete ich aber, im Fall einer Freundschaft zu dritt und gar mit einer wie ihr: Das bringt eine Anspannung und Gereiztheit in unsere Ehe. Etwas, mit dem wir nie zu tun hatten, so lang wir zusammen sind: nie. Norbert ist ein guter Kerl. Ich weiß nicht, bei wem ich mich für ihn bedanken soll, zuletzt bei mir selber, denn als wir beschlossen zu heiraten, ich sollte sagen: als er das beschlossen hat, war ich viel zu jung und wirr im Kopf und habe einfach ins Blaue hinein zugestimmt. Und wenn von uns beiden jemals einer diese spontane Sache bereut haben könnte, dann wäre das nicht er gewesen, er ist immer treu gewesen und hat nicht mal mit Blicken die Ehe gebrochen, so streng, wie es in der Bibel steht. Treu war ich auch, aber die Männer haben mir nachgestellt, und mir hat das Spaß gemacht.

Norbert schrieb im Feuilleton und manchmal auch im Lokalteil für den *Beobachter*, ein ortsansässiges Blatt, aber auch überregional, das seit einem halben Jahr, um ein jüngeres Publikum anzusprechen, das poppige Magazin *Bliss* als Freitagsbeilage erprobte. Er hatte nie etwas von *Bliss* gehalten, und daran erinnerte ihn Greta, als er am Tag nach

Pamela Smith' Eindringen in die ruhige Klebersche Welt so beiläufig, als wäre es ihm nicht wichtig, sagte: Für *Bliss* könnte ich eine Reportage schreiben, ein Interview mit dieser Pizza-Studentin als Zentrum. Das wäre was für junge Leute. Fiel mir beim Rasieren ein. (Es war ihm schon nachts eingefallen, ausführlich und interessant bebildert, davon war sie überzeugt.)

Abends aßen sie die aufgebackenen Pizzateile von gestern, es blieb ein Rest, drei waren zu viel.

Den Rest schmeiße ich weg, sagte Greta. Diese Pizza ist kein kulinarisches Highlight. Ich bin nicht sicher, ob dein Thema die Jungen vom Stuhl reißt. Wenig action.

Es ist ihre Welt, sagte Norbert.

Aber sie ist nicht mehr die Allerjüngste, diese Miss Smith, sagte Greta. Sie ist irgendwas Ende zwanzig.

Die *Bliss*-Leser gehen bis über die dreißig, sagte Norbert. Zumindest vorschlagen werde ich das Projekt. Die von der *Bliss*-Redaktion bedrängen mich sowieso dauernd, und wenn es nicht durchkommt, habe ich wenigstens ein Angebot gemacht.

Du müsstest Pamela Smith aber vorher fragen.

Greta säbelte an ihrer Pizza herum, fand sie zäh und sagte es.

Was sollte sie dagegen haben?, fragte Norbert. Natürlich frage ich sie vorher, ich rufe bei *Call-a-pizza* an und frage sie. Oder du übernimmst das. Ich dachte ohnehin, dass wir zwei es gemeinsam machen. Es könnte hier stattfinden. Die Pizza ist in Ordnung, aber unsere Messer sind es nicht. Hier, aber natürlich auch bei ihr, ich müsste ja ihre Szenerie kennen. Du wärst selbstverständlich immer dabei und nicht nur als Gast, nein, auch mit *Fragen*. Mit dem menschlichen Faktor plus dem weiblichen. Eventuell wäre auch diese Freundin einzubeziehen. Aber vor allem ginge es um Pamela Smith' Tagesablauf, Studium, Pizza austragen …

Ich hoffe, sie willigt nicht aus Höflichkeit ein. Sie ließ gestern durchblicken, dass sie wenig Zeit fürs Privatleben hat, sagte Greta. Andererseits, ich habe nicht den Eindruck, dass sie sich genieren würde, abzulehnen. Sie hat auch das Essen mit uns abgelehnt. Die jüngeren Leute sind nicht mehr so eingeengt höflich wie unsere Generation. Sie sind eigentlich überhaupt nicht höflich.

Weil Geld für Pamela ein Problem war, hat Norbert ihr ein kleines Honorar zugesichert, berichtete Greta. Finanzierte Freundschaft. Denn irgendwie war es gleich beim ersten Mal freundschaftlich, und das ging auf mein Konto. Und wenn hundertmal Norberts Neugier auf das Mädchen doch ganz schön an mir nagte, und es war ja übrigens immer weiter auch meine Neugier, Pamela machte einfach neugierig. Ich kann nun mal nicht anders, es ist mein Naturell und mein Temperament, ich muss einfach zugänglich und lebhaft und all das sein, was die anderen stimuliert, ich soll schon als Kind den Clown gemacht haben. Wohl ziemlich dominant, heute tut mir meine schüchterne Schwester leid. Ich kriegte es auch bei Pamela gleich bei unserem ersten Zusammensein nicht hin, kühle Zurückhaltung oder so was Konventionelles, ich meine unseren ersten Besuch in ihrem Loft. Eingerichtet war es so, wie ich nicht wohnen möchte. Das Verrückte daran ist bloß, dass ich neidisch war und noch bin auf Leute, die gern so wohnen. Alles spielt sich ziemlich dicht am Boden ab, es war ein abgewetzter grauer Teppichboden, sie hatten ein paar kleine Teppiche drauf und ausgediente VW-Sitze und Matratzen mit dicken teppichartigen Decken, auch über einem Tisch aus zusammengerückten Kisten, holländisches Flair, obwohl diese Decken Inka- oder indianische Muster hatten, keine Ahnung. Fernseher und CD-Player und Stereo auch am Boden und überall Bücherstapel, Zeitschriften, und sie hatten Tücher gespannt, dahinter war vermutlich der Platz, an dem sie schliefen, und das Küchenabteil, zum Bad/WC führte aber zum Glück ein schmaler Gang, und es gab eine Tür.

An einem Dienstagabend in der letzten Oktoberwoche hatte Pamela Smith mit ihren drei Pizza-Kartons vor Klebers Haustür gestanden, am darauffolgenden Samstag gegen vier startete Norbert den Mazda 6 in der Garage, und mit Greta auf dem Beifahrersitz steuerte er Pamelas schreckliche Adresse an.

Hinter dem Gaswerk fing mit Kasernen und Wohnblocks für die GI-Familien Little America an. Die Zeiten waren vorbei, in denen die Leute aus der Stadt in der Vorweihnachtszeit hier herauskamen, um die Santa-Claus-Attrappen und die buntglitzernd dekorierten, angemalten Fensterscheiben zu betrachten. Die Blocks reichten nicht aus, und in angrenzenden Straßen bewohnten die Amerikaner neben den Einheimischen kleinere Häuser, aber auch in dieser gemischten Gegend dominierte das Amerikanische, und man konnte am bunten Anstrich merken, wo die Fremden lebten.

Gierig schaute Greta aus dem Fenster. Sie fuhren jetzt durch eine dieser heruntergekommenen Mischlingsstraßen mit Reihenhäusern, die nur zwei schmale Zimmer breit waren, viele mit pastellfarbenem Anstrich. Schwarze und weiße Jugendliche in zerwetzten Jeans oder ausgebeulten Hosen und mächtigen Turnschuhen spielten Fußball und etwas, das wie Baseball aussah ohne Korb, manche standen nur herum in kleinen Gruppen oder hockten am Bordstein, und sie beobachteten den Mazda 6, sagten nichts, riefen nichts hinterher.

Man kriegt ein mulmiges Gefühl, sagte Greta. Fahr bitte langsam. Es ist dermaßen interessant. Warum kommen wir nie hierhin?

Warum sollten wir? Was ist interessant hier? Norbert sagte, wenn er noch langsamer führe, würden diese Burschen argwöhnisch: Sie wollen sich nicht ausspionieren lassen. Es ist wie in Bordellstraßen. Huren wollen auch nicht wie Ausstellungsware behandelt werden.

Man fühlt sich verreist, das ist das Interessante, sagte Greta.

An der nächsten Ecke gab es einen Abzweig in drei verschiedene Richtungen, und alle drei Straßen sahen einander ähnlich, Greta musste in der Wegbeschreibung nachsehen, in dem Gekritzel, das sie sich am Telephon nach Pamelas Erklärung gemacht hatte.

Nordwestlich, wies sie an. Das da müsste die Kolping sein.

Hier standen keine Wohnhäuser mehr. Sie fuhren entlang zwei- und dreigeschossiger Industriegebäude, die verfallen aussahen, aber noch genutzt wurden. Greta wollte nichts verpassen, sie las laut vor: Firma für Gefrierkost, Röhren-Fabrik, Recycling-Center. Absolute Ungnade der Sonne.

Wie bitte? Negativ-Werbung für ein Sonnen-Studio?, fragte Norbert.

Es war ein sonniger Tag, und bis zum Eintritt in Little America hatte das milde Oktoberlicht der Szenerie gutgetan. In dieser Gegend aber, fand Greta, wäre ein trüber Himmel barmherziger. Die Sonne leuchtete die Hässlichkeit aus, sie schadete diesen Straßen. Norbert teilte ihre Meinung nicht.

In einer Autowaschanlage war nichts los, auch die Baracke hinter einem Parkplatz für Gebrauchtwagen wirkte ausgestorben. Zwischen einem langgestreckten niedrigen Gebäude mit der Aufschrift *Tierheim* und einer Sammelstelle für Plastikmüll mit hohen Haufen überquellender gelber Säcke standen auf beiden Straßenseiten wie aus besseren Zeiten gerettet vierstöckige Gründerzeithäuser aus schmutziggelbem Backstein mit rostroten Fenstersimsen und Mansardengiebeln, ein Mann wusch sein Auto, Leute warteten an einer Bushaltestelle, die Jugendlichen lungerten in den Eingängen herum, und diesmal erspähte Greta auch ein paar Mädchen unter den Jungen. Nach Pamelas Anleitung nahmen sie die Lincoln, und irgendwo am Ende der Lincoln waren sie beim alten Lagerhaus am Ziel.

Ich bin nicht mehr ganz ich selber, sagte sie. Ich bin in einem Film. Die Lincoln macht einen besonders schäbigen Eindruck. Wie kann man sich bloß hier wohlfühlen.

Kann man nicht, ich verstehe die Eltern nicht, sie müssten sich Sorgen machen. Norbert klang aufgeregt, und Greta spürte eine kleine, eifersüchtige Wut: auf ihn? Auf Pamela Smith? Wahrscheinlich war sie stolz darauf, wohlsituierte Menschen wie die Klebers zu irritieren. Dass sie ihr Interesse erregt hatte, war ihr schon an dem Abend zwischen Haustür und Küche nicht entgangen, schließlich war sie eine Frau.

Autos parkten auf Seitenstreifen, Mittelklasse-Autos. In der Gosse lag Papiermüll und Laub von den Akazien, die bei den Wohnhäusern standen und den Asphaltbelag rissig aufwarfen. Jetzt fuhren sie wieder durch bewohntes Gebiet: braune Backsteinhäuser mit einem Rest von Charakter und zwischendurch trübe grau verputzte öde Blocks der Marke Sozialer Wohnungsbau; auf Eingangsstufen hockten die auswechselbaren Jugendlichen oder sie liefen, standen herum. Pamelas Kino entdeckte Greta nicht, stattdessen las sie: Barbecue. Gumbo-Café. Immer noch ein bisschen Little America. Ein Deli. Autoreifen-Werkstätten. Eine Spielhölle. Aus der Dunkelheit des schachtartigen Schuppens flimmerten Glücksspielautomaten, aber Greta sagte: Keiner da, der spielt. Ein Friseurladen, ein Dino's mit falschem Apostroph. Eine frisch geweißte Imbissbude mit Zeitungen im Drahtgestell davor und ein paar Tischen und Stühlen und Männern, die Bier tranken. Ein Billard und noch ein Glücksspiel-Schuppen, dieser war mit bunten Blinklichtern ausgestattet und hieß *Las Vegas*. Ein klebriges kleines Asia-Lokal, ein Waschsalon, eine Apotheke. Ein schmaler PLUS-Markt. Plötzlich hatte die Lincoln einen grasbewachsenen Mittelstreifen, plötzlich verengte sie sich wieder, und Greta sagte: Das ist wohl das Zentrum. Norbert, wir müssten ab jetzt auf die Hausnummern achten.

Aber im nun wieder industriell zersiedelten Bezirk gab es keine Hausnummern, und gerade als Norbert anfing, an der Wegbeschreibung zu zweifeln, rief Greta: Stop! Sieh mal da vorne! Da steht sie und winkt!

Ich habe mich verflucht, erzählte sie, ich bin zu leichtsinnig, es war, als hätte ich vergessen, wie verflucht gut sie aussieht. Sie war so rostbraunrot wie ihre Haare angezogen, enge Cargos, enger kurzer Pullover, damit wir bloß auch mitkriegten, wie dünn sie ist, wie eine Zugabe zu ihrer interessant trostlosen Gegend. Und zu Haus dachte ich, ich nehme es mit ihr auf, sie ist nicht wirklich eine Konkurrenz! Ich hatte nämlich keinen schlechten Tag, aber sie hat was, dagegen kommst du nicht an, obwohl sie keine Schönheit ist, und ich war nicht gefasst auf ihre Augenbrauen und diese etwas aufgeworfene Oberlippe und das leicht Schnupfige, ja und dann, du kennst das so gut wie ich, dann sind das nun mal diese gar nicht wenigen Jahre Altersunterschied, verdammt, als hättest du vergessen, wie junge Haut ist, beispielsweise. Und dazu Norbert immer mit seinem Beeindrucktsein von ihr und diesem *Loft*. Es ist eine solche Kontrastwelt zu unserer. Diese Freundin war nicht da, jetzt, wo wir sie kennen, muss ich sagen: leider. Sieht auch nicht übel aus, ist aber mehr das Gewohnte, eine ansehnliche Blonde. Und wir tranken Pamelas starken Kaffee aus der Espressomaschine, einer, die man auf die Herdplatte stellt, und nebenher Wodka, und ihre Selbstgedrehten hielt sie wie Joints. Es gab Waffeln aus der Packung, aber niemand hat welche gegessen. Auf meinem niedrigen ausgeleierten Autositzpolster fragte ich mich, wie bald ich stocksteif würde und ob ich elegant wieder hochkäme, auch so ein Altersmist. Sie holte von irgendwoher einen Stuhl für Norbert, der am Boden ein Problem hat wegen seiner langen Beine, aber er wollte da unten bleiben, um den Cassetten-Recorder auf der Kiste mit dem Teppich darüber zu kontrollieren, und außerdem aus Jugendwahn.

Am besten wäre ein Bericht, den du nach Tageszeiten gliederst. (Norbert hatte ausnahmsweise nichts gegen Gretas immer zu vorschnell vorgebrachte Sagen-wir-doch-du-Verordnung.) Etwa so: Sechs Uhr fünfzehn, der Wecker reißt mich aus einem Traum, ich tappe im Halbschlaf ins Bad … oder wohin auch immer du sonst als Erstes gehst. Okay? (Okay, okay, sagte Greta stumm, wie jugendlich er sich gibt.)

Acht-Uhr-Vorlesungen besuche ich nicht, sagte Pamela. Liz tut das, schleicht sich raus. Liz studiert BWL und diese Mediensachen und macht außerdem Computer-Kurse für Fortgeschrittene, und die fangen alle früher an als die Geisteswissenschaftler. Und deshalb ist es nicht der Wecker, der mich erschreckt, sie ist es, Liz, mit dem Kaffeebecher in der Hand, gegen halb acht, bevor sie wegmuss. Pamela lachte, wieder nicht mit dem ganzen Gesicht. Liz hätte keinen so geistlosen Job wie sie bei *Call-a-pizza*, sie unterrichtete Anfänger in der Computer-Schule.

Ich kann mir nicht vorstellen, dass der Studiumsanteil für *Bliss*-Leser spannend ist, sagte Greta. Wenn schon, dann eher das Pizza-Austragen.

Gut, sagte Norbert, fangen wir mit dem Job-Anteil an. Wann gehts los? Er drückte die ON-Taste auf dem Recorder.

Achtzehn Uhr, aber meistens bin ich nicht pünktlich, sagte Pamela, und unterwegs in dem Honda verfluche ich mich und den Job und alles. Gestern habe ich zu lang mit Bea telephoniert, oder sonstwas hält mich auf, und der Verkehr ist um diese Zeit dicht, und dann steht der Chef, das ist Bruno, schon an der Tür vom Pizza-Service, und man kann drauf wetten, dass er sagt: Los los, Mädchen, der Kunde wartet nicht. Ein idiotischer Satz, denn wenn er was macht, der Kunde, dann ist es Warten. Aber Bruno ist nett, der Koch, Luigi, ist auch nett, dann gibt es noch Placido, den Kellner, besonders nett, Luigi reicht mir aus der Küche die Pappkartons mit den Pizzen oder in Folie verpackten anderen Sachen, und wenn ich Glück habe, sind es nur zwei bis drei Gerichte, und er murmelt was von Ringstraße 191, hohe Hausnummern mag ich nicht, und ich düse los. Andi nimmt das Fahrrad, obwohl Bruno ihr seinen Fiat leihen würde, mir übrigens auch, damit ich Benzin spare, aber es wäre schwierig mit dem Parken des Honda, alles zugeparkt an der Ecke mit *Call-a-pizza*. Andi fährt nicht gern Auto, deshalb bleibt sie beim Fahrrad, und deshalb bekommt sie natürlich die Adressen in der Nähe.

Greta dachte: Sie kriegt mit, dass wir jede banale Kleinigkeit jetzt schon spannend finden, und es amüsiert sie. Sie sagte: Ich glaube, so ausführlich muss es nicht sein.

Norbert widersprach: Lass sie reden. Das ist erst mal Material. Kürzen könnte ich immer noch, aber bis jetzt ist alles okay.

Pamela, die sich eine Zigarette drehte, fragte Greta: Willst du auch mal so eine?

Greta fühlte sich als missgünstige Ehefrau von Pamela erwischt, und aus sportlichen Gründen hätte sie lieber das Angebot angenommen, aber sie fand es zu riskant, lehnte ab, doch lachend. Sie sagte: *Ich* höre verdammt gern zu, damit das klar ist. Ich dachte nur an die blöden *Bliss*-Leser. Ich mach schon Schluss, sagte sie zu Norbert, der die OFF-Taste gedrückt hatte, abwartete. In Pamelas Gesicht mit den jetzt leicht zusammengezogenen Augenbrauen hing ein halbes vergessenes Lächeln herum, das Greta entschlüsselte: Ich kenne mich aus mit dir. Greta fühlte sich geröntgt. Trotzdem war der Blick aus Pamelas (grünen?) Augen, der ihrem an Ausdauer überlegen war, nicht ganz zu deuten.

Dann habe ich auch diese Villenviertel nicht gern. Komponistenviertel, Achat- und Blumenviertel und was nicht alles. Sagen wir, sie haben mich ins Blumenviertel beordert. Achtzehn Uhr zwanzig, Tulpenweg 12, und ich kurve schon fünf Minuten lang in diesem Carré herum, Jasmin, Rosen, Nelken und so weiter, alles da, bloß nicht die Tulpen. Ich halte an. Das mache ich nie wieder, beim Fahren im Stadtplan nachsehen, denn einmal habe ich vor lauter Stadtplanlesen beinah eine Ampel übersehen, und bei der Vollbremsung ist mir die Isolierbox mit der Lasagne vom Beifahrersitz gefallen, und dann musste ich mühsam den Käse vom Deckel kratzen. Zum Glück hat aber die Alufolie dicht gehalten. Achtzehn Uhr neunundzwanzig, und endlich hab ich die verdammte Nummer 12 im Tulpenweg, diese Viertel sind wie spanische Dörfer ineinandergeschachtelt, wie ein Irrgarten. Kennt ihr den von Hampton Court? Aus dem bin ich wirklich mal fast nicht wieder rausgekommen. Ein Mann steht schon vor seiner Haustür. Sagt irgendwas wie: Kommen Sie heut auch noch, oder: Das hat aber ganz schön gedauert. Hausfrauen sind erst recht so, die lassen sich dann auf einen Fünfziger genau rausgeben.

Obwohl Norbert missbilligend den Kopf schüttelte, sagte Greta, um gut im Spiel zu sein: Die Leute sind wirklich schäbig. Fühlt man sich dann würdelos oder so?

Besser, man gewöhnt sichs ab, darüber nachzudenken. Pamelas Augenbrauen zogen sich wieder zusammen, sie lächelte ihr schräges, minimales Lächeln, blickte den Ultraschall-Blick. Dass man sich beim Trinkgeld, ich meine, wenn man es kriegt, und manche geben großzügig, dass man sich da nicht komisch fühlt, muss man auch erst lernen. Sich bei Geizkragen zu ärgern, muss man nicht lernen. Ihr Lachen hörte sich rauh an, aber aufgerauht klang sie immer.

Das kannst du gebrauchen, sagte Greta zu Norbert. Also gut, dass ich gefragt habe. Auch sie lachte. Sie nahm noch einen Wodka, um immer besser zu werden. Sehr wahrscheinlich finde ich in jeder Minute Pamela tausendmal wundervoller als Norbert, dachte sie.

Wie ist eigentlich die Bezahlung?, fragte Norbert. Monatslohn?

Stundenlohn. Fünf Euro. Demnach sind wir auf die Trinkgelder angewiesen. Wenn sie ins Restaurant gehen, sind die Leute garantiert nicht so knauserig wie an der Haustür, sagte Pamela.

Du liebe Zeit, Norbert, rief Greta, kannst du dich dran erinnern, dass wir ihr was gegeben haben, an *unserer* Haustür? Und ob überhaupt?

Habt ihr, sagte Pamela.

Aber anscheinend wenig, gerade so aufgerundet, oder?, fragte Greta.

Zwinkerte Pamela Norbert zu? Hatte er ihr, weil sie ihm gefiel, übertrieben viel spendiert? Greta dachte, das ist jetzt Bestform, als sie sagte: Aha, es war ein Monster-Trinkgeld, weil er von dir hingerissen ist. Und lachte: A good sport!

Fortsetzung folgt, sagte Norbert, mach mir jetzt nicht so viel Arbeit mit dem Kürzen, Greta.

Es macht überhaupt keine Arbeit, beim Abhören einfach was wegzulassen, stellte Greta klar. Ist ja nicht fürs Radio. Fünf Euro finde ich wenig, fünf pro Stunde.

Was soll man machen? Pamela beschrieb eine Gleichmut signalisierende Geste mit dem rechten Arm, an dem sie den Pullover bis zum Ellenbogen hochgestruppt hatte, und Greta bemerkte, wie dünn der Arm war, und sie sah zwei übereinandergesteckte silbrige Ringe an Pamelas kleinem Finger.

Es gebe auch ruhigere Zeiten. Achtzehn Uhr fünfzig oder so, und im Moment ist nichts los, und ich trinke eine Cola. Der nächste Schwung kommt erst wieder nach den

Nachrichtensendungen, vor allem ab zwanzig Uhr fünfzehn, wenn die Tagesschau gelaufen ist und die Leute sich in den Fernsehsesseln fläzen und keine Lust mehr zum Kochen haben. Andi macht den Job neben der Schule her, und wir hocken nicht bloß rum und rauchen, wir helfen Bruno ein bisschen, schichten ein paar Soave-Flaschen, oder was sonst reingekommen ist, in den Kühlschrank, immer irgendwas im Hintergrund, da kann man auch ungestört reden. Dazu haben wir nicht mehr viel Gelegenheit, seit der Chef unseren dritten Boten rausgeschmissen hat.

Was war der Grund? Geht das schnell bei eurem Chef?, fragte Greta aus Mitspiellaune, zu der sie sich dank des zweiten Wodkas nicht mehr aufraffen musste.

Er war einfach dumm, er war leichtsinnig, und beim Chef genügt schon ein einziges Mal, und das durfte auch nicht passieren. Beim Ausfahren hat er einen Freund getroffen, und statt die Bestellung wegzubringen, ist er mit dem durch die Gegend gefahren. Bruno war total erledigt, er dachte, es wäre was passiert, er war kurz davor, die Polizei anzurufen.

Wirklich dumm, kommentierte Greta. Aber bei deinem Chef wird man sehr schnell seinen Job los.

Ist doch affenklar, sagte Norbert.

Greta lachte ihr uneheliches Mitspiellachen. Er findet, dass ich mit meinen Fragen störe, sagte sie. Aber diese Fragen bringen doch jedes Mal irgendwas Ergiebiges hervor. Gibs zu, Norbert.

Norbert gab es zu.

Man muss doch wissen, warum der Chef den dritten Boten gefeuert hat, sagte Greta. Und nun wissen wir es.

Und von jetzt an wollen wir wieder wissen, wie es weitergeht, sagte Norbert. Ihr habt also ein bisschen Pause.

Ganz gesichert ist die nie. Sagen wir neunzehn Uhr drei, und jemand, der keine Nachrichten sieht, ruft an. Und jetzt lasse ich mal mich selber am Telephon sein, und es ist ganz günstig, wenn ich die Bestellung selber aufnehme, weil ich mir dann den Weg genau erklären lassen kann. Ein Mann ist dran. Er will eine Familienpizza. Er sagt, ich würde nur zehn Minuten brauchen, er wohnt in einem Vorort, und ich warne ihn, so schnell geht das nicht, und er beschreibt mir einen Schleichweg. Neunzehn Uhr siebenundzwanzig und von wegen zehn Minuten Fahrt! Das ist kein Vorort mehr, das ist auf dem Land, und das Kaff ist völlig abgelegen. Zweite Kreuzung rechts, dann sechshundert Meter geradeaus bis zur Ampel, dann rechts, oh verdammt, wars nicht links, ja es war links, und ich finde die Jet-Tankstelle, und endlich bin ich da, neunzehn Uhr vierzig. Der Typ glotzt mich penetrant an. Erzählt mir was von Pizza im Bett essen und sichs gemütlich machen, aber ich reagiere nicht, und seinen extragroßen Karton kann er selbst reintragen, Familienpizza, von Familie weit und breit keine Spur.

Sauerei, sagte Greta. An so was habe ich gar nicht gedacht. Das kann ja ganz schön gefährlich werden.

Ich bleibe sowieso immer an der Wohnungstür stehen, sagte Pamela. Bei alleinstehenden Männern, aber sonst auch. Aus Prinzip. Ängstlich sein darf man nicht. Die kriegen das sofort mit.

Wenn euer Koch gut ist, müsstet ihr auch Stammkunden haben, oder? Greta wandte ihr warmes Gesicht, von dem sie fürchtete, dass es mittlerweile rosig war, auch leicht angeschwollen (sie bekam das bei Anspannung plus Alkohol, ach und Pamela blieb blass, schmal!), Norbert zu, und weil Lustigkeit das Unverfänglichste und mithin Beste war, strahlte sie ihn an: Wenn das nicht wieder ein nützlicher Einwurf war!

Und Norbert, ein Mann, stimmte ihr zu, heiter auch er: Ihm passte Gretas gute Laune, er fand es durch sie nur umso anregender mit der seltsam interessanten Pamela in ihrem seltsam interessanten Loft und mit ihren für ihn so extrem ungewohnten, extrem schwierigen Lebensumständen.

Ja, Stammkunden haben wir auch und nicht zu knapp, für Andi und mich günstig wegen der Adressen. Ich bin zurück vom Familienpizzamann, das Telephon wimmert, und eine Stammkundin ist dran, eine Türkin, aber ohne Kopftuch, ihre Mama trägt eins. Jeden Sonntagabend, ich habe ja nur samstags frei, so wie heute, nimmt sie viermal Pizza, zwei Margheritas für die Kinder, zweimal mit Pilzen für die Mama und sich selber, der Ehemann will keine, er will Fleisch, aber keins von uns. Sie wohnt im fünften Stock, und einen Lift gibt es nicht. Aber sie kommt mir schon bis fast in den dritten Stock entgegen, dass ich den geschafft habe, war mir auch schon stressig genug, nur lohnt es sich immer, immer rundet sie großzügig auf. Zwanzig Uhr achtundzwanzig, gleich drei Telephonate hintereinander. Zwei Kunden wohnen zum Glück nicht kompliziert und außerdem dicht beieinander, da gehen die zwei Lieferungen mit einer Fahrt, und Andi kann die dritte Fuhre übernehmen, nicht allzu weit weg vom Laden.

Greta bemerkte, dass sie beide Hände über dem Bauch hielt, damit der nicht auffiel. Sie hatte seit einigen Jahren einen kleinen Bauch, Luftbauch genannt. Es musste Luft drin sein, schon weil er sich nicht mehr einziehen ließ so wie früher nach zu viel Essen. Zum andern sprach für Luft im Bauch, dass sie nicht an Gewicht zugenommen hatte. Die Fleisch- und Muskulaturschichten hatten sich anders verteilt. Das hing mit altersbedingten Veränderungen an der Wirbelsäule zusammen. Doch kein tröstlicher Zuspruch half wirklich. Die hartnäckige Bauchhervorwölbung und die damit verbundene Einbuße einer deutlich wahrnehmbaren Taille kratzten an Gretas früher selbstsicherem Auftreten, stehend, sitzend, Pamela hatte überhaupt keinen Bauch. Sie war konkav.

Pamela hatte vorgeschlagen, drei Essen aus dem Asia zu besorgen, aber bevor Norbert sich dazu äußern konnte, rief Greta: Nein! Tausend Dank, wäre verlockend (und es verlockte sie!), geht aber nicht. Wir haben Honigschinken mit Verfallsdatum und halbwelken Chicorée!

Das nächste Mal, sagte Norbert. Nicht herauszuhören war, ob er enttäuscht war.

Das nächste Mal sollte ein Kaffee bei uns sein, sagte Greta. Kochen kann ich nicht. Oder Pizza, die du mitbringst. Großzügigstes Trinkgeld! Pamela, weißt du, was mich wundert? Mich wundert, wie gesprächig du bist. Neulich bei uns mit der Luftbuchungs-Pizza hast du einen eher wortkargen Eindruck gemacht. Sah nach Geheimnis aus. Greta wusste, wie Enttauschungen gemacht werden. Pamela würde bedauern, kein Geheimnis mehr zu sein. Wer viel redet, tilgt die Neugier auf sich.

Ich *soll* heute reden, oder? Pamela lächelte halbseitig.

Allerdings. Stumm kriegen wir kein Interview hin, sagte Norbert, der gut gelaunt geblieben war, und durch Greta kroch eine trübe Erbärmlichkeit. Zwanzig Uhr, was?, fragte Norbert auffordernd.

Irgendwie ist es doch schade, dass du dem grässlichen Familienpizzamann gewachsen warst, ich meine, für *Bliss*, für *Bliss* sollte doch etwas Suspense rein, sagte Greta. Sie war wieder obenauf. Diesmal fühlte sie ihre Neid-Erbärmlickeit nicht. Sie brauchte allmählich ziemlich dringend ein WC und eine saloppe Formulierung für dieses Bedürfnis. Sie stand auf, es ging sogar gymnastischer, als sie sich vorgestellt hatte, sie sagte: Tut mir leid, ich muss mal.

Es ist spannend genug, sagte Norbert. Mach genau so weiter, Pamela.

Pamela war auch aufgestanden und ging dann voraus auf einen der in Abteile gliedernden Vorhänge zu: Hier ist es.

Greta rief den beiden zu, sie sollten mit dem Interview warten, bis sie wieder zurück wäre, und sie hätte nur an die *Bliss*-Leser gedacht, sie selbst finde jede Kleinigkeit interessant genug, und dann fand sie jede Kleinigkeit im winzigen Bad der zwei Freundinnen interessant, jedes Fläschchen, jede Dose, und sie hatten Make-up-Sachen (Pamela war ungeschminkt) und Hakle feucht, Clean und Fresh. Nicht mehr lang, dachte sie und schauderte davor, und ich finde es bei uns zu Haus weniger attraktiv als hier. Ein Apothekenschränkchen, Greta nahm sich zwei Aspirin und zerkaute sie, andere Packungen waren ihr nicht geheuer. Zurück im großen Raum, studierte sie die karge Wanddekoration: Poster mit Rockgruppen, die sie nicht kannte, ein großes Kalenderblatt, es bildete ein weißes Holzhaus vor den wässrigen Farben einer Dünenlandschaft mit blassem bewölktem Himmel ab, und sie rief in die Richtung der unbequemen Bodensitzplatzgegend: Oh, Hopper! Den liebe ich auch.

Im Fenster vom Lokal haben wir unter dem *Call-a-pizza*-Schild ein Poster mit Debbie Gibson drauf, sagte Pamela, und neben ihrem Photo ein Zitat von ihr. Debbie ist Pop-Sängerin.

Haben wir das gewusst, Norbert, wir zwei Greise? Greta lachte etwas zu schrill.

Wir haben es nicht gewusst, sagte Norbert ruhig.

Aber wir *hatten* unsere Pop-Zeit, sagte Greta. Wir waren Beatles- und Stones- und Kinks- und Procol-Harum-Pioniere, damals, und meine Liste wäre viel viel länger, wenn …

… wir Zeit dafür hätten, sagte Norbert. Was ist mit dem Zitat?

Es geht um Pizza, sagte Pamela. Debbie sagt: Ich bin ganz wild auf Pizza. Immer und überall. Und dass ihre Vorfahren Italiener waren und ihre Großmutter Pistizzi heißt, und dazu sagt sie am Schluss: Du kannst dir vorstellen, wie ihre Sauce schmeckt.

Du bist ganz weiß um die Lippen rum, weiße Lippen. Norbert prüfte Gretas Gesicht, und sie wusste, das war vom Aspirin, tat befremdet, ahnungslos: Was kann jetzt das schon wieder sein?

Nimm einen Schluck Mineralwasser. Pamela hangelte nach der Flasche. Wie viel Uhr war es vorhin?

Jetzt jedenfalls ist es kurz vor sechs, sagte Greta. Viel Zeit haben wir nicht mehr. Wir leben ziemlich genau nach Plan, muss man wissen.

Irgendwas nach neun, sagte Norbert. Wenn Greta uns lässt, können wir weitermachen.

Wollt ihr Musik hören?, fragte Pamela. Klassik? Oder Pop, Rock? Rave, Rap, Techno? Alles da.

Wie du meinst, sagte Norbert gleichzeitig mit Gretas *Oh nein!* Pamela, für den Rap- und Techno-Geräusch-Skandal bist selbst du zu alt. Ohren- und Gemütsbeleidigung. Adorno hätte unsere Ära verachtet. Und bei klassischer Musik muss man den Mund halten. Wir waren mal bei Freunden an einem Ostersonntag und es gab Lammfleisch, und sie hatten als Hintergrundmusik die Matthäuspassion. Erbarme dich, oh Herr … Greta sang, brach ab, Pamela musste lachen, Norbert sagte: Es war nur leise, Greta sagte: Ich hielt es nicht aus, ich drohte: Wenn ihr wollt, dass ich auch nur einen Bissen runterkriege, müsst ihr sofort diese göttlich-todtraurige Musik abstellen.

Längst war hinter den langen Fensterscheiben das schmutzige Tageslicht ermattet, jetzt setzte sich die schlecht beleuchtete Lincoln-Allee-Nacht gegen die Dämmerung durch, und Pamela lief durch den großen Raum, schaltete gut verteilte einzelne Lichtquellen an, die Greta überschwänglich lobte: Wie kleine Gestirne, und der sanfte Schein drumherum. Ich hasse Oberlicht. Es macht mich hässlich.

Sie lachte, fühlte sich jetzt sehr selbstsicher mit ihrem Instinkt dafür, wodurch man sich aufwertet: Noch hässlicher, als ich bin. Und ich hatte Zeiten! Zeiten der Schönheit!

Hast du immer noch, du bist sehr schön. Pamela hörte sich dunkel und ernsthaft an, und so sah sie auch aus, im blassen Gesicht mit den bemerkenswerten Augenbrauen, sie blickte beinah streng und zärtlich zugleich, und Greta wusste nicht, was sie davon halten sollte, erst recht nicht, was sie von ihrer Empfindung halten sollte. Etwas unbehaglich, wenn auch rehabilitiert, aber es war trotzdem nichts, das sie einfach genießen konnte. Ihre zapplige Aufgekratztheit war ein solcher Kontrast zu Pamelas sicherer Ruhe! Pamela arbeitete nicht wie sie mit Tricks, doch es nagte eine Verärgerung an ihrem Selbstbewusstsein.

Seid ihr mit eurem Frauengespräch fertig? Norberts Zeigefinger schwebte über der ON-Taste.

Pamela sagte: Einundzwanzig Uhr neunzehn. Ich sitze in dem Honda und nehme eine Kurve, und zwar schnell, damit ich noch bei Orange rüberkomme, und dann verflucht passierts, und ich kriege Wut auf Luigi. Oft macht der die Verpackungen nicht fest genug zu. Die Bolognese-Sauce ist rausgeschwappt. Einmal ist das auch beim Tragen passiert, und meine Hose hat was abbekommen und musste in die Reinigung, von der ich sie gerade abgeholt hatte. Im Auto riecht es wie unter einer Dunstabzugshaube. Immer dieses Tomatenzeug mit dem Thymian, ich kann es nicht mehr riechen. Und dann fängt es auch noch an zu regnen. Die Scheibenwischer kommen nicht nach, genauer gesagt, die Scheibenwischer sind irgendwie verdreht und liegen nicht mehr dicht auf, und man sieht nicht mehr durch all die toten Insekten und den andern Schmutz auf der Windschutzscheibe. Einundzwanzig Uhr vierundvierzig: zwei Pizza Prosciutto und zwei mit Salami. Sind am meisten gefragt, die mit Schinken und oder Salami. Luigi macht gute mit Muscheln, aber die wird kaum bestellt.

Die Italiener machen sich ja lustig über den deutschen Pizza-Geschmack, sagte Greta. In Italien kriegst du bestimmt so leicht keine Pizza Hawaii mit Ananas drauf oder

Spinat kombiniert mit Sardellen und Artischocken. Ich kann mir nicht denken, dass euer Luigi seine gute Muschelpizza selber isst.

Das war kein ergiebiger Einwurf, sagte Norbert zwar, aber Greta glaubte nicht, dass er ihre kleine Gehässigkeit mitbekommen hatte.

Weiß ich nicht, sagte Pamela. Aber so viel steht fest: Bruno konnte im letzten Jahr den Umsatz um bis zu zwanzig Prozent steigern. Die Restaurantbesitzer ohne Lieferdienst klagen über immer weniger Kunden, aber mit uns gehts steil bergauf. Übrigens sind wir nur *eine* Filiale von fünfundvierzig, und *Call-a-pizza* ist Marktführer, und in irgendeinem Jahr, mit Zahlen bin ich nicht so gut …

Oh, du auch? Ich auch!, rief Greta. Riskiere ich einen dritten Wodka? Für den Rückweg? Ja, ich riskiere ihn.

Was wolltest du sagen, Pamela?, fragte Norbert.

Dass man mit allen fünfundvierzig Filialen *Call-a-pizza* irgendwann über zwanzig Millionen eingenommen hat.

Und mit dieser Zahl bist du dir sicher? Greta süffelte den Wodka.

Ziemlich sicher, sagte Pamela mit dem reduzieren Lächeln, und dass das mehr war als bei Häagen-Dazs.

Erstaunlich, sagte Norbert.

Viel erstaunlicher für mich, sagte Greta, dass dieses Häagen Dingsbums überhaupt erfolgreich ist. Wir haben es einmal probiert, danach sagte ich: nie wieder. Ich fand es langweilig. Auch nicht süß genug.

Bei wie viel Uhr sind wir jetzt? Norbert unterbrach Pamela, der andere Eissorten ebenfalls besser schmeckten als Häagen-Dazs: Meinetwegen zweiundzwanzig Uhr fünf, noch eine Stunde bis Feierabend. Und ich will später unbedingt mit meiner Freundin zu einer Party, eine am Baggersee nehme ich mal, weil die schon ab sechs losging und es deshalb eilt. Luigi ist im Stress, er muss dreißig Pizzen fürs Herbstfest eines Fußballvereins backen oder für den

Tennisclub. Und er hat die Bestellung nicht richtig mitbekommen. Er lebt zwar schon seit zwei Jahren hier, hat aber immer noch ein Sprachproblem, Bruno spricht perfekt deutsch …

Die große Bestellung wird von den Club-Leuten selbst abgeholt. Aber eine Einzelbestellung für mich, die hat er nicht richtig mitgekriegt, und die Frau hatte nach einer halben Stunde noch mal angerufen und ist wütend gewesen, aber jetzt weiß ich wenigstens, wohin mit den Spaghetti Bolognese, und ich werde ihre Wut ausbaden müssen, wenn ich vor der Tür stehe. Zweiundzwanzig Uhr fünfundzwanzig, die Straße ist endlos, die Frau hatte was von einem Kiosk gesagt … schön und gut, irgendwann habe ich diese Kundin hinter mir. Sie könnte gesagt haben: Für einen Schnelldienst seid ihr ganz schön langsame Schnecken.

Die Menschen sind schrecklich, sagte Greta. Die Welt ist …

… schrecklich schrecklich, schlecht, unterbrach Norbert sie. Kannst du deine Philosophie für ein anderes Mal speichern?

Kann ich. Was ich längst fragen will, ist, wann endlich du, Pamela, was essen kannst?

Sehr wichtige Frage! Der schlimmste Feind von uns Pizzaboten ist der Hunger. Im Voraus futtern kann ich nicht. Ständig karre ich das Essen herum, und mir hängt der Magen schon bis in die Kniekehlen.

Greta stöhnte dramatisch, und als diesmal Norbert für seinen eigenen Mitleidskommentar die OFF-Taste bediente, ärgerte sie die Besorgnis in seiner Stimme: So kannst du das nicht auf die Dauer machen. Du hast doch sowieso nichts auf den Rippen.

Das ist gesund, sagte Greta. Übrigens gewöhnt man sich an Hunger, ich denke an Irina Schmitz, die isst ab fünf überhaupt nichts mehr. Nur trinken muss man. Hungern geht.

Ihr habt doch diese kleine Ruhepause in der Fernsehnachrichtenzeit, normalerweise, und die Italiener, bei denen wir essen, backen dauernd Pizza-Brot, oder überhaupt: Brot, etwas trockenes Brot müsste doch immer da sein, sagte Norbert. Du darfst es nicht einfach bei deiner Cola belassen.

Ich wäre zu nervös zum Essen, sagte Pamela. Innerlich ist man immer unterwegs.

Aber du ruinierst deinen Magen, sagte Norbert, während Greta beinah vornübergefallen wäre, weil sie sich schräg zum Recorder streckte, den Finger auf der ON-Taste, und *Mach weiter* sagte und dass sie wirklich sehr bald aufbrechen müssten.

Pamela bohrte einen ihrer (grünen?) durchleuchtenden Blicke in Gretas Gesicht, bevor sie sagte: Okay, lassen wir es zweiundzwanzig Uhr fünfzig sein, dann sind es noch zehn Minuten und ich habs geschafft, bloß darf nicht noch eine allerletzte Bestellung dazwischenkommen und auch noch mit einer Problem-Adresse so wie neulich, als ich schließlich bei euch landete.

Gelobt sei die Problem-Adresse! (Hat sich das natürlich angehört? Für Norbert: ja, entschied Greta. Für Pamela: nervös, hysterisch.) Norbert stimmte ihr mit (natürlichem!) *allerdings* zu, und Pamela sagte: Danke. Finde ich jetzt auch. Also zehn Minuten, und meine Freundin ist längst bei den andern am Baggersee. Dann mache ich mich abfahrbereit, dreiundzwanzig Uhr zwei, und ich habs geahnt, noch mal irgendwelche von diesen verfressenen Leuten, die keine Ruhe geben!

Greta fragte: Kommt das oft vor?

Beinah jeden Abend, sagte Pamela. Immer das Gleiche, und die letzte Pizza meistens auch noch mit tausend Extrawünschen. Oktopus und Ananas oder sonstwelche Verrücktheiten. Sind die schon besoffen?, fragt Andi. Es ist zu weit für sie mit dem Rad, und außerdem ist sie ja als Schülerin zu jung für den Extra-Spätdienst. Puh, und das alles nach Dienstschluss, und du kriegst nichts zusätzlich dafür.

Es sieht nicht so aus, als hättest du dir bei *Call-a-pizza* einen besonders günstigen Job ergattert, sagte Greta.

Es war unter allem, was damals am Schwarzen Brett angeboten wurde, für mich das geeignetste. Pamela zählte ihre Vorlesungs- und Seminartermine auf. Sie hatte nur abends für Studium-Abstecher Zeit.

Wahrscheinlich ist es sogar ein begehrter Job, sagte Norbert. Machst du weiter? Die Bestellung nach Dienstschluss war dran.

Pamela erzählte, dass sie bei diesen späten Telephonaten immer ziemlich schlecht gelaunt und deshalb nervös sei. Und da kann es vorkommen, es ist dreiundzwanzig Uhr achtzehn oder so was, dass ich irgendwas falsch notiere. Vor lauter Peperoni und Schinken und mit oder ohne Knoblauch, mit oder ohne oder mit extra viel Sardellen habe ich vor ein paar Tagen erst wieder so einen Fehler gemacht, diesmal den: Ich habe die falsche Größe aufgeschrieben. Ich brachte eine große Pizza, aber die Frau hatte eine kleine gewollt, und ich bekam für die große nur das Geld für die kleine, das stand der Frau zu, es war korrekt, weil ja ich mich geirrt hatte, und es wäre nicht der Weltuntergang, nur muss ich dann die Differenz von meinem bisschen Trinkgeld ausgleichen. Gut, ist auch kein Weltuntergang, aber ärgerlich.

Übereifrig gab Greta Pamela recht. Dann aber sagte sie, obwohl sie eigentlich längst wegwollte: Ich fürchte, ihr Studenten von heute braucht einfach ein bisschen zu viel Geld. Ich meine, wir früher, wir waren anspruchsloser, kann ja dumm von uns gewesen sein, nur, wir kannten es nicht anders, uns hat kein Staat unterstützt, wir wohnten bei den Eltern und fuhren als Pendler zur Uni …

Statt auf diesen Vorwurf zu reagieren, erzählte Pamela von der Abrechnung. Wenn sie mit dem Chef abrechnet, fehlt oft ein mehr oder weniger großer Betrag, eher ein kleiner, weil es immer beim Kassieren so hektisch ist, wenn der nächste Kunde schon wartet, und manchmal hat sie Flecken vom übergeschwappten Essen auf den Jeans, und manchmal backt Luigi ihr eine riesige Trost-Margherita, seine letzte für diesen Abend, und die nimmt sie mit für zu Haus oder irgendeine Fete und flitzt los.

Auf *unserem* Heimweg habe ich idiotisch pausenlos geredet, eine Mixtur aus Kritischem und übertrieben Schmeichelhaftem über Pamela, doch kein Wort über ihre Augenbrauen, und ich konnte spüren, wie neugierig Norbert zuhörte, und es hat mir nicht gepasst. Noch viel weniger hat mir gepasst, dass ich, und werweißwie überschwänglich, das Mädchen zu uns eingeladen hatte, Greta klang piepsig: Welchen Kuchen hast du am liebsten, du kannst deine Freundin mitbringen ... Mit ihrer Originalstimme fuhr sie fort: Normalerweise atme ich zu Haus tief durch, fühle die Behaglichkeit ringsum, doch diesmal war ich erstens noch zu verdreht, und zweitens fand ich es dermaßen bürgerlich ... und obwohl ich doch wusste, Greta, diese Kombination ist dir nicht bekömmlich, bin ich mit Volldampf in die Sache reingerauscht, es wurde, mit der Freundin, eine Vierer-Freundschaft, ein bisschen abmildernd wirkte die Freundin ja, aber es blieb dabei: zwei Welten, zwei Generationen, wir sprachen nicht die gleiche Sprache. Norbert blieb immer derselbe, ich jedoch, um zu gefallen, spielte eine Rolle, nur zwischendurch war ich mit mir identisch, dann aber irgendwie eklig. Glaub mir, meine Gute, es war eine anstrengende Zeit, in den ersten Wochen haben wir uns oft mehrmals im Loft getroffen, nicht nur samstags, wenn Pamela keine Essen für *Call-a-pizza* austrug und die zwei zu uns rauskamen, Kaffee und Kuchen und meistens mit Verlängerung im *Genovese*, wo Norbert seinen Lieblingsfisch kriegt, St.-Petersfisch, es ist außerdem das nächste von unseren drei Stammlokalen, wir sind zu Fuß hingegangen, und das war das einzige Gesunde an unseren Geselligkeiten. Sehr ungesund die nächtlichen Abendessen im Loft werktags, wenn die zwei für uns kochten, immer viel zu viel, so dass wir uns gleich beim Abschied wieder für den darauffolgenden Abend verabredeten, um die Reste aufzuessen, und dann hatten sie noch irgendwas dazugemacht, und es wurde wieder nicht aufgegessen, verlängerte Reste immer so weiter, und das Verrückte war, dass *ich* diese Fortsetzungsgeschichte antrieb, dass es mich reizte, mich all meinem inneren Zwiespalt auszusetzen. Ich weiß wirklich nicht, wie lang ich das durchgestanden hätte, wenn nicht Pamelas Wandertrieb dazu geführt hätte, dass sie plötzlich mitten im Semester auf und davon gezogen ist, zuerst einmal nach Budapest zu ihrem Vater. Die fleißige Freundin bekam ein Stipendium für die School of Economics, und irgendwann folgte Pamela ihr nach London, wo sie nach diversen Jobs zurzeit in einem Verlag arbeitet, er heißt so ähnlich wie die Hershey's-Schokolade. Unsere Korrespondenz wurde spärlicher, aber wieder war ich es, die viel prompter und dann auch ausführlicher antwortete als sie. Sie haben das Loft nicht aufgegeben, frag mich nicht, wie sie ihr Dasein finanzieren, und sie wollen wiederkommen, aber wenn ich etwas fest vorhabe, dann ist es, die Geschichte nicht wieder aufleben zu lassen, und ich werde standhalten, das weiß ich. Habe ich dir je erzählt, dass sie irgendwann mal, weil Glatteis war, bei uns übernachteten, alle beide? Und dass Pamela mich in der Nacht erschreckt hat, denn sie legte sich zu mir ins Bett? Gemacht hat sie nichts, sie blieb auch nicht lang, und ich wusste überhaupt nichts mit ihr anzufangen, sie lag ziemlich dicht, und mich wunderte zweierlei: Sie hatte einen richtigen Busen. Tagsüber sieht sie wie ein Brett aus. Und sie trug ein altmodisches langes Nachthemd, weiß, und von ihr hätte ich gedacht, sie zieht nachts gar nichts oder nur ein Fetzchen Stoff an. Ich habe es Norbert nicht erzählt. Wenn er aber, falls sie wirklich zurückkehren, für eine Wiederbelebung der alten Bindung ist, könnte ich es tun. Allerdings bin ich gar nicht so sicher, ob das für ihn einen Unterschied macht. Ihm ist es übrigens egal, ob alles einschläft oder wieder aufwacht, *da* bin ich *ganz* sicher und genau so sicher, dass meine Eifersucht der reinste Schwachsinn ist. So sonderbar war noch keine einzige Menschenbeziehung in meinem Leben, so verquer wie diese, und wird keine je mehr sein.

Am Abend der Rückkehr vom Interview-Nachmittag war Norbert wie immer. Bereit zu essen, alle Nachrichtensendungen fand er wichtig. Gretas Exaltiertheit bekam er kaum mit, außer dem Tagesplanverstoß, dass sie zu so später Stunde und nach dem Küchenabwasch plötzlich mit Furor die Granitstufen der Treppe zum Souterrain wischte und dazu fluchte: Verdammte Sitzerei stundenlang! Ich brauche Bewegung! Bei *Zuletzt stirbt die Hoffnung,* vierte Folge, schlief diesmal Greta nicht nach dem ersten Drittel ein, und sie blieb hellwach einen ganzen langen Western hindurch, den Norbert beim Streifzug durch die Programme noch nicht zu weit vom Anfang entfernt erwischte, gerade als Jakob Lieblich alias Glenn Ford in einen Sessel gelümmelt von den langen Umwegen redete, die er um Unannehmlichkeiten mache. Ungewöhnlich wach also war sie zwar, wirklich konzentrieren konnte sie sich aber trotzdem nicht.

Im Bad beim Zähneputzen sagte sie: Irgendwie ist die Luft raus. Ich meine mit Pamela, und dass das Rätselhafte weg ist. Abends neulich mit der Pizza für andere Leute hatte sie so was von Rätsel, und das ist weg. Wenn mir auch alles irgendwie gelogen vorkommt. Ihre Abenteuerlichkeit.

Norbert, mit der Zahnbürste im Mund, war nicht zu verstehen. Greta fragte nicht nach. Sie wollte jetzt nur noch friedlich einschlafen. Und das gelang sogar, weil sie noch nicht damit rechnen konnte, dass sie nach knapp einem Jahr, wieder war es Herbst, auf Pamelas Botschaft hin *Wir sind wieder da und haben ein prima Rezept für St.-Petersfisch* in großen Buchstaben auf einer Ansichtskarte vom Piccadilly, ein paar Tage später fragen würde: Wie wärs mit Call-a-Pamela?

Übrigens schon am Telephon, die Nummer wusste sie noch im Schlaf.

Sperrmüll

Allmählich wurden die Gasteltern Binas eigenen Eltern immer ähnlicher, ähnlich nah, ähnlich fern und fremd. Geringer Gefühlsaufwand bei beiden Paaren, für einander, für Bina. Auch die Wohngegenden waren ähnlich, ähnliche Grundstücke, ähnlich bepflanzt, ähnliches Mobiliar im Innern der Häuser, der ähnlichen Häuser, und es war das gleiche Gesunde, das es zu essen gab. Es spielte keine Rolle mehr, ob Elise Stutz es war oder die richtige Mutter, die Bina bei Gesichtsstudien im Spiegel erwischte: ähnliche Beschämung, mittelpeinlich. Beide Ehepaare wollten sich, aber doch nur vielleicht, scheiden lassen, bald redeten sie darüber, bald nicht, und eigentlich kamen sie gut miteinander aus. Binas Mutter war als Reise-Journalistin dauernd unterwegs, ihr Vater amtierte seit drei Jahren in Brüssel, und deshalb übernahmen es Elise und Edi Stutz, beste Freunde, sich um Bina zu kümmern. Sie hatten keine Kinder, aber trotzdem ebenfalls keine Zeit. Beides war Bina recht.

Seit sie dreizehn war, hatte Bina immer wieder einmal gesagt: Ich glaube, ich wäre besser in einem Internat. Weißt du, was das kostet?, hatte ihre Mutter nach einem kleinen Aufschrei gesagt, und ihr Vater: Hast du auch daran gedacht, dass du in einem Internat kein Einzelzimmer hättest, du kleine Individualistin? Nein, daran hatte Bina nicht gedacht. Die Reaktion des Vaters war ihr lieber, sie zeigte, dass er sie besser kannte und verstand als ihre Mutter, ja vielleicht, dass er sie liebte. Aber alle beide enttäuschten, sie waren bloß belustigt wie über einen ziemlich mäßigen Witz; beunruhigt hätten sie sein sollen, denn dies war ein Notruf. Machen wir was falsch?, fragten sich manchmal Eltern und Gasteltern, wenn ihnen ausnahmsweise auffiel, dass Bina in trüber Gemütsverfassung am Tisch saß (es waren fast nur die Abendessen, zu denen man sich traf). Nicht einmal für sich selber wusste Bina die Antwort, nicht genau. Sie waren nette Leute, alle vier. Nur etwas fehlte. Was denn aber, was genau?

Bei den Gasteltern war Bina längst öfter als zu Haus und wurde auch dort entweder nicht richtig satt oder sie musste plötzlich zu viel essen, wenn man auf sie aufmerksam wurde. Edi und der Vater waren wieder einmal angenehmer, hielten sich aus Erziehungsüberfällen heraus, und Edi hatte Bina nie verraten, als er eines Abends mitbekam, dass sie ihren Essensrest, ein Thunfischbrot, ein Käsebrot, im Müllbeutel tief nach unten steckte. Ein französischer Freund aus Edis Studentenzeiten, André Perrin, der sie mit in den Dom genommen hatte, und eine Fernsehserie füllten ganz unerwartet die Ödnis der schwächlichen Gefühle, und Bina war fromm geworden. Von jetzt an, Bina wurde vierzehn, besaß sie himmlische Adressen für stummes Verhandeln, denn mit Gebeten war sie nicht aufgewachsen, der Konfirmandenunterricht hatte sie kaum inspiriert, höchstens einiges gelehrt. Sooft das unauffällig ging, und das ging oft, weil da wie dort die Erwachsenen voll mit sich beschäftigt waren, rannte sie zu ihrem geheimen kleinen Altar mit winzigem Kruzifix und darauf gespießtem, schmetterlingsartigem Jesus Christus. In einer Kommodenschublade hob Elise mitgebrachte Gaben zum Weiterverschenken auf, und Bina war dabei gewesen, als sie, lang her, dorthinein das Kruzifix versenkt hatte: Fundstück bei einem russischen Trödler. Russisch ist ja okay, aber für Kruzifixe bin ich nicht zu haben, waren Elisas Abschiedsworte an das Mitbringsel. Es war ihr suspekt, auch zu düster, schwarzes Postament mit schwarzem Kreuz, daran der allerdings nur matt und trübe vergoldete Christus. Bina, plötzlich fromm (sie wollte es sein), eroberte das Kruzifix und stellte es auf das Regal am Kopfende ihrer Bettcouch. Den bekümmerten Jesus Christus umrahmten zwei Packungen Dufttee, auf denen vor einem glänzend roten Hintergrund hübsche Engel mit riesigen weißen Flügeln ernste Gesichter machten; unter den vor der Brust gefalteten Armen bargen sie Kissen, rosa eingefasst und geschmückt mit einer Schleife, auf deren bodenlangen Bändern *Gloria in excelsis* stand. Für Telephonate mit dem Himmel legte Bina ihr Handy dazu, links, nach rechts platzierte sie, denn wahrscheinlich musste der Tod – als Asche – irgendwie auch vorkommen, André Perrins Beute aus einer Kneipe, einen gelben Aschenbecher mit der Aufschrift *Ricard*. Das Arrangement war ziemlich katholisch, und Bina betrachtete es mit einer kribbelnden Schadenfreude, weil sie dreizehn Jahre lang evangelisch gewesen war, aber ohne Nutzanwendung, evangelisch oder gar nichts, dachte sie und an den Geisteszustand von Eltern und Gasteltern. Nicht einmal die Nonnen-Serie schreckte sie aus ihrer mit Alltäglichem vollgestopften Leere; mich hat sie doch erweckt, dachte Bina, diese kleinen Nonnen besitzen mehr als nur eine Welt, und sie wissen, wohin sie sich wenden können, wenn Menschen immer wieder so schrecklich enttäuschen, und damit das ganze Leben, es ist zu oft eine Enttäuschung. Aber halt! Bina erwischte sich beim Fehlermachen. Die niedlichen Nönnchen, die Novizinnen, enttäuschte niemand und nichts mehr, sie machten einen friedfertigen, glücklichen Eindruck, in ihren Gebeten beklagten sie sich nicht, worüber auch, es gab keinen Anlass. Das Kloster war eine Zwischenwelt, nicht mehr ganz hier, noch nicht ganz dort. Irdisch pur ist fürchterlich, dachte Bina.

Die Gasteltern erschraken, wenn auch gleichzeitig belustigt, als Bina beim Thunfischsalat erklärte: Ich würde gern in eine Klosterschule gehen, ich weiß eine, die gleichzeitig Internat ist, aber nicht so teuer, denn Simona geht auch hin, und ihre Eltern verdienen wenig.

Bina ist evangelisch, sagte Elise zu Edi, sie muss natürlich sowieso ihre Eltern fragen, falls das nicht einfach eine pubertäre Exaltation ist. Aber ihre Eltern denken wie wir, und ich glaube nicht, dass eine Klosterschule Kinder nimmt, die evangelisch sind. Elise hob die Stimme: Außerdem sind deine Eltern ja genau wie wir, und sei es auch nur wegen der Steuer, aus der Kirche ausgetreten. Bina, das wird wohl schon deswegen nichts. Sag auch mal was, Edi.

Edi, jetzt bei der geräucherten Pfeffermakrele und eine Gräte lösend, wandte sich an Bina und fragte: Was versprichst du dir davon? Warum ausgerechnet eine Klosterschule? Vermisst du hier bei uns denn irgendwas? Bina war zu höflich, *Ja* und *Das tu ich* zu sagen. Aber Edis Frage tat ihr gut, und wieder einmal war er ihr viel lieber als Elise, denn nur bei ihm ging es um Gefühle.

Umrahmt von kleinem Gelächter, sagte Elise: Thunfischsalat, Makrele und hinterher vielleicht ein Eis: So kulinarisch wie hier wird dort nicht gegessen, Schätzchen. Denk mal an deine geliebten Nonnen aus der Fernsehserie, sie leben sehr einfach. Und dann das Kapitel Bett, Kopfkissen. In der Folge mit dem Filmstar, der sich zum Rollenstudium im Kloster einquartiert hatte, hat es dich selbst erschreckt: Die Schauspielerin lag auf ihrem Bett, und zwar ganz flach, sie hatte *überhaupt* kein Kissen, kein einziges! Und du, du würdest vielleicht immerhin *eins* haben, aber garantiert keine drei so wie hier bei uns.

Trotzdem, sagte Bina, der Filmstar hatte so gut geschlafen wie im ganzen Leben noch nicht. Und überhaupt, der Star hatte sich irgendwie verändert, irgendwas war mit ihm passiert.

Schon einen Monat später waren die richtigen Eltern für ein paar Wochen zu Haus, der Vater nur an den auf dreieinhalb Tage gestreckten Wochenenden. Bina siedelte zu ihnen über, und wie mit den Jahren immer auffälliger reagierten sie den Gasteltern fast zum Verwechseln ähnlich. Wie zuvor bei Edi erkannte Bina auch bei ihrem Vater, dass er sie ein bisschen besser verstehen wollte, dass sie ihn interessierte, vielleicht, dass er sie liebte. Sogar genau wie Edi fragte er, ob sie etwas vermisse. Und diesmal war Bina nicht zu höflich für die Wahrheit: Ich möchte fromm sein, ich meine, richtig fromm.

Ach so, sagte der Vater, bevor er wiederholte: Fromm, richtig fromm.

Die Mutter, die ein Schaudern spielte und lachen musste, sagte: Oh je! Wie bist du bloß *darauf* verfallen! Es ist das maximal Letzte, das zu dir passt, Schätzchen.

Und der Vater beschwichtigte, immerhin ernsthaft: Du bist doch unser kleiner Widerspruchsgeist. Schon als Baby warst du rebellisch.

Bina erkannte, dass die Eltern überhaupt nichts begriffen. Und was war das, das sie nicht begriffen? Es war vor allem zuerst einmal sehr kompliziert und schwer zu erklären. Bina sagte: Das ist doch was ganz anderes. Das ist Menschen gegenüber, das mit dem Widerspruchsgeist. Und nachdem sie sich Mut zugeredet hatte, ergänzte sie, aber immer doch noch seltsam verlegen: Ich meine aber Gott.

Das ist ja auch was Schönes, sagte der Vater.

Die Pubertät, sagte die Mutter. Fromm sein kannst du überall. Dazu brauchst du keine Klosterschule.

Und wieder war der Vater besser, er klang sanft gutmütig: Du denkst, du willst es erst mal lernen. Du willst erst mal fromm *werden*, um es dann zu sein, stimmts?

So ungefähr, sagte Bina. Sie dachte an ihren kleinen Altar und dass sie nicht wusste, was sie beten sollte. Das Vaterunser war etwas langweilig.

Die häusliche Phase der Eltern ging zu Ende. Jedes Mal wurde Binas Wohnsitzwechsel vom südlichen Villenviertel ins nordwestliche mit einem Abendessen der befreundeten Paare kombiniert, und diesmal waren als Gastgeber Edi und Elise dran. Falls Edi in Kochlaune war, gäbe es

Putencurry, Elises Beitrag: Fitness-Salat, irgendein Eis des Jahres. Bei Binas Eltern übernahm der Vater den Salat, Tomatensalat mediterran, das waren aufgeschnittene Tomaten mit ein paar Zwiebelringen, Salz und körnigem Pfeffer und darübergegossenem Olivenöl und etwas Aceito Balsamico, die Mutter konnte Fischpfanne tafelfertig aus dem Gefrierfach am besten, und ein extravagantes Eis servierte auch sie. Es lief fast aufs Gleiche hinaus, was wo gegessen wurde, trotz Fisch, trotz Pute, alles war ähnlich gewürzt, nicht genug, und immer ein bisschen zu knapp bemessen, fand Bina, und sie dachte an die einfachen Nonnensuppen, volle Teller, große Terrine.

Aber nicht wie sonst (weil es wenig ausmachte, wo sie lebte), sondern mit gespannter Erwartung, freute Bina sich diesmal auf ihre Umquartierung. Sie zählte die Tage bis zu ihrem kleinen Umzug mit dem Rucksack und einer Reisetasche, die immer gepackt war: die Neugier auf ihren Altar bei den Gasteltern trieb sie an.

Ausnahmsweise an einem Dienstag würde Bina umgetopft (wie ihre Mutter das nannte), und, auch ausnahmsweise, sie war es (zu schade, dachte Bina), die ohne den Wochenend-Vater ihre Tochter zum Alternativ-Domizil und der Geselligkeit bei den Freunden kutschierte. Pech, denn Bina hatte einen Plan, in den der Vater, ähnlich wie Edi, besser passte als ihre Mutter und Elise. Bina drängte zur Abfahrt, aber es wurde trotzdem Abend, bis sie endlich im Auto saßen. Vor dem Essen blieb nicht genug Zeit für den Plan, nicht einmal ihr Gepäck konnte Bina in ihrem Zimmer abladen (zu schade: kein noch so kurzer Kniefall vor dem Altar): weil es Dienstag war. Und dienstags freute Bina sich schon morgens auf die neue Folge der Nonnen-Serie, Beginn: zwanzig Uhr fünfzehn. Das Zusammenleben der Nonnen in dem kleinen Kloster erweckte in ihr das seltsame genießerische Heimweh, was verwunderlich war, weil, wie die Erwachsenen sie belehrten, Heimweh etwas war, das zu Schauplätzen trieb, von denen man stammte oder die man doch aus eigener Erfahrung kannte, und zu Personen, die man sehr gern hatte und, wenn sie fehlten, vermisste. Bina, die bereute, ihnen überhaupt ein schönes, schwieriges Gefühl anvertraut zu haben, glaubte ihnen nicht. Nach nichts und keinem, mit dem sie gemeinsame Erfahrungen gemacht hatte, sehnte sie sich.

Und wie reizend sie wieder waren, die frommen kleinen Mädchen! Bina beneidete sie um ihre kleidsame Tracht, sie hatten keine Modeprobleme, kein Experimentieren mit Frisuren enttäuschte sie. Es war ein freizügiger Orden, die Hauben ließen eine kleine Partie von Haaren frei, machten keine Eiergesichter. Bina selber wäre reizend in ihrer Gesellschaft (nie war sie zufrieden mit sich), zwischen ihnen, und anmutig wie sie würde sie umherschwirren, in aller Frühe sogar schon heiter, aber auch ernst singen und beten und dann einfach, aber zum Sattwerden, frühstücken, danach ausschwärmen ebenfalls vogelähnlich innerhalb des aufgescheuchten Schwarms im schwarzen langen Gewand und hinaus in die Welt zu ihren Ehrenämtern in der kleinen Gemeinde, falls sie nicht im Innendienst bliebe, in der Küche bei der niedlichen Blonden, die immer so leicht nervös wurde, sie war sich nicht sicher, was verlockender war. Bestimmt, sie wäre endlich richtig schön, schon allein dadurch, dass sie dort wüsste, wie das geht, fromm sein und ganz geduldig. Fromm zu sein musste guttun. Und freundlich machen. Schrecklich früh aufstehen würde sie auch: für solchen Lohn! Was war mit Fernsehen? Sicher hatten sie einen Gemeinschaftsraum mit Fernsehapparat, weil der Orden offensichtlich nicht übermäßig streng war, aber wahrscheinlich durfte man nicht alle Programme sehen.

Für die gewohnte Abschiedswehmut bei der heutigen Nonnen-Serien-Folge hatte an diesem Dienstag Bina keine

Zeit: Schon beim Abspann dachte sie an ihren Plan, und der eignete sich gut im Anschluss an die fünfzig Minuten Klosteralltag. Aus drei Gründen musste Bina ihren Altar endlich auch der Mutter präsentieren (wirklich ungünstig, dass der Vater nicht dabei war). Zur Vollendung des Altars fehlte noch der als Lampe matt leuchtende Erdglobus, der zu Haus bei den richtigen Eltern in der Bibliothek stand, beinah unbenutzt, und sie wollte erklären, wozu und vielleicht auch warum sie ihn brauchte: Grund eins. Zweitens ging es um die Bedrohung ihrer kurzen Kniefallrituale: Binas Gastzimmer war jedem und zwar jederzeit zugänglich, nicht nur der netten russischen Studentin, die bei den Stutz' putzte; Elise klopfte nicht einmal an, bevor sie eintrat, immer war sie plötzlich im Zimmer, immer noch, obwohl Bina jetzt bald vierzehn war. Und zum Dritten drängte der Stolz auf ihr verwegenes Werk mit dem Zeig-mich-vor-Zuruf. Mehr als alle Wörter zusammen würde der Altar beweisen, dass Binas Leben sich ändern müsste. Wie genau? War die Klosterschule, als Spleen auch von den richtigen Eltern abgetan (kaum ausgesprochen, schon verworfen), denn wirklich eine so gute Idee? In keinem Internat der ganzen Welt hätte sie so viel (aber viel war es nicht, nicht genug) Freiheit wie jetzt in ihrem heimatlosen Pendlerdasein (wenn sie darüber nachdachte, fiel ihr immer das von Elise heraufbeschworene karge Bett ohne Kopfkissen ein, und ein Zimmer für sich allein hätte sie auch nicht). Trotzdem, so wie bisher ging es nicht weiter. Vielleicht hätten die Erwachsenen einen Einfall, mit dem Altar als Brücke zu dem, was fehlte.

Das Unangenehmste von allem, was Erwachsene, und sogar ziemlich nette Erwachsene, an sich hatten, oft erschreckend aus dem Hinterhalt, war ihre Unberechenbarkeit. Mit der hatte Bina eklige Erfahrungen gemacht, es war wie ein Abstürzen aus großer Höhe in Verlassenheit. Eben noch, sich arglos keiner Gefahr bewusst, einbezogen in die allgemeine Friedlichkeit, alle gut gelaunt, dann rücklings und so, als erinnere man sich plötzlich an sie, jäh rausgeschmissen. Mitten drin in einer vergnügten Harmonie, in der man sich gleichberechtigt und sogar gleichaltrig fühlte, konnte ohne Vorwarnung zum Beispiel Elise oder ihre Mutter, das kam auf eins heraus, sich ihr mit einem Verweis zuwenden, als hätte sie Bina gerade erst bemerkt: Sitz nicht so krumm! Iss nicht wie ein Lastwagenfahrer! Da bist du ja immer noch! Ab ins Bettchen, hopp hopp!

Heute Abend war es weniger harmlos kränkend, heute Abend war es absolut schrecklich, bitterlich zunichtemachend. Bina hatte beim Eis, Pfirsich-Maracuja-Banane-Vanille, in einer Unterhaltungspause gesagt (die Freundinnen lästerten gerade mit Genuss über irgendeine Imogen): Elise, du kennst es schon, und du, Edi, du auch, aber dir (Bina wandte sich an ihre Mutter) will ich jetzt was zeigen unten in meinem Zimmer.

Elise sagte: Wenn Binachen ihren sonderbaren Herrgottswinkel meint, dann bleibt ruhig sitzen. Binachen: Dein sogenannter Altar ist weg. Raissa musste da endlich mal richtig putzen, abgesehen von allem andern, was gegen diese Sammelsurium-Aufbauten sprach.

Und es zeigte sich, dass die überhaupt nicht überraschte Mutter informiert war, denn sie sagte (klang lustig und wie zum Trösten): Zu deinem Besten, Schatz.

Keine Angst, sagte Edi, womit er gar nichts sagte, immerhin aber nett war.

Wir haben das gemeinsam beschlossen, Elise und ich, und für besser gehalten, wenn das Zeug wegkommt, sagte die Mutter. Das Kruzifix ist sowieso kein Kunstwerk.

Und wieder Elise: Ich habs schon bei den Sachen für den Sperrmüll. Erstaunlich, was da so immer wieder zusammenkommt. Und jedes Mal denkt man, jetzt ist aber wirklich nichts Unentbehrliches mehr im Haus. Gehts dir auch so?, fragte sie die Mutter. Die beiden Frauen redeten über Krimskrams und Sperrmüll.

Findest du nicht, dass du zu alt für so was bist, fragte Edi (auch eine Enttäuschung, aber doch wieder mit einem *immerhin*: Immerhin war allein er es, der sich um Bina kümmerte).

Ich finde *euch* zu alt für so was. Ich meine für das, was ihr gemacht habt, sagte Bina. Aber da redeten sie schon über Somalia und irgendwelche Spenden oder so was Ähnliches, und diesmal inclusive Edi.

Keiner da

Als mir heute Effi meine Spiegeleier und meinen Kaffee brachte, legte sie gleich los und beschwerte sich über Anna: Sie ist ja sonst ein liebes Mädchen und auch wohlerzogen, deine Kleine, aber so was wie gestern Abend kann sie nicht machen, nicht mit mir. *Keiner da*, und legt einfach auf, und du kannst noch nicht mal *Guten Abend* und wer du bist sagen. Mit mir nicht, so geht das nicht.

Sie war richtig wütend und wollte sofort zurück zum Tresen, aber ich hielt sie auf. Daran siehst du doch, es war nicht gegen dich gerichtet, dich persönlich. Es hätte jeder dran sein können. Sie hats gesagt, weil keiner da war: Ich war nicht da.

Wer soll das glauben. Ich glaubs nicht.

Es hätte sogar eine von ihren Freundinnen anrufen können. Ich gab mir Mühe, einen ruhigen Eindruck zu machen, und fing an, mit dem Weißbrot ausgelaufenes Eidotter vom Teller zu wischen. Ich habe nicht vor, es mit Effi zu verderben. Nur, Effi täuscht man nicht. Und sie sagte mir auf den Kopf zu, Anna hätte gewusst, dass sie es war, Effi, die anrief, schon weil sie es immer um diese Zeit war. Wenn ich also in Frieden essen wollte, müsste ich ihr die Lage erklären. Weil Effi aber jetzt wirklich abziehen musste, der Chef wird schnell misstrauisch, denn sie ist seine hübscheste Bedienung, und Männer halten sie gern auf, nahm ich mir vor, es ihr später zu erklären, wenn es ans Bezahlen ging. Und kriegte so im Voraus schon etwas von der Seelenruhe, die ich brauche, damit mir meine Mahlzeiten bekommen. Mein Magen ist ganz schön zickig. Annas auch, Annas erst recht. Das Empfindliche hat sie von mir. Ihre Mutter war robust. Folglich kann man mein kleines

Mädchen mit irgendwas Unbedachtem kränken, oft genügt schon die verkehrte Stimme. Zuerst ist sie eingeschnappt, manchmal auch zornig, dann wird sie traurig, und das halte ich schlecht aus. Meistens habe ich bald vergessen, was der Auslöser war.

Gestern auch. Als ich nach der Arbeit aus der Garage ins Haus kam und merkte, dass mein Kind betrübt war, fiel mir nicht ein, womit ich es gekränkt hatte, aber ich hatte das getan, denn irgendein anderer Kummer macht es nicht stumm, ich hatte mein Kind gekränkt, und ich würde zu Effi sagen, du kennst mich, es ist das Schlimmste. Bei den Vorbereitungen für unser Abendessen übernahm Anna zwar wie gewohnt ihren Anteil, doch ohne ihre geschäftige Art. Ich sollte merken, dass etwas nicht stimmte, das Ganze war eine trübe Angelegenheit. Gegessen hat sie kaum was, und bestimmt hatte sie Appetit wie sonst immer. Verdammt viel Widerstandswille, dachte ich, ich hasse es, wenn sie wenig isst. Voller Stolz macht sie den Abwasch jedes Mal allein, und als ich helfen wollte, sagte sie nur: Brauchst du nicht, und ich ließ sie.

Ich sagte: Am besten, du gibst mir nachher noch ein Klavierkonzert, ich hatte einen harten Tag, *Rubinstein* wäre die Belohnung. Könntest du dir das einrichten?

Das gekränkte Elendsgesichtchen wollte schon von selbst auftauen, aber hochmütig verbot das der kleine Verstand. Ich kenne das von mir, und wahrscheinlich macht es mir deshalb Sorgen für ihre Zukunft. Trotzdem würde sie Lust haben, sich zu vergewissern: Möchtest du wirklich *Rubinstein*? Welcher Komponist? Welches Stück? Bis sie so weit war, ließ ich sie in der Küche allein. Dann fiel mir ein, dass sie in schlechter Verfassung nicht gut spielt, und die vielen Fehler würden sie demütigen, und ich ging zurück in die Küche, wo sie jetzt die Frühstückssachen für den nächsten Morgen hinstellte, und fragte: Oder wollen wir *Maxim* spielen? Oder *Alter Admiral und Butler*?

Mir egal. Was du lieber willst. Meine Tochter räumte hin und her, und als ich ihr vor Gram verkleinertes Gesicht sah, erkannte ich, dass sie gern *Erstes Lachen* spielen würde, und ich betete ihre Kniekehlen mit dem Beugemuster in der Haut und die rundlichen Waden an, und ihren Hinterkopf mit den beiden Wirbeln im Haar, die sie ärgern, weil sie Scheitel bilden und zwei kleine Spuren Kopfhaut bloßlegen. Ich bewunderte sie und sie rührte mich, beides in einem, und aus diesen vermischten Gefühlen setzt sich meine Liebe zusammen, und das ist das Beunruhigende daran.

Weil ich bei *Maxim* aufrecht sitzen muss und außerdem ziemlich viel Text habe, bei *Altem Admiral und Butler* aber auf dem Canapé liegen kann, überdies fast im Halbschlaf, mein Bier, dauernd nachgegossen, in Reichweite, entschied ich mich für den *Alten Admiral*, dessen *Butler* sowieso sehr schlecht Klavier spielt, weil er trinkt. Wir sehen zu Silvester *Dinner for one*, aber statt der imaginären Gäste der Miss Sophie bewirtet mein Butler nur mich und noch mehr sich selber, und für mich hämmert er *Romanze* und *Holde Jungfrau*, sein Hin und Her zwischen Canapé und Klavier wird immer betrunkener und waghalsiger, und den Tigerkopf am einen Ende des Teppichs denken wir uns dazu.

Mein kleines Mädchen spielte jetzt *Romanze* mit allen nötigen Fehlern, und ich merkte, dass sie sich beim dritten Mal vertat und Fehler vergaß, und sie stolperte auch geschickter, und das alles bewies mir, wie erleichtert sie war, bald wäre von der unglücklichen Gemütsverfassung nichts mehr übrig und alles beim Alten. Und da, Effi, das musst du kapieren, da beschloss ich, und ich dachte dabei nicht ausdrücklich an dich, sondern einfach aufs Geratewohl an jeden, wir beide dürften an diesem Abend nicht mehr gestört werden, wir würden für niemanden auf der ganzen Welt zu sprechen sein. Und als Anna die Noten mit der *Holden Jungfrau* aufschlug, rief ich ihr als *Alter Admiral* zu: Hören Sie, Butler, ich wünsche keine Störung, falls also jemand was von mir will, sei es an der Haustür oder am Telephon, werden Sie mich verleugnen. Sie haben mich verstanden? Und da hast kurz darauf du angerufen, und als mein Kind auf dem Weg zum Telephon vergaß zu stolpern, dachte ich: Es wird sich für einen ganzen langen Tag Lebensleid rächen. Es wird glücklich sein. Es wird mir nachher wieder sagen: Es war schwierig, so viele Fehler zu machen. Keiner da, sagte mein Kind.

Die Urnengeschichte

Esther Schmitz bedankte sich für den Fünfer, mit dem Frau Rossmann ihre Gesellschaft beim Tee mit Heidelbeer-Muffins bezahlte. Frau Rossmann war ihre Vermieterin und nach dem Tod ihrer uralten Schwester ein wenig verwaist in dem großen Gründerzeithaus im Wildnis-Garten an der Ecke Kastanienallee/Fürstenstraße; kleine Spaziergänge um ein paar Blocks und bei guter Kondition bis zur fadenscheinigen Anlage bei den verlassenen Kiesgruben brachten zwei Fünfer. Frau Rossmann hängte sich bei Esther ein, in der rechten Hand umklammerte sie ihren Krückstock. Esther war eine kräftige junge Blondine mit schon etwas zu viel Speck auf den Knochen; mit ihrem *Smart* erledigte sie auch Einkäufe, Bezahlung je nach Aufwand und Menge, und sie mochte Frau Rossmann.

Sie sagte: Ich muss jetzt los. Das hieß, zum nächsten, einträglicheren Job als Babysitterin. Was sie zur Zeit mitmachte, nannte sie Übergangsphase. Sie besuchte die Handelsschule, aber was eines Tages aus dem Gelernten werden würde, wusste sie immer noch nicht. Es gab nichts, wozu sie wirklich Lust hatte. Zu Haus bei ihrer Familie, in einem Kaff auf dem Land, konnte sie nicht weiterkommen, und Frau Rossmanns vollgestopfte Mansarde war sehr günstig. Trotzdem blieb die Finanzierung ihres Lebens ziemlich mühsam. Esther machte noch Aushilfsdienste bei *Stroh & Maurer*.

Bestimmt will Julia nachher wieder die Geschichte von der vergessenen Urne hören, sagte sie beim Verlassen des Erkerzimmers.

Du hättest diese Geschichte nie erzählen dürfen, sie ist nichts für Kinder, sagte Frau Rossmann wie jedes Mal.

Und auch wie jedes Mal sagte Esther: Sie ist nicht wirklich gruselig. Obwohl, ich glaube, Kinder haben es gern ein bisschen gruselig. Beim letzten Mal in der Bibliothek waren die zwei Bücher ausgeliehen, die sie lesen wollte, und sie hatte diesen Roman mit der Urnenstelle mehr auf Frau Holzer-Stocks Empfehlung mitgenommen und noch einen andern, mit dem sie persönlich besser zurechtkam, aber in dem spielte kein Kind mit, in dem andern eigentlich auch nur in dieser Urnen-Passage, und Julia wollte immer etwas mit Kindern hören, am liebsten mit ungefähr gleichaltrigen Mädchen, und das traf bei der kleinen Judy ziemlich genau zu. Zum Tod haben Kinder sowieso eine ganz andere Beziehung als Erwachsene, sagte Esther, sie sind noch so weit von ihm entfernt. Und irgendwie unbefangener, aber neugierig.

Manchmal ergänzte Esther ihre Verteidigung mit einer Kindheitserinnerung an die Geschichte vom Mann im roten Mantel: Wenn ihre Freundin bei ihr über Nacht blieb, musste ihr älterer Bruder, die Mädchen lagen schon in ihren Betten, das Schauermärchen erzählen, immer wieder dieses eine, das unheimlichste aus seinem Repertoire: War der Mann im roten Mantel der Todesbote gewesen oder gar der Tod selber? Esther hatte die Geschichte drumherum vergessen, bis auf eine matt erleuchtete Brücke in der Finsternis, über die der unheilvolle Mann schritt, und die Angstschauder, mit denen die Freundin und sie schließlich doch eingeschlafen waren.

Vielleicht braucht man als Kind so etwas, ich meine Rätsel, was Dunkles, Mulmiges, das man nicht versteht?, bot sie Frau Rossmann als Überzeugungshilfe an.

Vergebens. Riskiere deine Stellung nicht, warnte Frau Rossmann. Wenn Julia ihren Eltern von der Sache erzählt, könnten die gar nicht damit einverstanden sein.

Davor fürchtete Esther sich nicht. Die Melchers dachten sehr modern, freizügig, genauer konnte sie nicht benennen, was an den Melchers anders und vollkommen ungewohnt war, wenn Esther sie mit allen Leuten verglich, die sie aus dieser Generation kannte, und ihnen dann eine extragute Note gab. Obwohl von *kennen* eigentlich nicht die Rede sein konnte, denn ihre Begegnungen waren flüchtig. Trotzdem machten sie einen intensiven Eindruck auf Esther. Sie blickte in eine ihr bisher fremde Welt. Sie arbeitete gern bei ihnen. Es war wie eine Verwandlung. Schon beim Eintritt in das weitläufige Waldgartengelände am Löwenstein-Park und erst recht im Innern des wunderschönen Hauses schien sie den Besitzern ein wenig ähnlich zu werden. Zu ihrem Glück gingen die häufig abends aus, so dass die Babysitterin reichlich gebraucht wurde. Manchmal auch nachmittags, weil beide Melchers berufstätig waren, Ines Melchert als freie Mitarbeiterin bei einigen Sendern, Hörfunk, und einer Zeitung. Nicht alles konnte sie zu Haus erledigen. Esther, vor lauter Leidenschaft für die gloriose Szenerie der Melchers und ihre zwei Schützlinge, musste dann um Nachsicht bei der Chefin von *Stroh & Maurer*-Moden bitten oder die Handelsschule schwänzen: Weil sie eine Tüchtige war, funktionierte das, bis jetzt. Bei *Stroh & Maurer* verrichtete sie sowieso nur Aushilfsarbeiten im Lager, und es war nicht viel los, die Chefin kämpfte um ihr Einzelhandelsgeschäft in schwieriger Lage: Einkaufs-Center zwischen Kaufhäusern, hohe Miete.

Edmund war ein wundervolles, behäbiges Baby mit einem aufheiternd herzerwärmenden Lachen, das unvermittelt aus seinem sonst eher griesgrämigen dicken Gesicht aufschien, wenn man es in seine Speckpolster kniff oder mit Schokkitalern verwöhnte, und Esther sagte zu Frau Rossmann: Man kann noch so schlecht aufgelegt sein, Edmund macht gutes Wetter. Edmund tilgte jede Umdüsterung, gegen die war sogar die gutwillige Esther nicht ganz gefeit, wenn auch nur bei Bauchweh alle vier Wochen, erster Tag. Er hatte schon zu laufen gelernt, war aber zu faul, gab nach wenigen schwankenden Schritten auf und platschte auf den Boden. Er war immerzu komisch, immerzu bewundernswert, und es machte Spaß, ihn zu füttern und anschließend in sein kleines Gitterbett zu bugsieren, wo er sofort einschlief. Seine viel ältere Schwester Julia, schon im zweiten Schuljahr, glich ihm nicht, sie hatte ein zartes hübsches Gesicht und seidige, sehr hellblonde Haare und war dünn: ein etwas zappliger Kontrast zu Edmunds Ruhe. Sie ist eine kleine Fee, berichtete Esther Frau Rossmann, oder eine Nixe, nur ein bisschen zu nervös. Richtig genießen kann sie ihren kleinen Bruder nicht, aber sie liebt ihn sehr. Esther hatte freien Zugang zu Kühlschrank und Vorratskammer, oft stand ein eleganter Imbiss für sie bereit und irgendwas für Julia und Edmund zum Aufwärmen. Es wäre, wenn sie je aus ihrer *Übergangsphase* in den berufstätigen Ernst des Lebens geworfen würde, und das war ja überfällig, schmerzlich, sich von den Annehmlichkeiten des Melcherschen Alltags zu trennen.

Die Kinder hatten gegessen, Edmunds köstliche Fütterung war vorbei, und er schlief mit etwas mürrischem Ausdruck in seinem Zimmer, ja, er hatte ein eigenes Zimmer und Julia ihres, überall offene Türen, damit Esther jedes Geräusch hören könnte, und Julia kauerte auf ihren hochgezogenen Beinen am Stammplatz im Coucheck und sagte: Jetzt erzähle! Die Geschichte mit der Urne!

Schon wieder die? Du musst sie bald auswendig kennen, sagte Esther, wie sie allerdings wusste, überflüssigerweise.

Elfriede hat sie noch nie gehört, sagte Julia. Elfriede war einen Kopf kleiner als Genoveva, Julias engelslockige Lieblingspuppe, die heute mit dem längeren Aufbleiben dran war, und auch schon vom Spielen abgenutzt, aber neu in der Puppengesellschaft. Puppen ihrer Freundin durften manchmal bei Julia übernachten. Julia lieh nur selten eine aus, aber wenn immerhin den Hans, und sie sagte: Das ist Elfriede. Ich und Genoveva mögen sie nicht sehr, sie fängt immer Streit an.

Genoveva und ich, korrigierte Esther. Nicht ich und Genoveva. Beide Puppen glotzten sie mit aufgerissenen stahlblauen Augen an. Ist aber großzügig von dir, dass du sie zuhören lässt, lobte sie.

Weil Genoveva nichts dagegen hat, sagte Julia. Und vielleicht kann sie ja was lernen. Vielleicht kriegt sie Angst, wenn sie merkt, was passieren kann. Dass sie stirbt und so.

Du sagst doch immer, dass Puppen unsterblich sind.

Nicht alle, vielleicht.

Julia sah so streng aus, als ginge in ihrem liebreizenden kleinen Kopf Düsteres vor.

Also gut, ich fange an. Also gut, da war die Beerdigung. Esther machte es sich in ihrem weichen breiten Sessel mit ausklappbarem Fußteil bequem, empfand Luxus und Wohlbehagen und war nicht mehr ganz Esther Schmitz, sie war diese andere Person, die genau hierhin passte. Und sie redete auch wie diese andere. Seit sie bei den Melchers aus und ein ging, hatte sie sich um eine erlesene Sprechweise bemüht und Fortschritte gemacht. Sogar die kleine Julia war ihr anfangs überlegen, und jetzt wieder imponierte sie ihr, als sie zu Elfriede sagte: Pass gut auf. Es soll dir eine Warnung sein.

Und bei der Beerdigung erinnert sich der Sohn des Toten, und der Sohn ist Judys Vater, an die Urnen-Geschichte. Es war nämlich so, dass der Alte weit weg, unten in Florida, gestorben ist, ganz allein …

Er ist einfach wieder mal abgehauen, unterbrach Julia. Du sollst nichts weglassen.

Abgehauen ist kein schönes Wort. Esther mahnte die Erziehung der Puppen an.

Du hast es selber beim ersten Mal gesagt. Dass er abgehauen ist.

Dann war das auch nicht schön. Aber gut, dieser Alte hat sich nicht immer korrekt benommen, und dann ist er einfach losgefahren, und diesmal starb er. Doch er sollte im Familiengrab beerdigt werden, und deshalb musste man ihn nach Haus transportieren. Und beim Begräbnis gab es keinen Leichnam, frag nicht wieder, was ein Leichnam ist, ich habs mehrmals gesagt, es ist der ganze Mensch, so wie er zuletzt war, nur jetzt in tot, gestorben. Und für den …

Du hast das mit der Seele weggelassen.

Weil es sehr kompliziert ist. Keiner kann es genau erklären. Jeder hat eine Seele, und die stirbt nicht. Aber man kann sie nicht sehen. Vielleicht ist sie ein kleines Gebilde, und das macht sich beim Tod auf und davon, und zwar in den Himmel zum lieben Gott und der heiligen Familie und all den furchtbar vielen, die früher auf der Erde gelebt haben und dann gestorben und wieder auferstanden sind. Das weißt du aus dem Kindergottesdienst.

Eben nicht. Bis jetzt haben wir nichts davon zu hören gekriegt. Wie geht Wiederauferstehung?

Julia, das habe ich dir auch schon x-mal gesagt. Dass das keiner weiß, nicht bevor er im Himmel ist. Was man weiß, wenn man in der Bibel liest, ist, dass es wundervoll ist, dort im Himmel. Du findest es tausendmal schöner als das Schönste auf der Erde.

Warum müssen wir dann erst uralt werden, wenn es dort so viel besser ist?

Manche sterben früh, erstens.

Stechers Baby war plötzlich tot. Als Anna Stechers Mutter es morgens aus dem Bett holen wollte, war es tot. Du findest also, dass es Glück gehabt hat, oder?

Esther seufzte, wusste nicht weiter. Schließlich sagte sie, nur Gott könne darüber entscheiden, und Julia sah unzufrieden aus, das war keine Antwort, aber sie begriff, dass Esther in einer Sackgasse steckte, und sagte: Dann mach weiter.

Wenn Frau Rossmann trübselig ihre Schwester vermisste, und das konnte ab und zu noch passieren, brauchte Esther etwas, das die alte Frau ermutigte. Es musste höher angesiedelt sein, am besten irgendwie religiös. Esther kannte sich mit Biblischem schlecht aus, zum ersten Mal in ihrem noch nicht langen Leben kümmerte sie sich um Tod und Ewigkeit und zimmerte sich ihre eigenen Vorstellungen zusammen. Es kam darauf an, dass sie Trost spendeten. Von diesen Seelenpflichten stammten ihre frommen Phantasien, sie fingen an, sie zu interessieren, und sie gefielen ihr mit der Zeit immer besser.

Für einen Leichnam braucht man einen Sarg, sagte sie, und weil sie die Antwort auf Julias Frage nach dem Glück des Babys schuldig geblieben war, musste sie an Frau Rossmann denken: Riskiere deine Stellung nicht! Und neulich hatte sie gesagt: Wenn es im Himmel so herrlich ist, warum mache ich hier noch länger rum? Esther fürchtete, Julia könnte auf dumme Gedanken kommen. Edmund in Gefahr? Als Baby im Glück? Sie redete schnell weiter: Weil man Judys Großvater verbrannt hat, aber einen Menschen kann man nicht mit einem kleinen Feuerchen mit Streichhölzern verbrennen. Wie wir es mit dem Blatt Papier gemacht haben …

Er kommt in einen riesigen Ofen, sagte Julia. Und das bisschen, das er dann noch ist, in eine Urne. Wie sieht die Urne aus? Und warum haben sie es so gemacht?

Die Urne ist aus Kunststoff und sieht so ungefähr wie eure große Keksdose aus, wie gepresste Kleie oder eure Kühlbox aus Styropor. Und das Ganze heißt einäschern. Esther fühlte sich wieder auf der sicheren Seite. Sie haben ihn einäschern lassen, weil er in der Urne besser zu transportieren war. Sie mussten ihn ja von tief unten im Südosten nach Philadelphia oben im Nordosten schaffen, und mit einem Sarg wäre das nicht so leicht zu machen gewesen. Ein paar aus der Familie waren mit dem Nachtflug angekommen, die Rückreise mit der Urne machten sie im Celica, ich nehme an, das ist ein Toyota-Modell, denn sie hatten eine Toyota-Filiale als Pächter, aber darüber steht wenig in dem Buch, es ist der ich weiß nicht wievielte Fortsetzungsband über diese Familie.

Mach mit der Urne weiter. Die Elfriede kann sich nicht gut konzentrieren.

Jedenfalls fuhren sie mit dem Celica nach Haus zurück, dem Auto, mit dem der Großvater der kleinen Judy seinen letzten Fluchtversuch unternommen hatte. Sie haben da unten, wo es immer warm ist, einen Wintersitz, eine Zweitwohnung, und dahin zog es ihn, wenn ihm die Familie auf die Nerven ging, und das tat sie immer dann, wenn er vorher irgendwie Dummes angestellt hatte.

Was war das, das Dumme?

Das fragst du auch nicht zum ersten Mal, und ich habe dir jedes Mal gesagt, dass das in den früheren Bänden vorkommt. Irgendwas mit Frauen, etwas, das er nicht tun sollte.

Ich weiß aber genau, was das ist. Ich bin kein Baby mehr.

Aber deine Puppen, wir sollten Rücksicht auf sie nehmen, sie sind noch zu klein für so was.

Die sind längst aufgeklärt. Er war ein Ehebrecher, und wir wissen, was das ist und wie er es gemacht hat.

Man redet aber nicht darüber. Esther war neugierig und sagte: Deine Eltern tun es bestimmt nicht, oder?

Die reden über alles. Erzähl weiter!

Esther goss sich vom bereitgestellten Mineralwasser ein, am Rotwein süffelte sie bloß, um noch besser in die auserlesene Kulisse zu passen. Wasserglas, Weinglas: wunderschön! Der Rotwein war sicher eine edle Sorte, vielleicht ein wichtiger Jahrgang? Schmecken konnte sie das nicht, aber es zu denken war Genuss.

Julia klang ungeduldig: Ist Judys Großvater diesmal nicht auch noch aus einem andern Grund da runtergefahren?

Ja, vielleicht, aber das kann keiner wissen. Vielleicht ist er weggefahren, weil er wusste, dass er sterben würde. Und beim Sterben allein sein wollte.

Warum?

Warum sollte jemand das wollen, allein sein beim Sterben? Danach hatte Julia sich schon bei Esthers erster Nacherzählung erkundigt. Esther war unschlüssig. Es hieß doch immer, ideal sei es, in der ehrfürchtigen und liebevollen Gesellschaft der Familie zu sterben. Allgemein galt der Tod an medizinischen Apparaten, und überhaupt anonym, in einer Klinik, als grausam, würdelos. Aber es schien einiges dafür zu sprechen, sich freiwillig zurückzuziehen wie der Alte im Roman, mit der Absicht, die peinliche Sache ohne Zuschauer, ganz für sich allein, zu erledigen. Es war diskret. Es war Geschmackssache. Frau Rossmann hatte erzählt, dass ihre Schwester, bevor sie nur mehr röchelte und nach Luft schnappte, entschlossen und streng gewesen war beim Befehl: Geh weg, sobald es bei mir losgeht, du merkst mir das an, wenn ich anfange zu sterben, geh bloß raus aus meinem Zimmer. Elefanten ziehen sich auch zurück, um es allein hinter sich zu bringen. Ich will es machen wie die Elefanten. Und das mit den Elefanten, so kam es erst heute Abend Esther in den Sinn, eignete sich am allerbesten als Antwort für Julia.

Wusstest du nicht, dass die Elefanten von ihren Rudeln wegtrotten, irgendwohin an einen einsamen Platz im Busch, wenn sie fühlen, dass sie sterben müssen?

Julia sagte, sie wüsste das, und Esther hielt es für geschwindelt. Julia war ein ehrgeiziges Kind, und sie neigte zur Angeberei: harmlos, Wissenslücken gestand sie ungern ein. Aber es machte ihr nichts aus, dass es bei der Urnen-Geschichte so viel zu fragen gab.

Genieren sich die alten Elefanten? Weil sie sich verstecken? Wieder brachte das Kind Esther auf ungewohnte und zudem komplizierte Gedanken. Sie hatte keine Lust, sich gründlicher mit dem Tod zu beschäftigen und schon gar nicht mit sich selbst als einer, die im Sterben liegt, sie wollte sich nicht gern überlegen, ob ihr das Sterben peinlich wäre so wie vermutlich den alten Elefanten und Frau Rossmanns Schwester. Doch trotz des inneren Widerstands musste sie schattenrisshaft bebilderte Sterbeszenen sehen und dabei spüren: Ja, es wäre etwas peinlich, es vor den anderen zu tun. Sie sagte: Ich finde es nicht so gut, dass dich das alles interessiert. In deinem Alter sind doch ganz andre Sachen interessant.

Erzähl jetzt, wie groß und wie schwer der Leichnam war. Außerdem hast du noch nie gesagt, wie Judy aussieht.

Das steht nicht in dem Buch. Ich stelle sie mir so blond wie du vor, überhaupt so ähnlich wie du.

Glaub ich auch. Aber sie ist schon neun.

Das muss nicht viel ausmachen.

Alle sagen, ich sehe älter aus. Nicht wie acht ... Findest nicht du auch? Julia blickte erwartungsvoll, sah sehr klein und jetzt vor allem stolz aus. Und Esther, nicht zuständig für die Beurteilung dieser Frage, wollte ihr, einer Melchers-Tochter, unbedingt gefallen und sagte: Das finde ich auch. Mindestens wie neun siehst du bestimmt aus. Also, er war sehr stattlich, Judys Großvater. Beinah zwei Meter groß, eins neunzig, und er wog über 200 Pfund.

Sags jetzt in Kilos und Zentnern. Elfriede kann sich unter 200 Pfund noch überhaupt nichts vorstellen.

Das sind hundert Kilo, und das sind zwei Zentner. Esther war sich nicht ganz sicher. Aber sie musste bei ihrer Version aus der ersten Nacherzählung bleiben, und Julia legte, aus welchen Gründen auch immer, großen Wert auf diese zwei Zentner.

Und nach dem Einäschern?

War kaum was von ihm übrig.

Es war aber eine sehr große Urne, du hast gesagt, so ähnlich wie unsere Keksdose oder die Kühlbox. Und wenn schon, als wir das Blatt Papier verbrannten, dieses Häufchen übrig blieb, muss es bei ihm eine Menge mehr gewesen sein, bei zwei Zentnern.

Eingedampft, schreibt der Dichter.

Er schreibt doch noch mehr darüber, wie Judys Großvater danach war, als er aus dem riesigen Ofen rauskam und in die Urne passte.

Er schreibt, dass der Inhalt der Urne ein Knochenschüppchen- und Asche-Konzentrat vom Großvater war. Und so passte er in den Kofferraum des Celica, und dort war er zwischen viel Gepäck geklemmt.

Esther war an der entscheidenden Stelle angelangt, bei dem, worauf Julia eigentlich aus war; mit ihren vielen Fragen zögerte sie die Spannung hinaus. Heute Abend fiel ihr ein zusätzlicher Kommentar ein: Esther, weißt du was?

Nein? Was meinst du?

Ich meine, dass ich das mit dem Einäschern irgendwie gemein finde. Warum haben sie ihn nicht so gelassen, wie er war, so riesig groß und zwei Zentner schwer … Judy wehrte Esthers Antwort ab. Ich weiß, ich weiß, damit er in den Kofferraum passte und all das, damit sie ihn mitnehmen konnten, aber sie hätten ihn so lassen sollen, wie er war, und in einen Sarg legen lassen und ihn auf einem Friedhof da unten in diesem Florida-Staat begraben. Ich glaube, für Judy wäre das viel besser gewesen.

Sie wollten ihn besuchen, und das nicht nur im Winter, falls sie überhaupt diese Wohnung behalten, ich weiß es nicht, aber sie wollten ihn regelmäßig besuchen und einfach ihn in der Nähe haben. Esther schenkte sich Rotwein ein, von dieser bestimmt auserlesenen Sorte, aber bloß ein halbes Glas oder etwas weniger, nur damit der schöne äußere Rahmen gewahrt blieb, im Innern fühlte sie sich ja ohnehin nicht ganz als Esther Schmitz. Und Pennsylvania ist schrecklich weit von Florida entfernt, du weißt ja, sie brauchten zwei Übernachtungen.

Trotzdem, er ist das ja nicht mehr wirklich, nur diese Schuppen und Asche.

Es ist symbolisch, irgendwie. Und Angehörige wollen das, Grabstätten für ihre Toten, ein Leichnam im Sarg bleibt ja auch nicht. Sie wollen die Gräber pflegen, ganz egal, ob Sarg oder Urne drinliegt.

Julia veränderte ihre Sitzpositur, ihre Puppen legte sie hin, und sich wickelte sie in eine beige samtige Decke, während sie sagte: Trotzdem, ich finde das mit dem Verbrennen nicht so toll, und was mit dem Leichnam im Sarg passiert, kannst du ruhig sagen, weil ich es nämlich sowieso längst weiß. Es ist beides schrecklich, aber die Seele ist ja schon weg, wenn das alles stimmt.

Es stimmt.

Ich glaube nicht, dass ich es bei meinem Großvater wollte, ich meine, dass er nur noch Asche ist.

Aber eigentlich ist es doch egal, oder? Weil das stimmt, das mit der Seele. Nur schnell Schluss mit diesem Thema: Esther fühlte sich sehr unsicher. Was hatte man davon, nur noch als Seele davonzukommen, zu was für einer Ewigkeit? Würde es helfen, in der Bibel zu lesen? Wahrscheinlich nicht besonders, schon weil ja kein einziger Toter je hatte Bericht erstatten können. Sie hatte Lust auf den Hühnchensalat, und ein verlockend vanillegelbes Dessert im Glasnapf, von rahmigem Weiß durchzogen, stand auch noch im Kühlschrank bereit.

Möchtest du, dass wir ein bisschen was essen?, fragte sie. Aber mit einer Grimasse im zarten kleinen Gesicht verneinte Julia. Sie war noch von den belegten Broten satt, und Esther schämte sich ein wenig, denn das hätte auch sie sein müssen. Und satt war sie ja, nur hätte es, wie Rotwein und Mineralwasser in den schönen Gläsern, wieder so gut in die Szene gepasst, und außerdem naschte sie gern. Doch das allein zu tun wäre peinlich. Und Julia drängte: Jetzt kommt die Rückreise dran. Mit ihm im Kofferraum.

Gut, sie sind wahrscheinlich früh aufgebrochen, es steht nicht im Buch, wie es beim Einäschern zuging, ob sie eine kleine Feier hatten, übrigens ist das bei uns so, zuerst kommt der Leichnam doch auch in einen Sarg, und zusammen mit dem verschwindet der durch eine Tür und kommt in den Ofen, und es heißt Krematorium, weißt du ja alles längst, und dass die trauernden Hinterbliebenen vorher einem Pfarrer zugehört haben, er hat sich das Wichtigste aus dem Leben des Toten berichten lassen und trägt es nun vor, und dann liest er Psalmen oder sonst was aus der Bibel und spricht tröstende Worte, vielleicht wird auch gesungen, Kirchenlieder, und der Kirchenorganist begleitet sie auf einem Harmonium …

Und du weißt wirklich nicht, wie sie das in Amerika machen? Und wie es bei Judys Großvater war? Hat der Dichter das ganz weggelassen, oder willst du es bloß nicht sagen?

Ich weiß es wirklich nicht, es kommt überhaupt nicht vor. Amerika ist riesig groß, und es gibt eine Menge verschiedener Kirchen, nicht bloß evangelische und katholische wie bei uns, und außerdem haben sie sehr viele Sekten, und ich weiß nichts drüber, wie es bei Judys Familie war. Ich nehme an, weil sie in der kleinen Stadt dort in Florida fremd waren und sie es eilig hatten, damit es nicht zu teuer würde mit noch mehr Übernachtungen, dass es keine Feier gab, bevor sie losfuhren. Über die Reise weiß ich auch nichts, nur über den ersten Zwischenstopp. Der war in einem Motel in der Nähe von Savannah, so heißt die Stadt …

In welchem Staat? Julia sorgte wieder für einen Aufenthalt vor der Stelle, die ihr am Herzen lag, und Esther überlegte: Das müsste wohl South Carolina sein, weil der nächste Stopp in Raleigh war, und zufällig weiß ich, dass Raleigh in North Carolina liegt und dass sie dort von der Tabakindustrie leben, weil ein Onkel von mir ein paar

Jahre lang in Raleigh gearbeitet hat. Und jetzt kommt das dran, was dich am meisten interessiert, die kleine Judy und ihre Tränen, denn sie will nicht …

Langsamer! Wo weint sie? Was ist passiert?

Das spielt sich auf dem Parkplatz vor den Fenstern des Motelzimmers ab, das sie gebucht haben. Judys Eltern und ihr Bruder Ronnie räumten das Gepäck mit den Übernachtungssachen aus, und dann schnappte die Kofferraumhaube ins Schloss, aber Judy wollte das nicht zulassen, sie wollte, dass die Urne auch mit ins Motelzimmer kommt.

Was genau hat sie gesagt?

Sie hat geweint und so ungefähr gesagt: Ich will nicht, dass er in der Urne da allein bleibt, allein in der kalten dunklen Nacht. Und weil ihr das so viel bedeutete, haben die Eltern nachgegeben und die mit Mühe ins übrige Gepäck eingeschachtelte Urne rausgeholt und mit ins Zimmer genommen. Dort kam sie auf den Schrank über dem ausschwenkbaren Fernsehapparat. So hoch rauf, denn als die Urne vorher anderswohin gestellt worden war, mussten sie Judy dauernd daran hindern, dass sie sich daran zu schaffen machte. Sie wollte immer wieder den Deckel abnehmen und reinschauen. Sie wollte genau wissen, was von dem Großvater übrig war und wie das aussah.

Das war endlich Julias Lieblingsstelle, zusammen mit der vom zweiten Zwischenstopp in der nächsten Nacht, wieder in einem Motel, diesmal in einem an der Interstate nah Raleigh.

Judy haben sie nichts gesagt von der Seele und dass die längst weg ist und bestimmt nicht mehr in der Urne, oder? Sonst hätte sie nicht weinen müssen. Sie konnte nicht wissen, dass ihr Großvater sich beim Sterben gerettet hatte und auch gar nicht verbrannt wurde, er war nicht in dem Ofen. Es war ganz egal, wo sie die Urne nachts hatten, sie hätte genausogut im Kofferraum bleiben können. Trotzdem und trotz allem mit der Seele, ich finde, dass Judy recht hatte. Und du?

Mir geht es auch so, sagte Esther wahrheitsgemäß, und plötzlich fiel ihr Frau Rossmanns Warnung wieder ein.

Und warum geht es dir auch so? Du weißt doch das mit der Seele.

Ich bin mir nicht sicher, bloß, eine Urne ist nicht *irgendein* Gepäckstück. Esther fiel der Begriff Pietät ein, aber könnte sie Julia erklären, was genau Pietät war? Und Respekt? Doch Julia hatte verstanden.

Die Urne sieht nur so aus wie unsere Keksdose oder unsere Kühlbox, aber es ist nichts zu essen drin, es ist doch etwas vom Großvater, was drin ist.

Sag mal, Julia, erzählst du eigentlich deinen Eltern von dieser Geschichte?

Ein bisschen was, ja. Mehr von der Seele, und was sie davon halten.

Und? Was sagen sie denn dazu?

Nicht viel. Nichts Besonderes. Mein Vater sagt gar nichts. Aber das mit der Seele würde stimmen, sagt meine Mutter und redet noch mehr über die Seele, und weil mein Vater nichts sagt, findet er, dass sie recht hat.

Sie sagen nicht, dass die Urnen-Geschichte noch nichts für Kinder ist? Sie sind nicht ärgerlich?

Ein richtiges Kind bin ich sowieso nicht mehr, kein kleines Kind. Nein, sie sagen nichts, und ich sage nicht, dass du mir die Geschichte immer wieder erzählst. Mach jetzt weiter, was passierte im zweiten Motel in der Zigarettenstadt?

Du weißt es ja, und in der Nacht ist nichts passiert, und in dieses Motel nahmen sie die Urne gleich mit, Judy musste nicht erst weinen und darauf bestehen. Und in diesem Zimmer stellten sie die Urne in ein Regal und so, dass Judy nicht drankonnte. Es war das Regal für zusätzliche Wolldecken, und die haben sie wohl anderswohin verfrachtet. Also, nachts ging alles gut, und dann sind sie am nächsten Tag, dem letzten auf der Rückreise, sicherlich wieder früh auf und davon gefahren, sie hatten immer noch einen weiten Weg vor sich …

Durch welche Staaten? Du wolltest nachschauen. Wie viele und welche Staaten?

Julia, tut mir schrecklich leid, aber ich habs vergessen. Ich weiß nicht mal, ob meine Vermieterin überhaupt einen Atlas hat, und ihr habt eine Menge Bücher und garantiert einen tollen Atlas, und außerdem hast du diesen wundervollen Globus mit Innenbeleuchtung, und jedes Mal an dieser Stelle sage ich dir, dass du selber nachsehen sollst, warum machst du das nicht?

Weil es deine Geschichte ist, und ich habe furchtbar wenig Zeit. Also weiter. Also sie waren schon länger unterwegs, und?

Ja, sie fuhren weiter und weiter nach Norden, und Judys Vater saß am Lenkrad und kriegte den Fuß nicht vom Gaspedal …

Das hast du noch nie erzählt. Und er hätte das gar nicht tun dürfen, weil sie in Amerika sehr streng mit den Geschwindigkeitskontrollen sind.

Na schön, dann stimmt das nicht, steht auch nicht im Buch. Ich wollte es dir zuliebe ein bisschen ausschmücken, du willst doch, dass es lang dauert.

Du sollst aber nichts reinmogeln.

Jetzt was zu essen würde es auch verlängern.

Zu Esthers Kummer wollte Julia immer noch nichts, und Esther sah voraus, dass die Melchers zurückkehrten und Hühnchensalat und Creme unberührt blieben.

Sie hielten sich an die vorgeschriebene Geschwindigkeitsbegrenzung und waren schon zwei Ausfahrten von Raleigh entfernt, als Judy fragte, ob sie auch die Urne eingepackt hätten, und, großer Schreck, sie hatten sie vergessen, einfach vergessen!

Wie konnte das bloß passieren?

Auch darauf kannte Julia die Antwort: Sie schien so gut in die Zimmereinrichtung zu passen, so als würde sie dazugehören, sie war ja eckig und erinnerte an einen Safe, so wie sie ihn in Hotels und in Motels haben, aber das merkten sie erst später, vorerst mussten sie die 95 weiter nordwärts, auf Highways und Interstates ist das nicht anders als bei uns auf Autobahnen, und es schien ewig zu dauern bis zur dritten Ausfahrt, bis sie die raus- und wieder zurück nach Süden fahren konnten. Und am Empfang des Motels war jetzt nur ein Portier, der sie anscheinend nicht kannte, ein Schwarzer …

Ein Neger?

Die heißen nicht mehr gern Neger. Man sagt heute Schwarzer.

Meine Eltern sagen Neger. Was findest du an Negern schlimm?

Ich? Gar nichts. Aber es heißt heute offiziell, dass sie Schwarze sind. Sie finden Neger beleidigend. Und der vom Motel war misstrauisch und ließ sie nur widerstrebend rein in ihr verlassenes Zimmer.

Wie hat das Zimmer jetzt ausgesehen?

Wie eine leere Gruft, fand Judys Vater. Ihn lässt der Mann, der das Buch geschrieben hat, ja alles erzählen, er ist die Hauptperson.

Warum hat es wie eine leere Gruft ausgesehen? Was genau ist eine Gruft?

Auch diese Frage kannte Esther, und sie antwortete wie immer: So etwas Ähnliches wie ein Grab.

Aber es war doch nicht dunkel im Zimmer, und ein Grab ist dunkel.

Judy, ich habe das Buch nicht geschrieben. Da waren die ungemachten Betten, auf dem Boden im Bad lagen vor der Dusche die benutzten feuchten Handtücher, und das Ganze wirkte so, als wären sie alle gestorben oder entführt worden, denkt Judys Vater. Und dann sind sie mit der Urne schnell wieder zurück auf die 95.

Esther trank Rotwein und sah auf die Uhr. Es war still im Haus, aber sie hatte Lust, eine Zeitlang Edmunds köstlichem Schlaf zuzuschauen. Und wieder Lust auf Melcher-Delikatessen.

Sie wollte ein bisschen hin- und herwandeln, über die geräumige Diele spazieren, deren schwarzweißes Fliesenmuster an ein riesiges Schachbrett erinnerte, und sie würde wie in einem Film die Besitzerin spielen und jeden Schritt genießen.

Und das war auch schon die ganze Geschichte. Du müsstest sie allmählich auswendig kennen.

Du hast was weggelassen. Das Wichtigste aus dem zweiten Motel hast du weggelassen.

Keine Ahnung, was du meinst.

Das mit dem komischen Gefühl von Judys Vater.

Ach so, ja, also er hielt die Urne in den Armen und hatte ein Gefühl von Wiedervereinigung. Vermutlich so, wie wenn du ewig lang vergeblich nach etwas gesucht hast, und dann plötzlich hast du es gefunden, und du hattest es schon aufgegeben.

Mehr nicht?

Na ja, es war außerdem etwas von seinem Vater in der Urne. Mit dem hat er sich wiedervereinigt.

Es war nur das Abgebrannte. Hat er nichts von der Seele gewusst und was die macht, gleich wenn man stirbt und nicht erst beim Einäschern? Und außerdem hatte er noch ein anderes Gefühl.

Und das verstehst du ja auch wieder nicht. Und niemand kann es wirklich *verstehen*, ich meine, man muss es selbst *empfinden*, ich stelle mir das so vor, dass er ein schlechtes Gewissen hatte, weil sie alle ohne die Urne weggefahren sind, und jetzt, weil es, wenn auch ohne die Seele, doch etwas von seinem Vater war.

Er hatte aber noch ein anderes Gefühl. Das mit den Sünden.

Als er die Urne endlich wiederhatte, kam es ihm so vor, als wären alle Sünden getilgt. Alles vergeben.

Das ist komisch, oder? Kannst du es heute erklären oder wieder nicht?

Es ist auch wieder etwas, das man empfindet. Man kann es nicht verstehen, deshalb kann man es nicht erklären. Julia, immer ist etwas Unwirkliches dran, beim Tod. So, und jetzt sollten wir vielleicht ans Insbettgehen denken, es ist schon nach halb zehn, und deine Puppen sind todmüde. Wenn du wirklich nichts mehr essen willst. Deinen Eltern zuliebe vielleicht doch was? Die Puppen hätten auch Lust.

Esther schilderte den Anblick der Creme. Mit Creme wäre Julia sicher zu verlocken, mit dem Hühnchensalat eher wohl nicht, sie war ja an sämtliche Köstlichkeiten gewöhnt, nur Süßes zog immer. Und sie müsste nicht sofort ins Bett. Natürlich könnte Esther auch allein essen, wahrscheinlich rechneten Julias Eltern sogar damit; Julia kam mit Miniportionen aus, und sie fänden nichts dabei, wenn ihre Betreuerin den ohnehin für sie gedachten Imbiss zu sich nähme, oder? Oder wäre es nicht doch etwas peinlich, bei der von nun an jederzeit möglichen Rückkehr mitten im Genuss erwischt zu werden?

Das mit den Puppen brauchst du dir nicht für mich auszudenken, das hätte ich dir nicht mal vor drei Jahren oder so geglaubt. Dass sie müde werden oder was essen wollen, sagte Julia ein bisschen spitz und verächtlich, aber auch wieder sanft, wie in einem Rollentausch, in dem sie Esther zum Kind machte und sie die Erwachsene war. Und als diese Erwachsene gab sie ihren Widerstand auf, sie sortierte ihre in der Liegekauerhaltung verschlungenen Gliedmaßen, klopfte den Puppen ein Kissenlager zurecht und hüpfte von der Couch, bereit, das Zimmer in Richtung Bad zu verlassen, und Esther sagte: Ich besuch dich noch.

Julia verweigerte die Gesellschaft beim Ausziehen und Waschen, bestand jedoch auf der Gute-Nacht-Sitzung am Bettrand und unbedingt auf dem Nachtgebet, von dem sie forderte: Jeder für sich, stumm. Julias Gebet war kurz, Esther konnte keinen einzigen Gedanken fassen, es sagte nur *gute Nacht, gute Nacht* in ihr, ihr fiel nichts Frommes ein.

In diesem Augenblick, Julia blieb auf der Diele stehen wie eine kleine Schachbrettfigur, knirschten Autoreifen über die Kiesel in der Zufahrt: Die Melchers kamen nach Hause. Rahmig weiß durchzogenes Dessert: auf Nimmerwiedersehen. (Hähnchensalat kam oft vor.)

Hallo, ihr Lieblinge, rief Ines Melcher ihrer Tochter und Esther entgegen, womit sie Esther ein legeres Zugehörigkeitsgefühl vermittelte. Sie kannte das, schätzte es hoch ein, obwohl es sicher nicht viel bedeutete, einfach nur sehr nett war, außergewöhnlich wie alles im wundervollen Melcher-Areal, und Esther genoss es auch. Aber das Mit-Besitzergefühl war getilgt und sie selbst wieder Esther Schmitz, mit Haut und Haar und ganz und gar. Sie bekam auf die elegante Art, in einem Couvert, ihr Aufsichtshonorar, sie erstattete Bericht über den festen Schlaf des Babys, und Ines sagte: Es war eine der langweiligsten Parties meines Lebens, und deshalb seien sie so früh wie höflich-möglich geflohen, und ihr Mann suchte sich durch die Fernsehkanäle, auf der Jagd nach einer Nachrichtensendung. Alles nicht neu, alles wie oft, auch das ziemlich wehmütige Bedauern in Abschiedsstimmung, mit dem Esther in der Garderobe ihre gesteppte dunkelblaue Acryljacke anzog, ringsum *Auf Wiedersehen* und *Bis zum nächsten Mal* sagte, dann draußen in der von Außenbeleuchtung und Bewegungsmeldern mild gelblich bestrahlten Nacht den Smart startete, Ziel: die andere, ihre eigene Welt unter Frau Rossmanns Dach.

Auf Wiedersehen, aber wann? Wochen vergingen, kein Anruf der Melchers. Waren sie verreist, mitten in der

Schulzeit? Esther machte sich Sorgen. Die Melchers sind mit Kind und Kegel für ein Semester in die USA umgesiedelt, redete sie sich zu, sie wusste, dass Herr Melcher das Angebot einer Universität im Nordosten der USA vor sich herschob, zögernd wegen der Trennung von der Familie. So werden sie sich entschieden haben, sie werden alle miteinander dort irgendwo in New England sein, sagte sie nach dem Spaziergang zu den Kiesgruben beim Tee mit Rosinenbrötchen zu Frau Rossmann, die nicht daran glaubte. So wie du mir diese Leute geschildert hast, würden sie dich informiert haben. Überhaupt, wenn alles in Ordnung wäre, würden sie dich informieren. Esther, ich muss leider immer wieder denken, dass da doch was passiert ist.

Und so ging es Esther leider auch. Ihre gutmütige Vermieterin sah ihr das an, obwohl Esther wie immer mit gutem Appetit bei den Rosinenbrötchen zugriff, mit der Butter nicht sparte, und sie fügte an: Ich hielte es für das Beste, für das Natürlichste von der Welt, wenn du dich mal dort erkundigst. Ob jemand krank ist, oder einfach so.

Gute Idee, sagte, ermutigt, Esther. Ich könnte Julia ein Nikolaus-Päckchen schicken und für Edmund irgendwelche Riegel dazulegen. Ein Telephonat wäre schwieriger.

Ein Telephonat war es, mit dem Julia sich für das Nikolaus-Päckchen bedankte. Die hohe Kinderstimme weckte in Esthers Gemüt Erinnerungen an die Glanzpunkte ihres *Zwischenphase*-Alltags, sie fühlte sich ganz fiebrig und zapplig vor lauter Erwartung: Wie würde Julia die vielen Wochen ohne Esthers Abendgesellschaft erklären?

Gerade sagte Julia, Edmund hätte sich auch sehr über die Schoko-Riegel gefreut, aber er wäre noch zu klein und zu dumm, um sich an Esther zu erinnern.

Ich habs ihm eingebläut und *Das ist von der großen netten Tante* gesagt und dass du ihn gefüttert und ins Bett gebracht hast, aber er kapiert nichts.

Gehen deine Eltern abends gar nicht mehr aus? Und hat deine Mami jetzt alle Nachmittage frei, geht sie nicht weg? Esther wagte sich an die entscheidenden Fragen.

Es ist alles wie immer, bloß finden sie, dass ich jetzt groß genug bin und niemand mehr auf uns aufpassen muss.

Oh wirklich? Lässt sich der kleine Edmund denn von dir füttern?

Klar, er ist ja ganz schön verfressen.

Esther musste plötzlich an das *komische Gefühl* vom Ende der Urnengeschichte denken, nach dem Julia immer wieder gefragt hatte, denn beim Klang der vertrauten Kinderstimme überkam es sie selber: Wiedervereinigung. Jedoch auch: alle Sünden getilgt? Warum sagte Julia nicht, dass sie Esther und das Geschichtenerzählen vermisste? Vor allem die Urnen-Geschichte? Sagten Kinder so etwas nicht? Oder wurde sie nicht vermisst? Danach konnte sie nicht gut fragen. Fragen aber könnte sie: Wie schaffst du das schwere Baby in sein Gitterbett? Sie wusste sehr gut, warum sie das nicht fragte. Nämlich weil sie nicht wissen wollte, dass Julias Bericht gemogelt war. Dass es mit ihr persönlich, mit Esther Schmitz, zusammenhing, wenn sie bei den Melchers nicht mehr gebraucht wurde. Die Urnengeschichte. Brand im Kinderzimmer. Brand in Esthers Innern.

Wie geht es Genoveva und den andern? Und euch selber, ich meine, Edmund und deinen Eltern und dir? Esther wollte das Telephonat noch nicht beenden. Das war doch immerhin ein bisschen Melcher-Welt, im Kontakt mit der arglosen Stimme des kleinen Mädchens, und die hörte sich nicht so an, als läge etwas gegen sie vor.

Gut, danke, sagte wohlerzogen Julia, und dass alle okay wären. Sie würden über Weihnachten ins Chalet fahren, wo dann hoffentlich Schnee läge, denn wahrscheinlich bekäme sie Ski … hej, unterbrach sie sich, da kommt meine Mam, sie sagt, sie will auch dran. Auf irgendwann vielleicht mal, machs gut!

Du auch, sagte Esther, dann aber zu Julias Mam, die atemlos klang: Huh! Gerade noch erwischt! Sie sind es doch, Esther Schmitz? Julia telephoniert sich durch den Tag, neueste Leidenschaft, und man weiß oft nicht, mit wem sie schon wieder schwätzt, aber als ich eben reinkam, hörte sich das nicht nach einer ihrer Freundinnen an. Hat denn sie angerufen? Oder waren Sie es?

Sie wars, wegen des Nikolaus-Päckchens.

Das war eine schrecklich nette Idee von Ihnen, Esther, ich habe seit Wochen ein rabenschwarzes Gewissen Ihretwegen, täglich wollte ich Sie anrufen, und täglich hab ichs vermasselt, Sie haben sicher werweißwas gedacht, und ich hätte Ihnen längst mitteilen sollen, dass wir jetzt eine kleine Au-pair haben, wir nennen sie unser schwedisches Töchterchen, und sie ist auch noch ein bisschen zu jung für den Job, aber die Kinder brauchen einfach jemanden für den ganzen Tag, und als es sich so ergab, dass ich jetzt zweimal pro Woche nach Basel muss …

Sie brauchen sich wirklich nicht zu entschuldigen. Esther wusste nicht, wo überall im Rumpf ihr Herz klopfte; abgesehen davon, dass eine bittertiefe Enttäuschung Besitz von ihr ergriff, peinigte sie das Vorgefühl von Schlimmerem, das dieses Au-pair-Mädchen notwendig gemacht hatte.

Doch doch, das muss ich, sagte Ines Melcher, und Esther war zusammen mit ihr ein bisschen in der wundervollen Diele, wo das Telephontischchen auf dem schwarzweißen Schachbrettfliesenboden stand, in einer lichtdurchstrahlten Welt, obwohl der Tag trübe dunstig war und die Dämmerung schon hereinbrach. Unsere kleine Chrissie ist also nicht gerade das Ideale an Umsicht (Ines Melcher lachte, klang heiter), aber immerhin, jemand ist doch da und kann aufpassen, und das *muss* man weniger auf das Baby, ich glaube, es ist das bravste Baby auf diesem Planeten, aber Julia sollte man nicht aus den Augen lassen. Neulich, und zum

Glück ist nichts wirklich Schlimmes passiert, hatten wir einen kleinen Brand im Kinderzimmer, das war noch in Ihrer Zeit, und ich war sogar zu Haus am Computer. (Die Stimme am Telephon wurde tiefer, das Lachen entwich, doch streng hörte sie sich nicht an.) Ich gebe es zu, man kann Julia leicht überschätzen, sie wirkt reifer, als sie es ist, Esther, Sie konnten nicht wissen, dass manches noch zu hoch für sie ist, und sie hat eine irre Phantasie, aber zum Glück sind Kinder vergesslich, und sie hat Tod und Leichen und Urnen sozusagen über Bord geworfen, und die Keksdose steht wieder an ihrem Platz, das scheußliche Ding, ich würde sie wegwerfen, wenn nicht Maja Kist ab und zu käme, von der stammt sie …

Esther mit dem weitverzweigten Herzhämmern brachte aus ihrem ausgetrockneten Kehlkopf und Mund nur *Ich verstehe nicht ganz* heraus, stammelte unter Mitarbeit der auch nicht mehr feuchten Zunge, mit der sie die Innenseiten ihrer Lippen dennoch anzufeuchten versuchte: Wenn irgendwas meine Schuld sein sollte …

Ines Melcher klang wieder hell, vergnügt; eifrig rief sie: Wer spricht von Schuld? Kinder sind unberechenbar, und Julia ists erst recht, schon weil sie einen so verständigen Eindruck macht.

Esther bemerkte eine Art Durchatmen am andern Ende der Leitung und schloss aus der wieder veränderten, jetzt resoluten Tonlage, dass Ines Melcher diesen Kontakt zu beenden wünschte. Zurück zu meinem pechschwarzen Gewissen: Ich hätte Sie längst informieren müssen. Jeder Mensch weiß gern, wie er sich seine Zeit einteilen kann. Der Vorteil für Sie: Sie haben endlich etwas mehr Zeit für Ihr Privatleben. (Mein Privatleben, was ist das?, dachte Esther). Außer *Stroh & Maurer* und Handelsschule auch noch die Stunden mit unseren Kindern, da bleibt nicht mehr viel übrig, und außerdem kümmern Sie sich ja auch noch um Ihre Vermieterin. Und das bescheidene Babysitter-Geld wird zu verschmerzen sein. (Hast du eine Ahnung, dachte Esther.)

Kleiner Seufzer an ihrem heißen Ohr, dann die entschlossene Stimme: War schon ein bisschen zu viel Hin und Her in Ihrem Leben.

Ich wollte mich sowieso verändern, sagte Esther.

Das ist schön. Es ist Ihr Leben, und man hat nur das eine. Und wenn ein bisschen Zeit vergangen ist, können Sie gern mal wieder zu uns rauskommen. Machen Sie's gut!

Sie auch, danke für die Einladung, sagte Esther. Sie legte, nach dem Klick in der Leitung, auf, und das Licht in der Schachbrettdiele verlöschte, ihr Herzschlag regulierte sich, der Speichelfluss funktionierte nach dem ersten Schluck Tee und beim Kauen eines Mohn-Muffins, die Stehlampe beleuchtete Frau Rossmanns grauen Schopf, sie fragte: Na und? Und Esther berichtete alles, bis auf Kinderzimmerbrand und Urnengeschichte.

Beruflich veränderte sie sich nicht, emotional: ein wenig. Sie hatte Heimweh, wonach aber? Sie fand es nicht heraus.

Oh, ein Termin!

Und wann soll die enden, deine deadline? Humbert betonte deadline süffisant. Warum redete sie nicht von Ablieferungstermin oder sonst was Passendem?

Es ist nicht *meine* deadline, es ist Geros, korrigierte Sabina ihn, halb gekränkt, aber immer noch eifrig hinter der Sache ihres Sohnes her.

Seit sie, bei der zweiten Tasse Kaffee und nach den Cornflakes, wieder mit ihrem Ansinnen rausgerückt war, reizte sie ihn. Aber wie immer, wenn er mit ihr haderte, wurde er weich, sobald er sich über das empfindliche zarte Perlmutt ihrer tiefhängenden Augenlider wunderte. Als er sie vor einundzwanzig Jahren zum ersten Mal im Hausflur ihrer Eltern gesehen hatte – er war gekommen, um bei ihrem Vater die Bibliothek neu beziehungsweise überhaupt zu ordnen –, da waren es diese Augenlider gewesen über ihrem schwerfälligen Blick, in die er sich verliebt hatte. Blickfang-Augen mit den durchschimmernden Lidern. Auch Fleisch unter Fingernägeln sah so aus. Bei andern Mädchen sinds die Haare oder die Beine oder der Busen, auf die ein Mann zuerst achtet, wunderte er sich schon damals.

Doch jetzt war er wieder gereizt. Allen Ehrgeiz, der Gero fehlte, trug sie ihm gleichsam auf Schritt und Tritt hinterher. Humbert sah seine Frau ausgerüstet mit einem Silbertablett, vollgehäuft mit ihren gewissenhaften Absichten für diesen erschlafften Sohn. Und diesmal lag nur ein blöder Schülerwettbewerb drauf.

Liebling, sagte Sabina. Ihre Stimme war samtig unterlegt. Es gibt doch schwierigere Themen. Und es gibt tausend Arten von Terminen. Das Vorstellungsgespräch, der Arztbesuch …

Na dann soll er sich doch mal dranmachen, knurrte er. *Mein* nächster Termin ist jedenfalls die Abgabe der Steuererklärung.

Wenn ihre immer höfliche Art auch noch in der äußersten Penetranz irgendwelcher sogenannter Attentate unversehrt blieb, legte er es manchmal drauf an, sich in seinem Benehmen von dem ihren abzuheben. Es musste deutlich schlechter sein. Sie war immer noch die wohlerzogene behütete Tochter von einst im dämmrigen Hausflur der großen alten Villa, die mittlerweile unter Denkmalschutz stand und in der seine Schwiegermutter, umwaltet von Hausangestellten, Klavier spielte, Aquarelle pinselte und ihn mit der Bemerkung erschreckte, dass ihre Tochter ihr so circa ab fünfzig aufs Haar gleichen würde. Junge Mädchen wie ihre Tochter hatte es eigentlich schon damals gar nicht mehr gegeben.

Sabina servierte Humbert nun auf ihre stille geschäftige Weise und auf leisen Sohlen – am liebsten trug sie handschuhartige Dinger, entweder die silbrigen oder die goldenen – seinen Maispfannkuchen mit dem Ahornsirupfläschchen und legte seine zwei apple-and-cinnamon-muffins auf einen hübschen blauen Teller. Ringsum Erlesenes. Wedgewood, keine Nachahmung aus dem Kaufhaus. Mit der höflichen Beharrlichkeit, die ihr gegeben war, begann sie ihre Attacke neu. Du bist doch an so was gewöhnt, du hast schon viele viele Auftragsarbeiten erledigt. Ich will ja nicht, dass Gero genau abschreibt, was du zu Papier bringst, die Lehrer-Jury würde die Handschrift des Schriftstellers erkennen. Ich dachte mir, ich schreibs ihm um in einen etwas ungeschickteren Stil und so. Es geht zuerst mal um die Idee. Um einen guten, schmissigen Anfang.

Sie lächelte, ihm fiel es schwer, weil ihn, seit dieses leidige Thema schwelte, die trübe Wahrheit verfolgte: Es gab keine Idee. Es gäbe keinen guten, schmissigen Anfang. Ihm fiel nichts ein. So wenig wie diesmal war ihm noch nie eingefallen. In einer blauen Juris-Mappe versteckte er ein paar gescheiterte Versuche.

Also wann ist diese grandiose deadline?, fragte er und, auf ihre ihm längst vertraute Bekanntgabe des Datums für die Abgabe der Aufsätze zum Thema *Der Termin*: Und was springt eigentlich dabei heraus?

Es gibt drei Hauptpreise. Warum lässt du deinen pancake kalt werden? Das amerikanische Frühstück war ihre Marotte, nicht seine. Humbert kam es immer mehr so vor, als sei nicht er, sondern sie vor anderthalb Jahren in den pennsylvanischen Wäldern an der Penn State writer-in-residence gewesen. Von zu Haus aus arbeitete Sabinas Phantasie, kombiniert mit chronischem Verlangen nach großer weiter Welt, sich an Humberts Platz, sie studierte die amerikanischen Gewohnheiten und übernahm diejenigen, die sie weltläufig, schick fand.

Erster Preis ist immerhin ein Tausender, die Eltern vom Golfclub sponsern den Wettbewerb. Dann gibts Buchpreise, ein Lexikon glaub ich als zweiten Preis und irgendwelche Gesammelten Werke.

Ausnahmsweise mogelte sie. Humbert hegte diesen Verdacht, denn Sabina informierte sich über alles und jedes, was Gero betraf, sie wäre eine erstklassige Interviewerin geworden, erstens wirklich aus Neugier, zweitens besaß sie ein Ausfragegenie, das Humbert oft zur Last geworden war. Nur in puncto Privatleben mauerte Gero, und doch, seine Mutter ermittelte zum Beispiel mehr übers Anbändeln mit Mädchen und Liebesversuche, als er ahnte. Ach, sie bemühte sich so inständig, und plötzlich tat sie ihm leid. Als Gero sprechen lernte, hatte sie, die Ex-und-noch-immer-höhere-Tochter mit Erziehungsidealen, ihm beigebracht, zu weiblichen Lebewesen stets *Dame* zu sagen. *Dame* war eins von Geros ersten Wörtern gewesen. Inzwischen riß er Bräute auf, beziehungsweise hoffte, das eines Tages endlich hinzukriegen.

Als Humbert sich, es war halb drei, die gewohnte Zeitungsmittagspause gönnen wollte, erinnerte Sabina ihn daran, dass Gero Talent hätte. Wenn Humbert etwas hasste, dann das: Formulierungen, die sie nett und sogar auch für ihn schmeichelhaft meinte: Gero tritt womöglich mal in deine Fußstapfen.

Es fällt ihm bloß diesmal nichts ein, sagte Sabina, und ihre ovalen Augen unter den Perlmuttlidern blickten noch betrübter als von Natur aus.

Dann gehts ihm wie mir, dachte Humbert, er sagte: Und von so einem glaubst du, er habe das Zeug zum Dichter? Ha!

Termin ist vielleicht ein etwas zu trockenes Sujet, meinte Sabina vorsichtig. Mütterlich schützende Vogelflügel, unter denen sie ihr hochkarätiges Söhnchen barg.

Fleiß, Disziplin, Fleiß und nochmals Fleiß, dozierte Humbert. Dein Genie aber trödelt rum. Man muss sich an ein Thema herandenken und immer wieder herandenken.

Hab ich gemacht, einen blöden vertanen Vormittag lang, vergebens: Was für eine vernichtende Erfahrung. Humbert fühlte sich ganz zerschmettert und las weiter über Leuchtstrümpfe für Kühe zu ihrer Sicherheit im Verkehr und einen Justizirrtum: statt der Andenken an ihren ermordeten Mann hatte man der Witwe die blutverschmierte Kleidung des Mörders geschickt.

Besser keinen Preis, wenn man nichts einreicht, als keinen Preis, wenn man bei den Bewerbern war. Humbert hatte diesmal wirklich wie frisch aufgewacht und sogar am Problem interessiert geklungen, wie ein guter, engagierter Vater, und so hoffte er, Sabina zu überzeugen.

Aber wenn du ihm hilfst … du kannst doch ganz geschwind was zustande bringen, und dann *kann* er was erreichen, und er *kann* den Preis gewinnen. Sie brachte es gelegentlich fertig, ihn noch so charmant wie damals im elterlichen Hausflur anzulächeln. Es versetzte ihm einen Stich. Er würde sie enttäuschen. Das neue Telephon wimmerte seine Tonfolge, und wie gewöhnlich ging sie dran. Aber bald darauf kehrte sie mit dem schnurlosen Ding – er konnte es nicht leiden, sie war stolz drauf – zurück, und nervös ließ er die Zeitung fallen, stand aus dem Sessel auf. Verdammt, das war Marjorie, ansehnliches Beutegut aus den pennsylvanischen Wäldern und absolut *seine* amerikanische Erfahrung. Wenn auch *ihre* emphatische Teilnahme am writer-in-residence-Halbjahr Marjorie vereinnahmt hatte, dann doch überaus irrtümlich unter der Rubrik pancake, muffins, Ahornsirup. Seit die aparte kleine Schlampe, 3. Semester Komparatistik, mit EU-Rail-Ermäßigung durch Europa schaukelte, aber immer wieder *zufällig* ganz aus der Nähe anrief (in Wahrheit kampierte sie meistens bei einer Freundin am andern Ende der Stadt), schlug Sabina stets auf ihre gepflegte, leichtfüßig geschäftige Art vor: Wollen wir sie nicht endlich mal zum *dinner* bitten? Humberts Abwinken bedauerte die Sittsame arglos. Sie reduzierte die Geselligkeitsabsicht auf *drinks* und *snacks*. Lass mich ein paar Cocktails machen, was meinst du? Sie beherrschte alles, eine gelehrige Schülerin, Humberts imaginäre Mitreisende, die den american way of life inhaliert und nun intus hatte, intensiver als er. Marjorie, fiel ihm ein, ist mein Termin! Das gäbe aber eine saubere Schülerwettbewerbsgeschichte: Ein Vater, angeblich in einer Konferenz, in Wirklichkeit im Motel, Zimmer 405, er hat keinen Spaß mehr am Sex mit dem Mädchen, weil ihm der verdammte Schülerwettbewerb seines Sohns und die Bitte seiner Frau in ihren Augen unter den blassrosa Lidern einfallen.

Feige sagte er Marjorie zu: Treffpunkt wie gewohnt. Er flüsterte das, obwohl Sabina aus dem Zimmer gegangen war, nachdem sie ihm mit ein paar Zeichen – Kaubewegungen, rechte Hand vom imaginären Teller zum Mund führend, simuliertes Trinken – bedeutet hatte: Lade sie ein.

Einladen geht nicht, erklärte Humbert ihr anschließend und versuchte, nicht auf Sabinas rosige Krokusblütenlider zu schauen. Ich habe gegen sechs einen Termin.

Oh, einen Termin! Sabina strahlte. Denk an Gero und auch ein bisschen an mich, bat ihr Gesicht eifrig und ermutigt. Er musste an ein Osterei denken, bis zu den Augenbrauen, so weit reichten ihre Stirnfransen, noch unabgepellte rotbraun gefärbte Schale.

Und was ists für ein Termin? Wärs was für Geros Beitrag?

Er antwortete so undeutlich, als verkleinere er damit seine Lüge: Vorgespräch. Wegen morgen.

Aber du gehst doch sonst niemals zu den Vorgesprächen.

Sie klang sanft, und er klang grob: Nun geh ich halt, diesmal.

Er machte in einer Hörfunkdiskussionsrunde mit, einmal pro Monat. Ihr Thema wäre das Phänomen *Zeit*. Plötzlich fühlte Humbert sich besser. Und wie vorhin, als er absichtlich schlecht formuliert hatte, wich etwas von der Lügenhaftigkeit und, vorwegnehmend, von der Verwerflichkeit seines Marjorie-Treffs von ihm, als er Sabina, die mit enttäuschtem Ausdruck, jedoch anerzogener Selbstdisziplin alte Zeitungen ordentlich stapelte, geradezu animiert zurief: Ich könnte für Gero was über *die Zeit* machen.

Aber das Thema ist *Der Termin*, sagte sie geduldig, Samt und Seide in der Stimme.

Ich weiß, ich weiß, nur, ich habe folgende Vorstellung. Humbert fand, Sabina brauche nicht zu wissen, dass es sich dabei um eine Kindheitserinnerung von Peter Sloterdijk handelte. Hör zu: Warum versteckt sich ein Kind?

Weil es spielen will. Sabina sah zwar weiterhin melancholisch aus, doch nur, weil das ihre physiognomische Gegebenheit war. Sie freute sich. Ihre Augen glichen aufgeplatzten Pistazien.

Weil es *gefunden* werden will. Und in der Wartezeit, in der nach ihm gesucht wird, erfährt es, was das ist, die Zeit. Und das Gefundenwerden, was ist das? Das ist sein *Termin*! Und wehe, keiner sucht das Kind! Dann kommt es in seinem Seelenleben zu einer schrecklichen Erfahrung. Humbert wartete einen Augenblick, fragte erwartungsvoll: Na? Ist das nichts? Das ists doch!

Mir gefällts auch. Sabine hörte sich nach Höflichkeit in Reinkultur an.

Klingt nicht gerade begeistert. Hast du vielleicht jetzt mal einen *drink*? Könnt wirklich einen gebrauchen.

Oh ja, Lieber. Sie trippelte mit ihren kurzen unhörbaren Schritten zur Hausbar. Stolz schüttelte sie einen Highball, vielleicht würde auch ein Daiquiri draus. Wie seine kleine Geisha servierte sie Humbert dienstfertig das elegante rhombenförmige Glas. Weißt du, ich befürchte nur, die Jury wirds für nicht altersgerecht oder so was halten. Es hört sich ziemlich erwachsen an.

Die Hauptperson ist ein Kind. Aber wenn du meinst …

In diesem Moment schlingerte Gero durchs Zimmer, warf einen trüben Blick auf seine Eltern, schnappte sich eine Handvoll gesalzener Erdnüsse aus einer der kleinen China-Schalen, die nach Sabinas Auffassung von Kultiviertheit unbedingt in ein Wohnzimmer gehörten, und beendete seinen Auftritt.

Hat er was gesagt. Hat er irgend so was wie *muss weg* gebrummt?, fragte Humbert Geros Mutter: Für diesen Sohn kam sie ihm manchmal allein zuständig vor. Wo will er hin, dein Genie? Humbert wollte so mürrisch sein, wie er sich gab, um nicht Sabinas wegen zu leiden und sich zu verachten: zwei Männer, die ihr untreu waren!

Ach warte, ich müsste nachsehen, es müsste auf meinem Küchenkalender stehen, was heut dran ist. Tennis, Jogging mit Botho, oder sie proben mit ihrer Band, weißt du, er hat einen solchen Haufen von … Beim Reden war sie in ihren handschuhartigen Schuhchen glitzernd weg in Richtung Küche gelaufen da blieb sie abrupt stehen, festgezurrt wie eine mechanische Puppe, Uhrwerk abgelaufen. Er sah ihr von hinten an, wie sie von vorne aussähe, wie verdutzt sie vor sich hin starrte. Reingelegt! Was gabs? Ihr Hinterkopf mit dem schimmernden glatten Haar, der Braunton von damals im Hausflur, nicht der original selbe, aber mittels Tönung der völlig gleiche, erinnerte Humbert an eine appetitliche Haselnuss. Sabina drehte sich kurz zu ihm um.

Was hat er? Einen solchen Haufen von was? Humbert klang wie ein Arzt vom Notdienst.

Einen Haufen von Terminen, weißt du, und sie eilte in die Küche. Anscheinend vergaß sie überm erfolgreichen Fortkommen ihres Sohns, was sie gerade eben noch ganz schön verwirrt hatte.

An einem Spätnachmittag sechs Wochen später hatte Humbert, so weit Sabina wusste, einen seiner kurzen kreativen Spaziergänge etwas ausgedehnt, und sie freute sich für ihn, der von Marjorie zurückkam. Aber warum blinzelte sie ihm so verschmitzt zu?

Stell dir vor, die Jury vom Schülerwettbewerb hat extra noch schnell einen Sonderpreis gestiftet: Für Gero. Sie senkte die Perlmuttlider. Und für dich.

Hmhm, machte er. Sonderpreis! Diese Ignoranten!, schimpfte er stumm, und laut fragte er: Und was soll das sein?

Ein Terminkalender, antwortete sie.

Zufriedene Frauen mag ich, dachte er und sah ihr gerührt nach, wie sie davontrippelte.

Glorias Witz

Die Witzrubrik in der Sonntagszeitung hob er sich immer bis zum Schluss auf. Die Mittagspause ging ihrem Ende zu, was bedauerlich war; aber nicht mehr lang, und Gloria riefe ihn zum Tee ins entschieden kühlere Wohnzimmer, wo der große Ventilator seine leise summenden Runden drehte und die Jalousien die Sonne aussperrten. Er lag auf seinem Sommerliegebett, und obwohl die Robinie Schatten über dem Balkon spendete und trotz der roten Markise waren die Polster heiß, er schwitzte ein bisschen. So, jetzt gleich: die Spalte mit den Witzen. Einen davon hatte Gloria sogar mit einem kleinen Kreuz markiert. Meistens las sie ihm die Witze vor – sie las gern vor, er hörte gern zu –, aber heute hatte sie sich gleich nach dem schnell runtergekippten Espresso verzogen. Er vermutete sie im angrenzenden Schlafzimmer, in Rufweite – offene Türen überall –, wo sie ihre Andacht vorm aufgeklappten Altar abhielte, ihrem Kleiderschrank. Sie waren am Abend bei den Silbermanns zu einer Gartenparty eingeladen. Die Silbermanns waren nicht so wichtig, aber das Ehepaar Morawetz käme auch, und Gloria würde überlegen: Worin hat Anja mich noch nicht gesehen, und Anja würde auf dem Heimweg mit Fred Morawetz über Glorias Aufmachung reden.

Oh wirklich, doch, dieser Witz hat was, er lachte in sich hinein. Er ist nicht nur ein Witz, er hat so was wie Tiefgang. Andererseits kam er ihm auch bekannt vor, und vielleicht hatte Gloria ihn deshalb für ihn angekreuzt. Im Sommer ärgerten sie sich oft über Witzwiederholungen. Wahrscheinlich setzten sie einen Volontär auf die Rubrik an.

Wir kennen den schon, aber der Witz hat was, rief er ins Schlafzimmer, in ruhiger ehelicher Gewissheit, dass Gloria wüsste, was er meinte.

Alles ausgelesen. Er döste noch ein bisschen vor sich hin. Der Witz handelte von einem Mann, einem berühmten Schauspieler, der seiner Frau zuruft: Hast du schon die heutige Klatschspalte gesehen? Steht drin, du hättest mich verlassen. Und der berühmte Schauspieler lacht ganz gemütlich vor sich hin, dann ruft er noch mal nach seiner Frau und ob sie es gelesen hätte, und sie antwortet nicht, der berühmte Schauspieler ruft und ruft ihren Namen – nichts. Der Witz endete mit drei Pünktchen. Im Nichts.

Der Witz ist mehr als ein Witz, er ist ein kleines Kunstwerk, dachte er, und dann machte sein Bewusstsein die drei Pünktchen vom Witzende, er trudelte aus dem Dösen in den Halbschlaf. Doch ehe der sich zum Tiefschlaf vervollständigen konnte, zerrte Arthurs garstige zeternde Stimme ihn aus dieser Sauce der Benommenheit: Tschautschatz, tschautschatz! Und immer wieder: Tschautschatz! Das war der Beo, den Gloria mit Engelsgeduld das Sprechen gelehrt hatte, und es sollte *Ciao, Schatz* heißen. Er hatte sich nie besonders für ihre Unterrichtsmethode interessiert. Versuchs mit was Leichterem, hatte er ihr geraten. Lehr ihn *Lora*, das können sie alle, Papageien zum Beispiel rufen immer *Lora*. Lora war außerdem Arthurs Frauchen, und die antwortete jetzt wie jedes Mal nach Arthurs *Tschautschatz*-Gezerr mit dem, was *sie* konnte: *Siiesein, siiesein, siiesein!* Was so viel hieß wie *Sieh es ein*. Das Beo-Ehepaar kam über diesen sonderbaren Dialog nicht hinaus, denn Gloria hatte behauptet: Arthur könne nur *au* und *a*, das sei so bei den Männchen. Und die Weibchen solle man auf *i* und *ei* drillen. Ihm wäre es lieber gewesen, die Beos hätten weiter als angenehme sprachlose Hausgenossen mit ihnen gelebt.

Ihr verdammten Viecher, ihr habt mich geweckt, sagte er mehr zur Robinie und zu der Markise als zu den Vögeln, die ihn doch nicht hören würden. Sie lebten in der Veranda unter dem Balkon, eine Etage tiefer.

Tschautschatz! Siiiesein!

Ruhe, rief er jetzt. Ja verdammt, *ciao* und *ich sehs ein*! Mit normaler Stimme, nur leicht erhoben, für sie da drin vor ihrem schweren Prüfungsgegenstand – was hatte ich bei den Billions an und was bei uns selber vor einem Monat, und womit hab ich bei Anne und Dirk Beck brilliert, und worin war ich weniger vorteilhaft neulich bei den Dingsdabumsdas –, damit sie ihn in ihrer existenziell relevanten Versenkung hören, ja wiedererkennen, überhaupt sich seiner erinnern könnte, rief er: Gloria! Erstens: Ich hab rausgefunden, dass in dem Witz vom berühmten Schauspieler, du weißt schon, der die Klatschspalte liest, du weißt schon, und er lacht über diese Idioten von Klatschspaltenschreibern, und dass dieser Witz, na ja, es steckt mehr drin, es ist eine Geschichte, ein kleines Kunstwerk, verstehst du?

Tschautschatz, höhnte unten Arthur, und seine Frau Lora klang keine Spur netter: *Siiiesein!*

Ja verdammt, und zweitens: Gib den Vögeln was zu futtern. Zieh einfach das Hellgelbe an, es steht dir immer, es macht immer was her … Ein Hellgelbes würde sie sicher auch haben. Sie hatte jede Farbschattierung.

Siiiesein, siiiiieeessein!, krisch Lora. Arthur war anscheinend für seinen Part zu faul geworden.

Und dann, rief er ins Schlafzimmer, fragt der berühmte Schauspieler seine Frau, ob die es auch gelesen hat, dass sie ihm davongelaufen ist … na, du weißts ja selber, und was ich so gut dran finde, ist der offene Schluss. Einfach drei Pünktchen, man hört richtig, wie seine Worte verhallen, in einem Schock verhallen sie … Er hob die Stimme. Gloria! He, Gloria!

Verflucht, er musste aufstehen. Wahrscheinlich war sie längst nicht mehr im Schlafzimmer. Machte unten den Tee. Das war auch die Erklärung für das Krakeelen der Beos.

Und der verstummte Ciao-Schatz-Arthur pickte bereits seinen Mais, weswegen Lora extra penetrant – von wem denn? – forderte, es einzusehen. Was denn, einsehen? Arme Kreaturen, redeten sinnloses Zeug daher.

Gloria!, rief er beim Aufstehen. Gloria! beim Durchqueren des Schlafzimmers und das Treppenhaus runter. Gloria! Gloria! Glo – ri – a! Die Vögel mischten sich jetzt beide ein. Plötzlich auf dem Treppenabsatz blieb er stehen, er griff sich an die heiße Stirn und sagte ziemlich leise: Aha, *so* ist das. Genial. Es steckt wirklich mehr dahinter, er hat was, der Witz.

Der Mann im Schlafrock

Hat denn keiner Mörike vertont? Er in der Kombination mit Musik, das wärs!

Lang vorüber, die Zeiten der ratlosen Seufzer. Elsie Kübler hatte ihren niedrigen Wissensstand mittels eigener Recherchen und unterstützt von Roma Brunner inzwischen erheblich erhöht. Nur, was den vertonten Mörike anging, fehlte im Bekanntenkreis schmerzlich jemand, der dazu imstande war, Hugo Wolfs Lieder vorzuspielen, weit und breit kein Pianist, erst recht kein Sänger, keine Sängerin. Von einem Chorwerk des Hugo Distler berichtete Roma, aber an das kam man schon gar nicht heran. Auf die Suche nach CDs brauchten sie sich überhaupt nicht erst zu machen, beide besaßen keine Player. Wir sind zu altmodisch, sagte Roma. Wenn es für dich sehr wichtig ist, könnte ich sehen, ob sich über die Beckmanns was organisieren lässt. Der Vorschlag blieb in der Schwebe, bis Elsie eines Tages bei der nun schon zweimal wöchentlich stattfindenden Mörike-Privatstudiumskonferenz erklärte: Du, Roma, ich denke, ich muss es nicht hören. Ich habe da gestern was gelesen, es war in einer Interpretation des Gedichts »Auf einer Wanderung«, der Verfasser ist ein sehr berühmter Literaturwissenschaftler … na, wie auch immer, ich kann jetzt so drüber reden, als hätte ich das Lied gehört. Zwischen der ersten und der zweiten Strophe gäbe es eine weiße Stelle, eine ungeschriebene Strophe sozusagen, und Hugo Wolfs Genie wäre das selbstverständlich nicht entgangen, sein Lied würde sich selbständig machen, das wortlose Zwischenspiel des Klaviers wird autonom oder so ähnlich, wasweißich, und das wäre dann absolute Musik.

Klingt imponierend, lobte Roma. Es klingt vielleicht schon fast zu … wie soll ich sagen, zu gelehrt.

Elsie, nicht infiziert von den Bedenken der Freundin, blieb in Zuversicht fest: Für ihn kanns nicht gelehrt genug sein. Er ist ein Professor, Gelehrtes fällt ihm gar nicht als irgendwie verdächtig auf. Er wirds als gleichwertig empfinden.

Wie du meinst. *Du* bists, auf die es ankommt dabei. Es ist *dein* Bier. Apropos Bier: Hast du noch von dem wundervollen Guinness?

Hab ich. Ich dachte nur, bei dieser Hitze … man trinkt Guinness warm. Roma, ich finde, wenn ich so was in der Art sage, wie das mit der ungeschriebenen Strophe und wie sie quasi von der Musik geschrieben wird, ich finde, dann brauche ich es nicht erst selbst gehört zu haben … es klingt nach Bescheidwissen, es hat was von Einfühlung.

Nach schon reichlich mehr als bloßem Bescheidwissen, Elsie.

Ja ja ja, hör mir auf mit deiner Vorsicht.

Nur, kriegst du es auch hin, ich meine, bringst du es richtig raus, dann vis-à-vis mit dem Professor und zwischen Kaffee und Kuchen oder was immer wir anbieten. Ich stell mir nur vor, du wirst nervös sein.

Das werde ich, oder: das *würde* ich, beim jetzigen Stand der Dinge. Ich muss üben. Damit es dann wirklich sitzt, üben. Und auch noch die total unbekannten Mörike-Zeitgenossen-Komponisten einpauken, die Namen muss ich üben. Ich fand sie in deinem gutmütigen Albrecht-Goes-Bändchen. Moment, wo hab ich sie …

Falls dir das was hilft, sagte Roma, der Goes wollte unbedingt *auch* auf dem Stuttgarter Pragfriedhof beerdigt werden. In der alten Zeitungsnotiz, aus der ich das habe, stand, dass Mörike sein Vorbild war.

Was für ein Zufall, ich meine, die alte Zeitungsnotiz …

Elsie griff nach dem kleinen, mit Merkzetteln bewimpelten Buch, fand die Stelle, brauchte vorher aber eine Nachschubladung Macadamia-Nüsse, die sie, als wollte sie einen Ofen befeuern, aus der Handmuschel in den Mund warf.

Hier habe ich sie: Kauffmann, Scherzer, Pressel, Hetsch, Silcher, und es soll noch andere gegeben haben.

Oh, machte Roma. Ich seh nicht kommen, dass du die alle behältst. Vielleicht am ehesten diesen Pressel.

Ich muss sie nicht alle parat haben. Ziemlich widersprüchlich, dieser Goes, bald ist sein Mörike-Liebling irgendwie vereinsamt, zurückgezogen, ein bisschen so was wie ein Pechvogel, verkannt. Bald aber dann plötzlich sehr berühmt, Zentrum von Freunden, völlig überraschend liest du was von einem Brief an Schiller, und so weiter. Die bis dahin forsch-optimistische Elsie tat einen tiefen Seufzer.

Roma, die das Empfindungsgemisch der Freundin (zwischen Geplagtsein und Hochgefühl) gut kannte, auch wiedererkannte, weil es Elsie seit der Verfolgung ihres Ziels beinah permanent zusetzte, klagte im Mitleidston: Ach, Elsie, Liebes, du hast dir viel vorgenommen. Vielleicht zu viel. Ich schnorr mir eine, darf ich?

Gewöhne dir das ewige Abgewöhnen ab, und du musst nie mehr betteln. Ja, viel vorgenommen habe ich mir, aber kein Gramm zu viel. Ich will den Job.

Roma legte zur Vervollkommnung des Genusses den Kopf zurück, mit der Zigarette ging sie wie mit einem Joint um und verhielt sich auch so, stöhnte: Ah, tut das gut, und es entstand eine Pause, in der Elsie ungeduldig wirkte. Deshalb richtete Roma sich wieder auf. Elsie, mir kam neulich schon mal der Gedanke, dass er vielleicht gar nicht mitten im Kaffeeklatsch oder was wir für ihn veranstalten, unentwegt von Mörike reden will.

Es ist sein Sachgebiet. Und bei dem Job gehts um Sachkenntnis. Nebenbei, ich überlege, was an Alkoholischem in diesen Eistee da passen würde.

Könnte doch sein, dass du nicht so tun musst, als wärst auch du eine Expertin. Vielleicht passt Gin? Ich meine, der Professor als Koryphäe, das genügt doch. Du sollst ja das Museum nicht *leiten*.

Er soll aber unheimlich auf seinen Mörike fixiert sein ... Gin könnte man probieren. Mir ists bloß einfach zu heiß für jede Bewegung. Die Barschublade: schon zu weit weg.

Lass mal, ich mach das.

Der abwandernden Roma (verdammt, wie schlank sie war, bei aller Liebe, Konkurrenzneid wurde man einfach nicht los) rief Elsie nach: Mir liegt ja außer am Museumsjob an so was wie Seelenverwandtschaft. Er wird sich ganz schön wundern, er wird sich sagen: Träume ich, oder ist es wirklich? Eine Frau, ganz von heute, noch nicht alt, nicht wirklich alt, und sie kennt sich trotzdem dermaßen gut aus und das ausgerechnet mit *meinem* Mörike?

Die Freundinnen kosteten den Eistee mit einem nicht zu kleinen Schuss Gin, schmatzten, schmeckten ab, das Fazit: Nicht ideal, aber eine Bereicherung. Als Roma vor sich hin kicherte, und Elsie *Was gibts?* fragte, erklärte sie: Ich musste dran denken, dass wir so ziemlich am Anfang planten, dir diesen schrecklichen Trauerfall anzudichten, du weißt schon, den Verlust *deines* Babys, deines Babys, ahh der arme süße kleine Eddy, nach *ihm* benannt, Mörike, aus Verehrung. Und dann gings wieder los mit dem Kichern, und zwar war es wirklich grotesk, doch Elsie fühlte sich irritiert. Sie dachte an den anderen, bis jetzt nicht verworfenen, aber noch unbeschlossenen Plan, Werner Dachs zu engagieren. Er sollte gegen fünf, der Professor war für vier eingeladen, hereinplatzen und Elsies Freund spielen, seine Eifersucht schlecht versteckend. Werner Dachs war Schauspieler am Landestheater. Über die Freunde von Freunden erreichbar und wahrscheinlich zugänglich, aber Elsie hatte in diesem Moment keine Lust, darüber zu sprechen. Außerdem fing Roma mit einem andern Einfall an: Im Museum könnte ein Andenken-Shop eingerichtet werden, das hat man ja jetzt viel, sie habens beim Jugendstil-Museum …

Roma, du vergisst, dass man dazu Andenken haben müsste.

Er sammelte doch so viel. Kuriositäten …

Bring das bitte nicht vor. Damit würden wir uns blamieren. Nie im Leben würden echte Mörike-Andenken verkäuflich sein.

Na dann Ansichtskarten, bedruckte Krawatten, Tücher, alles mit seinem Kopf drauf und dergleichen.

Ich fürchte, er fände das unseriös.

Leicht beleidigt, wurde Roma eine Spur giftig: Elsie, ein bisschen ist es Hochstapelei. Was du auch weißt, es wird nicht fundiert sein.

Aha, jetzt passts dir mal wieder nicht, wie wir die Rollen verteilt haben.

Du weißt, ich tu alles für dich, so wie du es für mich tun würdest, alles, obwohl … bloß blöde Fragen stellen ist nun auch nicht das Schmeichelhafteste, was meine Mitwirkung angeht.

Elsie begriff: Mehr Gin tat not. Sanft sagte sie: Wir haben dir auch eine ganze Menge an Kenntnissen zugedacht. Von wegen: nur blöde Fragen.

Aber nichts von dem wird Nachfragen standhalten, irgendwelchen Diskussionen. Gut, wir wissen jetzt eine Menge, aber fragmentarisch ist und bleibt es.

Ich krieg das schon hin. Es wird sich um Konversation handeln und nicht um Referate.

Konversation, ja, aber mit viel Mörike drin.

Weil es das ist, was ihn umhaut. Und mich für den Job geradezu prädestiniert, ich werde ihm als die Idealbesetzung erscheinen.

Ihn umhaut … Bei der Wiederholung ließ Roma, die eine Zigarette anzündete, ohne diesmal gefragt zu haben, sich die beiden Wörter auf der Zunge zergehen.

Elsie hörte sich etwas gereizt an, als sie rief: Na ja klar! Klar, dass ich noch mehr hinter dem Prof her bin als hinter Mörike, ich habe nie ein Geheimnis draus gemacht. Puh, ist das verdammt heiß hier draußen. Die Markise hilft überhaupt nicht.

Wenn es am Sonntag mit ihm auch wieder so heiß ist, sollten wir wohl doch drin sitzen. Ja, Elsielein, ich weiß ich weiß ... und als es bei mir um Friedhelm Gerschweiler ging, hast du für mich ...

Freundschaft ist Freundschaft.

Das ist es. Das ist sie.

Cheerio! Hoch die Tassen!

Gin Gin! An die Gewehre!

Die Freundinnen hoben feierlich ihre Gläser, tranken sie leer. Elsie zerrte an ihrem gelben Trägerhemdchen, um es von der schwitzenden Haut wegzukriegen, Roma benutzte den kleinen Mörike-Band von Albrecht Goes als Fächer.

Elsie sagte: Trotzdem, ich fände es doch gut, wenn wir dann hier draußen säßen, die Markise ist dermaßen eindrucksvoll.

Du wirst einen Glühkopf kriegen. Jetzt hast du einen, warnte Roma, womit sie sich als ernstzunehmende wahre Freundin zu erkennen gab. Bei den meisten Frauenfreundschaften versteckte sich in einem Kompliment Kritik und umgekehrt. Rot ist nun mal deine Farbe, bedeutete ziemlich zuverlässig, dass Rot ein Missgriff war.

Hast wohl recht, besser wir sitzen im Zimmer. Ich hoffe, es bricht dir nicht das Herz, wenn ich jetzt auch mal eine von meinen Zigaretten nehme.

Die Markise wirkt auch im Zimmer, tröstete Roma. Man sieht sie, erstens, und dann, sie gibt drin ein interessantes Licht. Wolltest du nicht Margueritas machen?

Ja, ein irgendwie römisches Licht. Komisch, er war nie in Rom.

Wer? Der Professor?

Mörike. Goethe, den er doch so sehr verehrte, war einfach der Kühnere, ich meine, was das Reisen betrifft.

Elsie, du musst bedenken, die ganz ausführlichen Biographien haben wir nicht gelesen. Ich würde vorsichtig sein.

Elsie kredenzte die Margueritas, aber sie waren zu warm, und die hübsch kristallen glitzernde Kruste am Glasrand bildete sich nicht.

Vorausgesetzt, wir haben dann noch immer diese Hitzewelle, werde ich zum Prof sagen: Das heute, das wäre nicht sein Wetter. Und wie er erschrecken würde angesichts all der halbnackt herumlaufenden Leute unserer Ära ... ich werde vom milden Septemberlicht reden, das zu ihm passte und zu seinem Werk ... und ich wäre in puncto September seine Seelenverwandte, was meinst du?

Finde ich nicht übel, gar nicht übel. Roma trank ihr Glas aus, stand auf: Ich bin leider überfällig, um sechs ist Gymnastik ...

Sportlich war er sicher nicht, der Mörike. Okay, Schätzchen. Elsie stand auch auf.

Eigentlich bin ich ein bisschen zu wacklig von all den Drinks ... apropos halbnackt, verwahrlost und so, was ziehen wir an?

Natürlich hing auch ihr Outfit vom Wetter ab. Beide gefielen sich in Wintersachen besser. Elsie geleitete Roma bis vor das Gartentor, Roma öffnete alle Türen des Suzuki, damit er auslüften konnte. Ihre Shorts waren zerknautscht.

Mit Sex habe ich nichts im Sinn, beim Prof, sagte Elsie nicht zum ersten Mal. Und Roma reagierte wie immer mit der Bemerkung darauf, Sex sei mittlerweile sowieso zu anstrengend. Irgendwie unästhetisch und nicht einmal erfreulich, Sex mache bloß Umstände. Darin waren die zwei sich wie in so vielem einig. Allerdings durfte die Ergänzung nicht versäumt werden, diesmal von Elsie: Obwohl, wir sind noch nicht alt. Und wir sehen noch gut aus. Und außerdem hat man das jetzt oft: Frauen mit Männern, die

Zwiebelkuchen- und
Federweißerfest
Samstag, 11.Oktober
in der neuen Turnhalle

laden ein...

Um 17:00 Uhr geht's los!

jünger sind, manchmal ganz gewaltig jünger. (Der Professor wurde von ihnen auf Anfang bis Mitte vierzig geschätzt, Elsie war sechsundfünfzig: kein Alter. Schon mal erst recht und gar nicht, wenn eine geistig-emotionale Symbiose das Wunschziel war.)

An diesem Abend, auf der endlich abgekühlten Terrasse, notierte Elsie: »Mörike im Tübinger Stift, gelegentlich ließ zwischen Waiblinger, Hartlaub und anderen Freunden um M. auch Hölderlin sich blicken; schon geistig umnachtet, schrieb er manchmal ein Mini-Gedicht, z.B. meinen besonderen Liebling: ›April und Mai und Julius sind ferne / Ich bin nichts mehr, ich lebe nicht mehr gerne.‹« Hier brachte Elsie am Rand eine fette grüne Markierung an, wie sie das bei allen speziellen Fundstellen machte, und sie hoffte, den Zweizeiler beim Besuch des Professors parat zu haben und wenn er auch hundertmal nicht von Mörike war. Sie dachte, wenn trostlose wundervolle Zeilen wie diese ihr ans Gemüt griffen, müsste der Professor über sie ins Nachdenken geraten.

Weitere Eintragungen: »Alle Peregrina-Zeugnisse (Briefe etc.) vernichtet. P = Maria Meyer, Kellnerin, zigeunerhaft, evtl. Hure, Mörike von ihr verhext, er 19, sie 25. Vorher gabs ein Klärchen Neuffer, aber P war erste Liebeserfahrung, Leidenschaft, negativer Ausgang für spätere Frauenbeziehungen schädigende Nachwirkung. Lernte durch P Vernichtungspotential der Liebe (Sexualität?) kennen.« Elsie beschloss, für heute Schluss mit Mörike zu machen. Nervosität kam auf, auch eine Spur Verzagtheit: zwei Störenfriede auf dem nächtlichen Weg in die Schläfrigkeit. Besser, sie zappte sich noch durch ein paar Fernsehprogramme, meistens half das. Heute nicht. Weil es sich wirklich um Freundschaft handelte, konnte sie ohne großes Entschuldigungstheater kurz vor Mitternacht noch bei Roma anrufen.

Geweckt hab ich dich hoffentlich nicht?

Aber nein, meine Wohnung siedet, kein Gedanke an Schlaf. Was gibts denn?

Es gibt … ich hab verdammt das Countdown-Gefühl so allmählich. Und wenn es irgendwie geht, würde ich gern unsere Sitzungen verdoppeln.

Oh doch, ich denke schon …

Weißt du, Roma, ich mache alle diese Notizen, ich bin nicht sicher, ob das der richtige Weg ist …

Roma gab sich Mühe, die Freundin zu beruhigen. Wir sollten die Sitzungen als Mörike-Konversation gestalten. Ganz einfach: Wir unterhalten uns über ihn.

Das ist wundervoll. Elsie fiel es gar nicht auf, dass genau das von jeher Absicht gewesen war. Wir schweifen zu viel ab.

Also, morgen bei mir. Obwohl, bei dir ists kühler, du hast das Häuschen …

Häuschen? Elsie überlegte, ob sie sich ärgern sollte. Ach, nicht der Mühe wert. Es war Notwehr, bei Roma. Sie sah die Gute vor sich hin schwitzen, ohne Möglichkeit, die stickige Luft mit Durchzug aufzumischen. Und deshalb trafen sie sich wieder bei Elsie im Reihenhaus, Ecklage, geerbt zu Lebzeiten von Tante Hanne, die in ein Seniorenstift umgezogen war. Diesmal im Zimmer, diesmal schleckten sie Walnusseis, und nach nicht allzu ausgiebigem privatem Hin und Her hatten sie nun schon ungefähr eine Viertelstunde lang Mörike-Konversation durchgehalten, Roma, in der Rolle der Unkundigeren, gab zu bedenken: Verhielt er sich in der Peregrina-Affaire nicht doch etwas feige, denn anscheinend ließ er seine Schwester Luise dominieren, und sie ermahnte ihn, auf dem Weg zur Tugend zu bleiben … oder dorthin zurückzukehren?

Das könnte man so sehen, sagte Elsie, wir besitzen ja keine unmittelbaren Zeugnisse, was zur Diskretion passt, die ihn überhaupt, den ganzen Menschen, charakterisiert hat. Doch spricht er vom besudelten Heiligenbild … es gab diese ihn peinigenden Gerüchte, wahrscheinlich fühlte er sich betrogen, aber bedenke, für sein *Werk* war die unglückliche Liebe natürlich viel viel ergiebiger als jede glückliche es gewesen wäre. Wir verdanken ihr den »Maler Nolten«, übrigens 1832 erschienen, Goethes Todesjahr. An dieser Stelle nahm Elsies offizielle, quasi für ein Auditorium öffentlich gemachte Stimme wieder ihren privaten Ausdruck an: Eigentlich ein Zufall, das mit dem Erscheinungsjahr und Goethes Tod. Nur halt, weil er ihn so über die Maßen verehrte ... Na ja, wie weiter?

Lass mich machen, sagte Roma, ich bring uns nur vorher ein bisschen Eisnachschub, okay? Mit den zweiten Portionen zurück, redete sie – und auch, wie vorher Elsie, etwas gekünstelt, als säße der Professor schon bei ihnen – doch wieder vom allzu bänglichen Mörike. Er war erst neunzehn! Und schon so übermoralisch. Fühlte sich von Luise gerettet!

Elsie kannte ihren Einsatz: Er war immer in Sorge um seine Identität. Wart mal, ich wills richtig zitieren ... also gut, er passte immer auf den ... den »unglaublich verzärtelteten Gang« seines Innern auf ... He, Roma, jetzt müsstest du *Lieber Himmel* oder so was stöhnen, und ich sag dann ...

Lieber Himmel, japste Roma gehorsam, und Elsie klang belehrend: Das ist, erstens, die Sprache seiner Zeit, falls dich »verzärtelt« stört. Und zweitens, empfand er sein Wesen als kostbar, das müssen Künstler ja wohl, oder? Du, Roma, beim Peregrina-Thema, falls ich das vergesse, erinnere mich daran, da will ich nämlich unbedingt Kierkegaard reinbringen. Nicht das ganze Zitat, nur etwa: Durch das Mädchen, das er *nicht* heiratete, wurde er zum Dichter.

Aha, machte Roma. Ich versteh schon, das Unglück inspiriert. Künstler müssen leiden.

Klar, sagte Elsie. Durch das Mädchen, das er liebte und dann auch heiratete, wird einer bloß zum Ingenieur, ich bin nicht sicher, ob es nicht bei Kierkegaard ein anderer Beruf war. Elsie holte tief Luft, Roma sagte *Ich bin so frei* und nahm sich eine Zigarette, Elsie, die introvertiert aussah und die Zimmerszene gegen andere Bilder ausgetauscht hatte, seufzte überaus privat: Ach er ist so bescheiden! Einer, der so viel auf dem Kasten hat, so bescheiden. Sie blickte ihren Worten versonnen hinterher, als schwebten die über den Couchtisch. Ihr rosiges Gesicht, verklärt von der Anschauung des hier im Wohnzimmer Unsichtbaren, wirkte verdutzt. Weil sie jedoch kein (oder fast kein) Kinn hatte und zusätzlich eine Stupsnase, tat sie das sowieso immer, verdutzt aussehen. Roma wusste, dass Elsies chronisches Staunen genau so wenig Aussagewert besaß wie der etwas unbequeme lederne Ernst auf ihrem eigenen länglichen Pferdegesicht, auch bei Munterkeit.

Er ist schüchtern. Er ist einfach ziemlich süß.

Roma fragte: Wer? Mörike?

Der Professor. Meinst du, er findet es irgendwie verdächtig, so was wie absonderlich, dass wir nicht mehr im Beruf sind?

Wird denn davon die Rede sein?

Muss nicht, aber vielleicht fragt er ja.

Wenn es stimmt, was ich von Frau Guntermann weiß, ist er ausschließlich in seine Wissenschaft vertieft, also Mörike. Warum sonst machen wir diese Materialschlacht.

Wir schweifen *doch* wieder ab, klagte Elsie. Sie dachte an das kleine Mörike-Museum, sah sich dort stille, dem Geistigen zugewandte Tage verbringen. Bis vor kurzem hatte sie täglich ihre Freiheit vom Beruf genossen und würde es noch tun, wäre nicht vor knapp fünf Wochen der Einführungsvortrag des Prof gewesen, der Abend, an dem er sie entzückt hatte. In seinem Gesicht war alles schief und schräg und merkwürdig, aber er beeindruckte und rührte sie, und vor zwanzig Jahren hätte sie ihren Zustand als Verliebtheit charakterisiert. Es gab Augenblicke, in denen sie auf den Zufall dieser Begegnung böse war. Warum sollte sie sich doch wieder an einen Beruf fesseln? Gut, anstrengend stellte sie ihn sich nicht vor, doch was ging über die Freiheit? Als Hammacher-Textil rationalisieren musste, um der Insolvenz zu entgehen, verabschiedeten Roma und Elsie sich mit Abfindungen und hatten es nie bereut. Gelegentlich halfen sie Nicole Mayer-Wiest in deren Secondhandshop und Illibell Metz im *Crazy*. Das genügte, um unter Menschen zu kommen. Der Freundeskreis war ohnehin groß genug. Und manchmal verfluchte Elsie auch den Mörike-Crashkurs. Mittlerweile hockte sie vor der Barschublade unten im Bücherregal, prüfte den Bestand. Zu dumm, dass man nichts über seine leiblichen Vorlieben weiß, Essen, Trinken. Nichts Unanständiges, sagte sie.

Mörikes Vorlieben?, fragte Roma.

Seine. Die vom Prof. Über Mörikes erfährt man auch nichts.

Es sei denn, wir haben nicht genug gelesen. Roma schlug vor, den Professor anzurufen. Frag ihn doch, was er gern hat. Kaffee, Tee und so weiter.

Du kannst einen Menschen wie ihn nicht mit derart Banalem stören.

Dann frag ihn, wenn er hier ist. Ich übernehms, Kaffee zu machen, falls du willst, dass ich noch dabei bin.

Plimm's Cup oder Highballs, mir schwebt was Weltläufiges vor. Elsie sinnierte, immer noch in der Hocke, mit Blick auf die Flaschen. Ich möchte nicht, wegen all dem Mörike dauernd, dass wir hinterwäldlerisch wirken. Elsie ächzte, rieb ihre Knie, als sie aufstand, und nun klang sie alarmiert: Was hast du da gesagt? Roma, du weißt, du wirst gebraucht!

Für die dummen Fragen, okay. Roma hörte sich plötzlich so an, als passe ihr die Abmachung nicht mehr.

Ich brauche dich außerdem fürs Bedienen, ich meine, Kuchenplatte reichen, Einschenken und so weiter. Er muss nicht gleich beim ersten Mal von meinen kubistischen Picasso-Händen erschreckt werden. (Elsie litt unter den Entstellungen, die ihre Fingerarthrose angerichtet hatte – es handelte sich zum Glück um die einzige ästhetische Einbuße; die Freundinnen erwogen sogar, den Professor in ihren neuen Bermudas zu empfangen, ihre Beine waren in Ordnung, aber nach längerem Sitzen plus Schwitzen klemmten die Bermudas im Schritt und dann rutschten sie an der Innenseite der Schenkel zu hoch, extrem unvorteilhafte Asymmetrie.)

Beim Streben nach der Bewunderung des Professors und damit kombiniert dem Hintergedanken auf den *Museumsjob* gab es zwischen den Freundinnen keine Konkurrenz. Bei der nächsten Konferenz kam Roma trotzdem noch einmal damit heraus, die *ganz und gar* Blöde letztendlich *auch* nicht spielen zu wollen. Sie erschreckte Elsie (heute testeten sie Erdbeerschnitten: zu viel Biskuit, mehr roter Glibber als Erdbeeren), als sie ankündigte: So ziemlich gleich am Anfang werde ich sagen: Für mich brauchte Mörike bloß »Denk es, o Seele« gedichtet zu haben, es würde mir genügen, um sein Genie zu ermessen. Es rieselt mir eiskalt über den Rücken, fängt so beschaulich an und dann dieser Bruch, und wie er aus der Gegenwart in die Zukunft hüpft … so schrecklich traurig, so schön … was hältst du davon?

Elsie fühlte sich überrumpelt. Was Roma gesagt hatte, gefiel ihr zu gut, um in die Abmachung zu passen; sie war eifersüchtig, und weil sie diejenige war, die beim Professor Punkte machen sollte, konnte sie das (die Eifersucht ließ sie weg) auch frei heraus bekennen: Roma, Liebes, du kannst doch ganz wundervolle Absurditäten bringen! Vom großen Briefschreiber Mörike und wie du ihn dir in unserer heruntergekommenen Epoche der Handy-Fax-Mail-Minibotschaften vorstellst, überhaupt: angesichts unserer verwahrlosten Gegenwartssitten, des Ordinären, denk ans

Fernsehen, unsere abgewirtschaftete Moral … und dann darfst du ruhig was Schlaues sagen, beispielsweise über ihn und die Frauen, wie empfindlich und radikal er auf das Peregrina-Mädchen reagierte, und dann wars später auch mit der Ehe nichts, Ehe zu dritt mit der Schwester Klärchen, hat doch auch was Eigenbrötlerisches …

»Deine Liebe ist mir sonderlicher gewesen, denn Frauenliebe ist«, zitierte Roma, womit sie Elsie wieder irritierte.

Okay okay, das schrieb er dem Urfreund, diesem Wilhelm Hartlaub. Roma, ich sage dir, du musst dir nicht so viel einprägen, wirklich.

Als Bräutigam und Ehemann war er falsch besetzt, sagte Roma, und Elsie unterbrach: Aber dafür ein Genie der Freundschaft. Roma, du solltest doch damit eröffnen: Für mich war er ein vergnügter rundlicher Pfarrer. Und dass du erst durch mich von seiner Zerrissenheit zwischen Amt und Dichtung erfahren hättest, von seinen Schatten, der dunklen Seite.

Na schön. Bin ich die Doofe. Aber vielleicht ists genehm, dass ich von seiner Mozart-Verehrung rede? Von der aufwühlenden Wirkung der Musik auf ihn … von den »wohlgefälligen Schmerzen« …

Du bleibst bei deinem etwas betulichen Pfarrer. *Ich* sag das mit der Musik. Roma, ehrlich: Wer von uns will den Job? Wer von uns will den Professor haben?

Und wofür habe ich dann so viel gepaukt?

Lernen schadet nie. Es ist das Beste, was du für dein Gehirn tun kannst. Roma blickte gedankenverloren vor sich hin, und das verwirrte Elsie, die einen sanften Ton anschlug: Versteh mich bitte richtig, aber speziell über ihn und die Musik habe ich eine Menge parat.

Roma, als hätte sie nicht zugehört, sagte: Diese Musikschreckenswucht konnte er nur beim Blick auf den braven geraden Rücken des Urfreunds Hartlaub am Klavier aushalten … Mir gefällt das.

Elsie speicherte *Musikschreckenswucht*, und obwohl sie gereizt war, bekam sie nochmals einen sanften Ton hin: Mir auch, Liebling, und *ich* möchte es anbringen. Geburt der Idylle aus dem Geist der Musik. Ich plane zwei Parallelen, die eine zu Rilke: »Denn das Schöne ist nichts als des Schrecklichen Anfang.« Und dass diese Paradoxie und Gleichzeitigkeit, oder diese Antipoden, das Bedrohlich-Schaurige und das Irdisch-nah-dankbar-Betrachtende, in seinem Wesen und in seinem Werk immer ineinander verschränkt sind. Du siehst, wie gut ich es hinkriege. Und die zweite Parallele: Hesse. Der hat auch nicht wie ein braver Genießer auf Musik reagiert, er empfand auch Schrecken. Und sogar Scham. Stell dir vor, Scham! Himmel, ich weiß nicht einmal, ob er Raucher oder Nichtraucher ist.

Der Professor? Wenn er Raucher ist, wird er seinen Stoff bei sich haben. Roma erinnerte sich an ihr Verlangen nach einer Zigarette, was Elsie nicht entging (es war wie in einer alten Ehe), und gnädig hielt sie ihr die Packung mit einer herausgeschnickten Zigarette hin. Ich hatte Mörike gemeint, sagte sie. Ob er rauchte.

Ist das wichtig? Ich finde nicht, dass es wichtig ist.

Der Streit (aber das war es ja nicht wirklich): verscheucht, und weil allmählich die Zeit drängte, wurden konkrete Fragen wichtiger, nur auf den ersten Blick Bagatellen: Was zieht man an? Wann ist der beste Zeitpunkt für einen Friseurtermin? Statt Kuchen etwas Eleganteres, zum Beispiel schottische Shortbreads? Dazu Whisky, mit Whisky konnte man nie was falsch machen. (Neuer kleiner Dissens, diesmal nicht auf dem Mörike-Terrain: Beide hatten sich für Weiß entschieden, Jeans, Polohemdchen, leger. Schwer zu definieren, warum, aber zwei genau gleich angezogene Frauen würden einen irreführenden, auch etwas kindischen Eindruck vermitteln. Roma, in der Nebenrolle, wich auf Türkis aus.) Sie strichen den Friseur aus der Planung: zu spät. Drei Tage vor dem Besuch des

Professors sollte man keine Identitätsvernichtung riskieren.

Was ihnen, trotz der Intensität ihrer Vorbereitungen, doch immer als unwirklich erschienen war, es wurde Realität, heißer Sonntag, das Datum der Verabredung, und als pünktlich um vier die Gartentürklingel sie etwas penetrant erschreckte, hatten beide das Gefühl der Leere im Kopf: all das Mörike-Material wie herausgesaugt.

Der Professor lächelt schräg, schief, abschüssig und war in einem dunkelblauen gestreiften Jackett zu dunkelgrauer Hose, braunem Hemd, nicht sommerlich und etwas schlappig angezogen.

Trotzdem sagte Elsie ihren Begrüßungssatz, der ihr wie durch ein Wunder wieder eingefallen war, wenn auch nicht in der präparierten erlesenen Syntax: Hätten *er* und sein Urfreund nicht etwas anderes damit gemeint, könnten wir Sie heute als Sommerwestentyp begrüßen. (Mit dem *Typ* stimmte was nicht, Elsie kicherte, bis es ihr einfiel.) Ich wollte sagen, wir drei könnten uns des Sommerwestentums rühmen.

Aha, machte der Professor, lächelte missglückt, jetzt besonders windschief, und Roma sagte (brav, lobte Elsie im Stillen): Für mich war er vorher, bis Elsie Kübler mich auf Vordermann brachte, nur ein vergnügter rundlicher Pfarrer. Jetzt kenne ich seine Zerrissenheit zwischen Amt und Dichtenwollen.

Hereinspaziert, flötete Elsie, ich geh mal voraus, wir sitzen nicht draußen unter der Markise, es ist einfach zu heiß. Ja, seine Zerrissenheit ... scharfe Predigten soll er gehalten haben, es muss totaler Stress gewesen sein, zwischendurch dann außer dem Dichten das Anakreon-Übersetzen ... Wie wärs mit diesem Sessel? Darin haben Sie doch wenigstens den *Blick* nach draußen.

Danke. Wirklich heiß heute. Der Professor wirkte nicht mehr ganz so ratlos, nachdem er im Sessel saß.

Kaffee? Tee? Oder lieber gleich was Kaltes, Eistee? Eiskaffee? Alles ist möglich. Elsie machte ihre Vorschläge von der zweiten Hälfte an im Sitzen. Vom Couchrand aus. Sie fühlte sich plötzlich wacklig auf den Beinen. Dem Professor war alles recht, woraufhin Romas Pferdekopf noch ein wenig länger zu werden schien, sie wandte sich an Roma: Was denkst du also? Was machen wir?

Kaffee, oder? Ich glaube, Kaffee wäre gut für den Kreislauf. Elsies Entscheidung entsprang dem Unbehagen, im Fall komplizierter zuzubereitender Getränke zu lang mit dem Professor allein zu sein. Netter Einfall, oder? Der vom Sommerwestentum. Sie hatten eine gemeinsame Juxsprache, er und Hartlaub.

Hartlaub und wer, bitte? Ich bitte um Nachsicht, aber … danke. Der Professor nahm sich ein Shortbread, obwohl es, solang es keinen Kaffee gab, dafür zu früh war. Aus Nervosität hatte Elsie ihm den Gebäckteller hingehalten. Sie selbst, bloß um irgendwas zu tun, knabberte bereits an einem dieser bleichen Vierecke, und es fehlte an Speichel, um es herunterzubringen. Ach mein Gott, er muss es schwer gehabt haben, einer, der die Liebe als identitätsverschränkende – oh pardon, Elsie kicherte, räusperte sich, als identitäts*gefährdende*, natürlich *gefährdende*, also als identitätsgefährdende Gefühlsverschränkung empfand. Elsie wunderte es, wie wenig sie ihr wiedergefundenes Wissen genoss. So dass es sie gar nicht störte, als Roma den Kopf hereinstreckte und einen Zuruf beisteuerte, der in Elsies, nicht in Romas Textbuch stand: Die Sexualität, das Vernichtungspotential! Elsie begann ein leicht hysterisches Lachen, stoppte es; sie bemerkte, dass der Professor an einer Zigarettenpackung herumfingerte, irgendwas nuschelte er, das wie *Ich darf doch* klang, sie rief: Gute Idee, sprang auf, um sich mit ihrer Packung und einem Aschenbecher zu versorgen (Lust zu rauchen hatte sie keine, den Mund voller uneingespeichelter Gebäckkrümel), dann rief sie, für Roma gedacht, die es bei offenen Türen in der Küche hören konnte: Wie unhöflich wir sind! Wir lassen unseren Gast überhaupt nicht zu Wort kommen.

Dass ihm das sehr recht sei, überzeugte auf etwas peinliche, undurchschaubare Weise. Wir finden es so wundervoll, wie Sie Ihr gesamtes geistiges Trachten auf diesen *Einen* gerichtet haben! Während Elsie (lags am Rauchen, fast vergaß sie ihre kubistischen Finger), mutiger geworden, ihr Wissen herunterschnurrte, fand sie den Professor unentwegt süß: ach so verlegen! *Aber gewiss, aha, interessant* und sonst nicht viel mehr war es, was er verlauten ließ. Als er unerwartet mit *Darf ich fragen* begann, tat sie einen kleinen Hüpfer samt Aufschrei: Oh, dass ichs nicht längst geradezu verlangt hätte! Aber natürlich: Ziehen Sie die Jacke aus! Roma Brunner und ich, wir …

Danke (der Professor zog sein Sakko aus), nur hatte ich gemeint … ich wollte fragen, von wem Sie …

Gut möglich, plapperte Elsie, die aufgestanden war und des Professors Jacke sorgsam über eine Stuhllehne hängte (am liebsten hätte sie den Stoff gestreichelt), aber es stimmt doch, er liebte an Luther den Sinn für Nähe, Wärme, bärenmäßiges Behagen (sie lachte den Professor kühn geradeaus an, was ihn förmlich krümmte, zurücklächelnd sah er nach Zahnweh aus), Essen, Trinken, wo bleibt unser Kaffee?

Sofort sofort, rief Roma, und der Professor verstärkte diesmal den Kommentar *interessant* mit dem Zusatz: *wirklich*. Elsie winkte ab: Für mich ists interessant, ja, nur hoffe ich, Sie damit nicht zu langweilen. Sie gab dem Professor keine Zeit zum Protest, sie musste noch mehr prahlen, indem sie sich zuerst kleiner, dann größer machte: Interessant ists für einen Experten wie Sie höchstens, was die Unwissenden an ihm herumrätseln lässt … Luthers elementare Urkraft faszinierte ihn und dass er Kinder und Vögel und die Musik liebte, oh die Musik und er, ein gigantisches Thema, sein »wohlgefälliger Schmerz« beim Musikhören, man muss an Hesse denken, der sogar Scham empfand, Schrecken, ah und Rilke, »das Schöne ist nichts als des Schrecklichen Anfang« … (Allerdings-gewiss-Gestammel vom Professor), und wie er war ja auch Luther den sogenannten »Klüglingen« abhold, Klüglingen stimmt doch?, tut mir leid, aber Dilettanten vertun sich manchmal … (der Professor wiegte den interessanten Kopf, er denke schon, fing er an) … Elsie hauchte dahin: Alles das, gut, es ist interessant, aber wird es nicht aufgewogen durch nur ein einziges Gedicht von ihm? Ich denke an »Das verlassene Mägdlein«, erst recht an »Denk es, o Seele«. Diese gespielt harmlosen naiven Unschuldsanfänge, die volksliedhaften Diminutiva, idyllisch … doch jäh in der Strophenmitte schlägt alles in Schrecken um, wie bei Goethe, oh dies jähe »Warte nur, balde ruhest du auch«, leider hatte *er* keinen Schubert, aber Goethe wies Schubert zurück, nun ja … (Elsie glückte es, Romas genialen Einfall vom Tod, der kalten Dusche, und wie es ihr eiskalt den Rücken runterlief, aus dem Gedächtnis zu grübeln, brachte beides an, auch den Schnappschuss, die poetische Metapher, »blitzende Hufeisen«, den Sprung weit weg vom friedlich grünenden Tännlein in die antizipierte Vorstellung des Leichenwagens, und darin er, der Gedichtsprecher, als Toter. Und dass es zwar sanft, aber härter zugehe als bei Goethes »Nachtlied«-Wanderer. Diese existenzielle Erfahrung, ich meine, von der Gegenwart des Todes mitten im Leben. Ha, da hätten wir doch tatsächlich Luther, stimmts? »Mitten im Leben sind wir vom Tod umfangen«. Ach, es war so viel Gram in seinem eingeengten Leben. Rede ich eigentlich zu viel?

Aber nein, gar nicht. Nur, bis zu »Denk es, o Seele« dachte ich dauernd, ich bin in einem Quiz. Der Professor sprach hastig. Es geht die ganze Zeit um Mörike, richtig geraten?

Machen Sie sich bloß über mich lustig! Elsie drohte mit ihrem hochgereckten Picasso-Zeigefinger, dessen sie sich nicht mehr schämte: Menschenerfahrung besaß sie reichlich, und die sagte ihr: Dieser Mann merkt überhaupt nichts. Leider auch nicht mein Super-Outfit. Geist pur. Ich bewundere Ihre Konzentration auf einen der Großen, schwärmte sie ihn an.

Mörike hätte das zwar verdient, nur bin ich jemand, der Heine … Romas Auftritt mit der Kaffeethermoskanne, die wie ein Pinguin aussah, unterbrach den Professor: Heine! Gegen den hatte er ja diese Antipathie. Sie begriff, dass sie unbefugt war, ergänzte: Stimmt doch, Elsie, ja? Pardon, mit dem Kaffee hats gedauert, weil ich mich geirrt hatte und erst mal Tee vorbereitete.

Irrtümer, Irrtümer. Der Tee und jetzt Heine. Elsie schaffte es: Sie kriegte ein Lächeln hin. Schenkst du bitte ein, Roma?

Anlässlich meiner Promotion, lang her, war ich wohl mit ihm am gründlichsten, mit Heine. Schräg lächelte der Professor, Mörike hingegen … sprechen wir aber doch endlich über Ihr Anliegen. Sie bewirten mich so nett, und ich … (Merkte er gar nicht, wie grausig viel Zucker er in seine Tasse warf?) Ich kam immer noch nicht dazu, der verehrten Kollegin Medwin-Goodwell … es war schließlich *ihr* Vortrag, dem ich diese hübsche Einladung verdanke. Aber erst seit heute kann ich ihr ja berichten, dass ich auf zwei Mörike-Kennerinnen als ihr Stellvertreter hier getroffen bin.

Auf *eine*: das immerhin konnte Roma matt flüstern, während Elsie nur ein *Oh!* aushauchte, ehe ihr *Stellvertreter?* glückte. Der Professor rührte die Zuckermassen im Kaffee nicht um, eine Unsitte, aber jetzt konnten die beiden es lediglich registrieren. Ebenso des Professors Erläuterungen: Medwin-Goodwell, die Pneumonie von damals gut überstanden, lehrt an der Wayne State, Detroit: schwieriges Pflaster, Mörike war bis zum Stellvertreter-Engagement fast eine Bildungslücke beim Professor.

Wir kamen ein paar Minuten zu spät zum Vortrag, Elsie, sagte Roma, und Elsie konnte nur *hmhm* krächzen, und der Professor sagte was von falschen Federn, mit denen er sich schmücke, wenn auch unschuldig, und dass dies hier Medwin-Goodwells Einladung wäre, er ein Nutznießer. Aber endlich: Was wäre das, wobei ich Ihnen eventuell helfen könnte?

Elsie, die verblassende Fata Morgana der Oase *Behagliches Museum* vor Augen, schüttelte den Kopf, der leider ein Glühkopf war, der Professor störte sie mit tanzstundenhaftem Eifer und seinem Feuerzeug beim Anzünden ihrer Zigarette, aber Roma faselte vom Mörike-Museum, von Elsie als Kustodin oder so was, und gleichzeitig mit dem Professor, der sehr bedauerte und sich als die falsche Adresse bezeichnete, sagte Elsie (sie hatte sich wieder im Griff, klang souverän, elegant kalt): Das hat sich erledigt. Ist ein alter Hut, wissen Sie, ich genieße meine Freiheit, kein Chef, all das. Wie wärs mit Whisky?

Whisky war in Ordnung, der Professor blieb altmodisch verlegen, und Roma empfand bang, dass Elsie es nicht war, in Ordnung; sie fand es schwierig, abzuwarten, bis sie von ihr erführe, ob sie den Professor immer noch süß fand. Der Nachmittag endete vor sechs, der Professor berichtete von der CeBIT, von D-Netzen, High Speed Circuit Switched Data. Selbst wenn sie auch nur ein Wort davon begriffen hätten, die Freundinnen waren vollauf damit beschäftigt, sich von Mörike zu verabschieden. Der Mann im Schlafrock, dachte Elsie, und was ich sonst noch alles von ihm weiß, und dass er glücklich war, die Erfindung der Daguerreotypie mitzuerleben und sich einen Fernsehapparat auszudenken … der Mann auf dem Sofa, oh das »Wunder eines unter Tränen lachenden Herzens …«. Elsie schreckte ein Tritt gegen ihr Schienbein aus der Geistesabwesenheit: Romas Sandale. Romas Pass-auf!-Mimik. Aha: Themenwechsel beim Professor, der eben sagte: Und auch als Erzähler war er vor allem Lyriker. Ja, so allmählich muss ich an die Arbeit.

Eichendorff, ach ja, wundervoll! Roma, es war nun mal Freundschaft, half Elsie bei der Rückkehr in die Wirklichkeit. Und ganz so, wie sie ihre Rolle beim Mörike-Studium akzeptiert hatte, nahm sie beherzt die Naivität in Sachen Eichendorff auf. Ein bisschen albern, aber doch vollkommen wahre Freundin, sang sie: »Wem Gott will rechte Gunst erweisen …«, und das ist bis jetzt alles, was ich von ihm weiß. Elsie wird helfen.

Traurig sein, ohne zu wissen, warum, das konnte er früh, fischte Elsie aus dem Mörike-Fundus, zuversichtlich, dass es auch für Eichendorff hinhauen würde.

Interessanter Gedanke, sagte der Professor. Und wie lautete noch dieser Begriff … Sommerweste…?

Sommerwestentum. Es würde auch auf diesen Kollegen Eichendorff passen, fanden alle drei.

»In allen meinen Taten«

Auf der roten Resopalplatte in der Küche stand schon das Tablett mit den Dessertbowlchen bereit, und als Astrid die Spraydose mit der Vanillesahne aus dem Eisschrank nahm, vorerst nur zum Anschauen, wünschte sie sich Rührung bis zu Tränen. Georg Christoph Lichtenbergs »Tränen des Vertrauens« fielen ihr ein, Lichtenberg in den Straßen von London, und plötzlich an einer Kreuzung spielte der Drehorgelmann »In allen meinen Taten«, und Lichtenberg musste weinen. Diese »Tränen des Vertrauens«: was für ein Wunder! Genau die wollte Astrid jetzt aus ihren Augen hervorzwingen. Erlöserische, besänftigende Tränen, wie eine Überraschung so himmelsnah! Vergebliches Bemühen: nicht ein einziger Tropfen überschimmerte Astrids Blickfeld. Vertrauen! Das Kirchenlied meinte Vertrauen auf Gott, selbstverständlich, gewiss, aber war das nicht Gott in Ronald, in seinen Mitbringsel-Ideen für sie, in diesen Vaterverwöhnungen für sein glücksgieriges, vernaschtes Kind? Bei jeder Ware mit der Aufschrift Vanille blieb Ronald in den Süßigkeitengängen des Acme-Supermarkts stehen, griff Packungen aus dem Regal, verstaute sie zwischen den anderen, den vernünftigen und erwachsenen Produkten: für Astrid. Ohne irgendwelche Glückshormone freisetzende Liebesüberrumpelungen, klein, aber hochkarätig, kam er nie vom Einkaufen zurück: längst ein Ritual. Wirklich, wenn das nicht Gott in ihm bewirkte, was sonst war es?

In diesem Küchenaugenblick allerdings schien Ronalds Qualifikation zum Göttlichen tiefgefroren unaufgetaut. Jetzt, mitten im beinah schon eine Stunde andauernden Krieg zwischen ihnen, Anlass vergessen, abends um halb sieben, wenn der Stoffwechsel auf Harmonie geschaltet war und auf Abendessensappetit, da glich eine sanfte Vanillespeise einem Grabschmuck.

Astrid stellte die Spraydose zurück ins Kalte. Es war zwar sowieso noch zu früh, erst später zu ihren zweieinhalb Nachrichtensendungen und als Zuschauer in ihren Fernsehsesseln äßen sie das Dessert, aber heute Abend passte überhaupt keine Zärtlichkeitswonne wie Vanillesahne in ihre ramponierten Kulissen, Dessert gestrichen. Falls Ronald das auffiele, würde Astrid nur lautmalerisch undurchschaubar reagieren. Sie ging aus der Küche und am Esstisch nebenan hinter Ronalds Rücken vorbei. Ronald saß an seinem Platz vor seinem Teller und wahrhaftig: er kaute! Er konnte essen! Astrid empfand das als Zutat in den Beleidigungsingredienzien, sie hätte keinen Bissen heruntergebracht, doch nicht in dieser miserablen Gemütsverfassung! Wahrhaftig, er aß! Obwohl doch auch er von ihr so einiges an Garstigkeiten zu hören bekommen hatte, den Appetit verschlug es ihm nicht. Im Gegenteil, nicht einmal auf sie warten konnte er. Sie war weggelaufen, weil sie die Spraydose anschauen und daraufhin in eine weiche Stimmung hatte geraten wollen: um seine Nähe zu ertragen. Ronald aß sein Rindfleisch, und *Mörder* rief sie ihm zu, und dass er schlimmer wäre als Tiere, Schweine seien hoch sensibel, und sie bereute sofort, dass sie überhaupt irgendwas gesagt hatte. Kein Wörtchen gönnte sie ihm und sei es das unfreundlichste. Aber genau betrachtet, war das mit dem Schwein ziemlich lustig. Es war seit dieser schrecklich knappen Stunde die lustigste Äußerung von ihr für ihn. Er jedoch begriff nichts von friedeneinleitenden Angriffen. Naturalist! Realist! Astrid, die am Telephontisch saß, suchte in ihrem Taschenkalender und fand schließlich das schwarze Kreuz an einem Montag im August. Dreieinhalb Wochen lang haben wir uns nicht mehr gestritten, rief sie Ronald zu. Sieht ganz so aus, als schafften wir es nicht länger. He, warum sagst du nichts?

Alles gesagt, alles vergebens, knurrte Ronald. Frauen vertragen nicht die geringste Kritik, schnappen sofort ein. Frauen müssen anschmiegsam sein und die Ruhe bewahren. Man lernt nie aus.

Das ist das Altmodischste, das Reaktionärste, was ich seit langem gehört habe, geistlos, metzgerverständig, riefjammerte Astrid.

Oh wie entsetzlich schade um die Nachrichten und ihrer beider Kommentare dazu, um die Vanillespeise, den Abendgang, den Spielfilm, die Verfärbung des Herbstes im Altgoldschimmer der Straßenlaternen im Quartier, um das Einschlafen, die Lebenszeit. Jede Sekunde vergeudet. Es kommt auf jede Sekunde an, beschwor sie Ronalds Rücken, den sonst geliebten, vor allem in der sandfarbenen Strickjacke. Dass er es fertigbrachte, Nahrung aufzunehmen, erzürnte sie noch immer, mittlerweile meldete sich auch ihr Appetit, im Magen hatte sich etwas Verhärtetes aufgelöst, eigentlich erfreulich, denn Appetit war Lebensfreude, aber jetzt erzürnte dieses allzu körperliche Phänomen sie zusätzlich. Auch geistlos, oder? Sie war doch noch auf existenzielle Sätze eingestellt, es fiel ihr bloß keiner ein, und sie bellte ihn an: Fresser! Fresssack! Ich dachte, ich hätte einen Mann mit Geist, einen mit Überblick und doch einem Minimum an Sensibilität, und keinen Kläffer, Krakeeler, Brüllaffen!

Wer kläfft und brüllt denn hier? Du machst es immer harmonischer, wie gut, dass wenigstens einer in diesem Haus sensibel ist, sagte Ronald, den Astrid um sein Glück bei der Entscheidung für eine halblaute, zivile Tonlage beneidete. Wäre er nicht ihr Lieblingsmensch, die einzige Person auf dieser Welt, von der sie sich durch nichts als den Tod trennen ließe, der einzige Mensch, durch dessen Verlust sie in absolutes Nichts gestürzt würde, wäre er das alles nicht, Lebensmensch, dann empfände sie jetzt nicht diesen Hass, so viel Verzweiflungspanik, Abscheu, fast, ja Ekel, Absurdität.

Ob nun ihre Frauengruppe recht hatte oder nicht (zäh sein musste man und es bleiben, standhaft auf seinem Standpunkt, von seiner Position, nicht abweichen durfte man und so weiter und bloß nie weich-sanft-nachgiebig sein, keine Schwäche!), ob diese Thesen gut und für das zukünftige Zusammenleben nützlich waren oder obsolet, war ganz und gar egal, wusste Astrid plötzlich genau. Denn plötzlich war ihr der Tod und damit Gott eingefallen. Damit es Gott immerhin gäbe, müsste sie, höchste Zeit, hier jetzt auf der Stelle das Versöhnen einleiten. Gegen jegliche irdische Gerechtigkeit. Außerdem hatte ihr Appetit sich weiterentwickelt. Sie holte tief Luft, sie atmete durch, es ging schon einigermaßen, nur ihre Stimme hatte sie doch noch nicht unter Kontrolle, und zu laut und zu mürrisch sagte sie: Ist schon okay, Ronald, alles, wie du meinst, ganz wie du meinst, hab du nur recht, ja wahrscheinlich hast du recht, du hast ja so recht, ganz sicher habe ich es falsch gemacht. Oder du siehst es so, und dann ist es okay.

Bitte, bemerke meine Größe, bemerke die Wucht meiner Mammutleistung, meinen Selbstverzicht!, befahl sie ihm stumm, als er sich nicht muckste. Sie starrte auf seinen Rücken in der sandfarbenen Strickjacke, und sie konnte sich vorstellen, wie es zum Wunsch kam, einen Menschen zu töten. Was für ein problematischer Beruf, der Richterberuf, dachte sie. Ich müsste als Mörderin Ronalds freizusprechen sein, schon deshalb, weil ich mir selber die äußerste Strafe auferlegt hätte. Urteil: lebenslänglich, Einzelhaft. Ein Messer hielt sie sowieso in der Hand, denn sie deckte ihren Stammplatz am Esstisch ab. Sie äße nichts. Bei allem Versöhnungswillen und inzwischen in Hunger verwandelten Appetit: nichts. Höchstens, allein in der Küche, heimlich, wenn Ronald Nachrichten sah. Oder doch etwas vom Dessert? Nein, noch war sie für dieses Rezeptoren- und Synapsen-Gehirnglück nicht himmelsnah genug, sie hatte sich einfach noch keine Vanillewonne verdient. Ach, der liebe Gott und die Cremeschleckerei bleichweißgelb und der Spielfilm – diese Verspätungen, womöglich gar Versäumnisse! Weil sie, unsichtbare Vorwahlnummer, die Verbindung zum Himmel immer noch nicht definitiv und spürbar hinkriegte!

Fleisch gut?, fragte sie.

In Ordnung, sagte er.

Wir sind ganz kleine Kinder Gottes: Astrid versuchte das inwendig Erlernte der Fremdsprache Freundlichkeit. Halskratzen und schneller Puls blockierten sie, trotzdem reizte die Versuchung, wieder Kampfwörter auszurufen: Bedenke, solche Szenen gehen garantiert an die Herzkranzgefäße oder irgend so was Gefährliches, krebserregend sind sie sowieso. Verdammter Leichtsinn, auch gesundheitlich, nicht nur seelisch, als wäre nicht das schon schlimm genug. Hohes Lebenserwartungsrisiko, Zank und Streit.

Winzige Kinder Gottes. Ihr Spielplätzchen war noch immer zu groß für sie beide, das kleine Eckreihenhaus auf kleinem Grundstück noch nicht ganz schuldenfrei, und all die verwaltungstechnischen und steuerlichen Angelegenheiten (Zumutungen!) für erwachsene Staatsbürger, vom Telephonanschluss bis zur Kontonummer und dem Fahrtenbuch und der Mehrwertsteuer: furchtbar verwegen, halsbrecherisch und um Nummern zu groß. Während sie Lust hatte, ihren Essteller gegen die Zimmerwand zu schmeißen, aus dem Haus zu laufen und die Tür hinter sich zuzuschmettern, sagte sie mit plötzlich beinah benutzbarer Stimme, beinah sogar ganz nett: Das Rindfleisch sieht diesmal endlich wieder genau richtig aus, finde ich. Schön gefasert, feucht, ich meine, saftig, und die richtige Menge Gallert zwischendrin. Finde ich wenigstens.

Astrid lobte sich im Innern, gegen Ende war sie, nur noch halb vorsichtig, in einen schon fast wie gewohnt zwischen ihnen richtig netten Tonklang geraten. Bestimmt doch nicht nur, weil dadurch vielleicht die Nachspeise möglich wurde! Nein nein, da war Gott im Spiel. Sie legte ihr Gedeck wieder auf.

Ronald spießte seinen vorletzten Bissen auf die Gabel, begutachtete das dunkelbraune und im Innern dunkelrosa fasrige, angenehme Rindfleisch, sagte: Stimmt genau. Genau richtig diesmal. Auch er hörte sich nach zurückgewonnener Umgänglichkeit an, keine ironische Häme, keine Bitterkeit mehr als Begleitgeräusch.

Auf einmal konnte Astrid nicht mehr sehen, blind vor Tränen und Liebe und Befreiungsgefühl stand sie in der Mitte zwischen Küche und Essplatz, und wieder hätte sie sich nicht daran erinnern können, wodurch es vorhin zum Streit gekommen war, und sie sagte: Fleischlich gesinnt sein ist der Tod.

Du fängst doch nicht wieder an, oder?, fragte Ronald.

Das war erstens die Bibel, und zweitens war es das, was wir gerade hinkriegen. Astrid wusste, dass er sie jetzt verstiegen fand, und wusste auch, genau das passte ihm in diesem Moment, er hätte ein neugieriges Gesicht. Sie stand noch immer hinter ihm. Sehr bald, und sie würde sich auf ihren Stuhl setzen.

Was denn hinkriegen? Was kriegen wir da hin? Er wollte es erfahren, sie konnte das hören.

Geistlich gesinnt sein, das, womit das Zitat weitergeht und ohne das wir nur pure arme Kreaturen sind, ohne jede andere Dimension. Astrid achtete schon längst nicht mehr auf ihre Stimme. Überflüssig. Lieber Gott, liebe Nachspeise, ihr kommt in Sicht. Samt allen anderen lieben Ritualen.

Aha. Na wenn das so ist. Ronald, jetzt beim Salat, machte diese Kaubewegungen wie immer, wenn er zwischen den Zähnen nicht ausgewaschenen Sand spürte. Oft verhängnisvoll, und sie behauptete, das wäre bloß der Koriander, aber sein Misstrauen hielt bis zum Schluss an, und er griff kein zweites Mal zu. Diesmal schwieg er zu diesem uralten Ärgernis: Lebensmensch! Sein Anteil an der Versöhnung!

Kannst statt geistlich auch seelisch sagen, wenn dir das harmloser vorkommt, sagte Astrid. Sie saß nun wirklich an ihrem Platz, sie nahm nun wirklich vom Rindfleisch. Ich weiß nicht mehr, worum es vorhin ging, nur dass ich irgendwas vermasselt habe, und ich brauche das gar nicht zu wissen, weil eines feststeht: Du bist im Recht. Und das ist mir auch viel lieber so. Sie warnte sich: Nicht aussprechen, sags nicht, das mit der linken Backe, die du auch noch hinhältst, damit sie geschlagen wird, sags nicht. Sie sagte: Und ich denke dabei nicht mal an diese andere Backe, die man auch noch hinhalten soll, damit einer auch auf die noch schlagen kann, obwohl es schon viel mit diesem nicht mehr pur Kreatürlichen zu tun hat, was ich da jetzt mache, ich meine, dass es mir lieber so rum ist, dass ich es nicht bin, die im Recht ist, oder zumindest die nicht drauf besteht, es zu sein, im Recht …

Schon gut, sagte Ronald. Du schleuderst das alles aus dir raus und kaust überhaupt nicht, schluckst es runter, und das wird dir mal wieder nicht gut bekommen. Iss in aller Ruhe. Ist schon gut, ich habe verstanden.

Hast schon wieder recht, sagte Astrid und lachte sogar ein bisschen. Und ich verpasse bei dem Runtergeschlinge, dass es diesmal endlich wieder das ideale Rindfleisch ist.

Sie kaute, drehte aber dabei den Kopf nach links, wo die Schwarzwalduhr hing; inmitten der schwarzen römischen Zahlen des Zifferblatts war farbig ein St.-Pankratius-Kirchplatz abgebildet, und Astrid brauchte die dörfliche Szene bei jedem Abendessen zur Beruhigung, weil der sekundenvereinnahmende, unerbittlich korrekte große Zeiger nicht ihr zuliebe eine kleine Rast einlegen würde: Sie wollte zum Nachrichtenbeginn pünktlich in ihrem Sessel landen, den Dessertnapf in der linken, den Löffel in der rechten Hand.

Weißt du, Ronnie, ich bin lieber die mit dem Fehlermachen. Die Unmäßige bin ich sowieso.

Astrid hatte sich in eine Heiterkeit hineingeredet, die aber noch zu empfindlich und zu schutzbedürftig war, als dass sie Ronalds fast etwas drohend klingenden Einwurf *Schon gut, mach Schluss jetzt, hör besser auf* unbeschädigt überstanden hätte. Im Widerstreit zwischen Gott und Streitlust, Vanillegeschmack und Lebensverkürzung – aber da nahm sie ja schon wieder einen Bissen vom Rindfleisch! – entschied sie sich für diesen Einfall: Nimm mal an, du würdest unseren Krach im Film sehen. Völlig ohne Nachdenken, einfach reflexartig, würdest du als männlicher Zuschauer der Frau recht geben. Den Mann verachtest du. Du gibst immer den Frauen recht, vorausgesetzt, sie sehen gut aus, bei den älteren und den unansehnlicheren ist dir sowieso alles egal, und du würdest sagen: Warum ist die nicht längst von ihm weggegangen, brutal und dümmlich, wie er ist.

Ronald zerteilte eine schneeweiße Mozzarella-Kugel, legte Astrid die etwas größer geratene Hälfte auf ihren Tellerrand, schnitt sich von seinem Anteil eine Scheibe ab und steckte sie in den Mund, Brot aß er nebenher, und *Hahaha*, machte er. Große Harmonielehre, wie?

Es ist lediglich ein Gespräch, das ich zu führen versuche, sagte Astrid, die betrübt sorgenvoll dachte: Wir waren schon mal weiter, oh verdammt, verdammte Mimose, die ich bin.

Fabelhaft, sagte Ronald.

Astrid sah voraus: Von hier an, wenn sie nicht mit äußerstem Mut in die Freiheit spränge, finge das zweite große schreckliche Schweigen an. Ronald unternähme nichts dagegen, und wenn sie nicht irgendwas Übermenschliches, Überirdisches aus sich herauszwänge, fiele außer dem Allernotwendigsten bis in die Nacht hinein kein Wort mehr zwischen ihnen. Sie befahl sich das innere Absingen von »In allen meinen Taten«, wieder konnte sie nicht Lichtenbergs »Tränen des Vertrauens« weinen, aber unwirksam blieb die kleine geheime innere Verabredung mit dem großen Philosophen nicht. Aus Liebe zu Gott und aus Angst vor einer Herzbeutelentzündung und weil sie die Vanillespeise retten wollte und vor allem aber sich plötzlich vor den immer verwunderten ernsten Augen ihrer uralten Stoffpuppe genierte, sagte sie: Wenn *du* einkaufst und nicht ich dran bin, ist eigentlich immer das Fleisch besser. Und diesmal wars das ideale. Jedes Mal wenn *du* einkaufst, es ist einfach immer das Optimale.

Danach musste sie sofort husten.

Am Tyrrhenischen Meer

Nach vergeblicher Anstrengung, sich einzuleben und ein fröhlicher Mensch zu werden, den anderen am Stand ähnlich, erlöste ihn eine Idee: Am dritten Tag seines Urlaubs am Tyrrhenischen Meer zeichnete der Bankkaufmann Benedikt Stockfeld Grundrisse, die das Innere vom Tresorraum, vom Kundenraum, Treppenhaus seines Arbeitsplatzes, der Sparkassenfiliale an der Güterstraße, abbildeten und sein Heimweh linderten. Denn während sie da auf dem Notizblock unter seinen eifrig zeichnenden Händen entstanden, war er ein wenig mehr dort als hier auf seinem Liegestuhl im Schatten eines Sonnenschirms. Der Vergnügungsterror ringsum wirkte abgeschwächt, die Fröhlichkeitsgeräusche (lachende Stimmen, Ballklatschen, Kinderrufe) entrückten. Ihm wurde wohler. So viel innere Ruhe zu finden, hätte er sich gar nicht mehr zugetraut. Bei seinem Stricheln wurde ihm auch wundertätig Frau Merkel in ihren pastellfarbenen Twinsets gegenwärtig, die offenen Jäckchen vor ihrem gewölbten Busen gewölbt und daher abstehend. Bis zum Nachmittag war er so weit, dass ihm der Strand gefiel, er schaute in die sommerliche Ferienkulisse, nicht oft, aber zugetan. Dass er vorher so leer und auch hysterisch herumgetrödelt hatte und wie aus Versehen an der kleinen Busstation gelandet war (wie ein Gastarbeiter), kam Benedikt nun töricht vor. Er drückte sich aber davor zu überlegen, womit er die Zeit vernichten könnte, wenn seine Arbeitsstätte bis in die letzten Details abgebildet wäre. Ja, was dann? Woher sein Wohlwollen nehmen? Das jetzt gewonnene aus welcher neuen Quelle speisen? Er schraffierte den Kassenschalter. Der Kundenberatungs-Verschlag war fertig. Zum Glück fand Benedikt das Gesamtwerk auch beim zweiten Durchgang noch nicht perfekt, und er begann einen dritten. Er arbeitete jetzt mit einem Lineal, an der kleinen Hotelrezeption hatte man ein ziemlich angeknabbertes Exemplar für ihn aufgetrieben. In Sachen Perspektive gab es noch viel zu verfeinern.

Um diese heimwehstillende Lieblingstätigkeit möglichst weit in die übrige Urlaubsstrecke auszudehnen, schob Benedikt andere Handlungen ein. Kleine Gänge unternahm er, im Dorf, aber nur da, wo Bäume Schatten spendeten, oder entlang der schläfrigen kleinen Wellen, auch bei Flut wie Ebbewellen, unten am Strand, wo das Meer versuchte auf den Sand aufzulaufen und nicht weit kam; das Meer schimmerte so stark silbrig unter dem Sonnenhimmel, dass es nicht so penetrant blau aussah, wie es war, aber das Glimmen war auch penetrant, und es blendete. Alle Ansichtskartengrüße (zwölf verschiedene Motive) waren geschrieben, vordatiert und erst ein paar Tage vor der Rückfahrt einzuwerfen, weil er auf jeder beteuerte, jeglicher einzelne Moment sei so kostbar, dass die drei Wochen »wie im Zeitraffer verflogen sind, aber meine Gedanken waren oft bei Dir (bei Ihnen), und deshalb fast in letzter Minute hier die allerherzlichsten Grüße …«

Vorher erwähnte er seinen Schreibplatz, der in der Wirklichkeit sein kleines Hotelzimmer mit viel zu niedrigem Tisch war: »… bei einem Glas Orvieto secco … auf dem Bademantel im Seesand … in einer kleinen Grotte … Blick auf Blau von glitzerndem Meer und sonnigem Himmel … bei einer Zuppa di mare … kurz vor einer Verabredung …« Das Erfinden von Szenenwechseln mit Begleitvariationen hatte auch einen Reiz. Benedikt war betrübt, als ihm niemand mehr einfiel, den er grüßen könnte.

Danach suchte er nach einer neuen Idee, um die Ödnis seiner Unlust zu vergessen: vergebens. Nein, Benedikt liebte den Urlaub nicht. Er gestand es nur sich selber ein, aber freundlich. Bisher hatte er seine Ferienzeit zu Haus und mit kurzen Städtetouren totgeschlagen. Vor den Kollegen stand er damit ziemlich isoliert und eigenbrötlerisch töricht da, und weil es die vertrauenerweckende Frau Merkel gewesen war, die sich im kleinen heißen Kaff am Tyrrhenischen Meer so glücklich gefühlt hatte, dass es unhöflich gewesen wäre, ihrer dringenden Empfehlung, es ihr gleichzutun, Widerstand entgegenzusetzen, war er schließlich gereist. Es ginge schief, das spürte er schon beim Kofferpacken, und wie aus Schadenfreude gegenüber der tyrrhenischen Verbannung beschloss er, möglichst wenig mitzunehmen. In seiner Chartermaschine zusammengesperrt mit erschreckend munteren Sommerstimmungs-Personen, sehnte Benedikt sich nach der gepolsterten, von der Kopfarbeit summenden Geschäftigkeitsruhe und richtig angezogenen Menschen in seiner Filiale, nach seinem Beratungskabuff mit dem Schreibtisch zwischen einem respektvoll-wissbegierigen Kunden und sich selber, ja: nach sich selber, der er nur dort ganz und gar war. Der absolut unentbehrliche Herr Stockfeld, den die Kollegen in kniffligeren Fragen um Rat und Problemlösung baten, allesamt und viele Male pro Arbeitstag. Immer wieder musste er von seinem Platz aufspringen, zu Hilfe eilen.

Vor einem knappen halben Jahr waren er und die kleine Mannschaft in ein neues Gebäude umgezogen. Den Abschied von der alten Arbeitsstätte schräg gegenüber am Abzweig Güterstraße/Offenheimer Landstraße hatte er, seiner Anhänglichkeit an das Gewohnte eingedenk, gefürchtet, aber das Wunder ereignete sich, und er hatte sich schnell eingelebt. Im neuen Parterre und Keller war alles viel praktischer, das Mobiliar bequemer, eleganter der gesamte Stil und dichter der Teppichboden und, das für Benedikt Wichtigste, mindestens so dämmrig wie am alten Platz. Am neuen: von Spots beleuchtet. Ein Schattenreich, gedämpfte Geräusche. Im Chalet-Stil prangte die Filiale zwischen einem Kiosk aus den fünfziger Jahren und einer

Gründerzeitvilla, und bei ihrer Eröffnung beleidigte ein Journalist sie in der Regionalzeitung als Bausünde, aber für Benedikt bewährte sie sich vom ersten Tag an. Seiner *Frattoria Verdi* blieb er benachbart und damit seinem und der Kollegen Stammplatz, an dem er manchmal sich auch allein niederließ, weil die Kollegen zur Abwechslung Experimente machten oder, wie leider Frau Merkel und überhaupt die Damen, sich mit Mitgebrachtem begnügten, Yoghurt, Obst, Brötchen. Vom Chalet aus ins *Verdi*, beide in der Güterstraße, war es sogar etwas kürzer, vor allem einfacher, weil das Hindernis fehlte: die Kurve der belebten Offenheimer Landstraße, die vom Stadtzentrum in die nordöstlichen Vorortgemeinden führte. (Benedikt zeichnete die Szenerie: Versuche, sich über die verbleibenden Urlaubstage zu retten.)

Früher hatte Benedikt da draußen auf dem Land gewohnt. Und nicht ungern; seine Vermieterin war eine freundliche alte Frau, die er oft abends besuchte, um ihr über alle möglichen Geldanlagen zu dozieren, denen sie, eine bescheidene Rentnerin, aus weiter Ferne gern lauschte, weil sie darüber sanft einnicken konnte. Doch immer fühlte er sich dort zu weit von seiner Arbeitsstätte abgetrennt, und den 12er Bus erreichen zu müssen war ihm zuwider, stets stand er viel zu früh an der Haltestelle, immer in Ängsten (er hasste Unpünktlichkeit). Er wandte sich an ein Makler-Büro, das ihn auf frei werdende Eigentumswohnungen in *seinem* Quartier aufmerksam machen sollte. Hangaufwärts entlang der Güterstraße war vor ungefähr zehn Jahren ein Areal sehr annehmbarer Wohnblocks (mit Balkonen) entstanden, und dorthin zog es ihn. Sein gewiss utopisches Ideal: die Mansarde im Chalet. Nur zwei Treppen, aber kein Wetter mehr, würden Stockfeld, privat, und Stockfeld, Bankkaufmann, voneinander trennen! (Das *Verdi* gäbe er trotzdem nicht auf.) Aber er war zu nüchtern, um Träumen nachzuhängen.

So schwierig der Wechsel auch für einen Liebhaber der Sesshaftigkeit wäre, ein anderer Trieb arbeitete gegen den des Beharrens an, so soghaft gewalttätig, dass Benedikt dahin kam, seine Passion für das Gewohnte (und Bewohnte) zu minimalisieren, und bei diesem Trieb handelte es sich nur vordergründig um den nach verbesserten und bequemeren äußeren Umständen, in der Tiefe und Wahrheit hieß dieser Trieb Heimweh. Und schneller, als er gedacht hatte, fühlte Benedikt sich nach dem Umzug vom Land in die Stadt beinahe ganz am Ziel, gut, es war noch nicht die Mansarde mit den Gaubenfenstern zwei Etagen über seinem Arbeitsplatz, auch bewohnte er keine Parterrewohnung (Lifts waren ihm nicht ganz geheuer, von Lifts wusste man, dass sie steckenblieben), aber es war in Filialennähe. Für Besorgungen in einem PLUS-Markt und in einer Apotheke musste er nicht einmal eine Straße überqueren, eine Bäckerei gab es schräg gegenüber in der ruhigeren Kanalstraße (Einbahnstraße), ebenso eine Zahnärztin und ein Postamt, das der Hinrichtung vieler ähnlicher kleinerer Postämter entkommen war. Seinen Wunsch, der Sparkasse näher zu sein, hatte er sich vor anderthalb Jahren erfüllen können, und nun erblickte er vom Kochnischenfenster seines Apartments, wenn er sich weit vornüberbeugte, das Werbeschild und das mit Lämpchen dekorierte Verandageländer des *Verdi* und das sonderbar gebirglerische zweigeteilte Dach mit Gaubenattrappen auf der *Bausünde*, in der sein breiter Schreibtisch auf ihn wartete. Seiner Vermieterin hatte er zu einer netten Nachfolgerin verhelfen können, Frau Spier, einundzwanzig, aber nicht unstet, Auszubildende in der Filiale. Beruhigend, an die heimatlichen Verhältnisse zu denken.

Aber noch befand Benedikt sich am Urlaubsort. Das Tyrrhenische Meer hatte er in Tyrannisches Meer umgetauft, obwohl es so reglos platt im ewig gleichen Blausilberschimmern dalag, oder deswegen? Er versuchte, sich Frau Merkel am Strand vorzustellen, jedoch Furchtsamkeit und Respekt sperrten sich in ihm, und er kriegte ihre Twinsets und Stretchhosen nicht von ihrem birnenförmigen, beschwichtigenden Körper. Ihr zuliebe bin ich hier, sagte er sich und wurde friedlicher. Frau Merkel – und er hatte ihr hundertmal beteuert, das sei nicht nötig, ihm gehe es gut –, Frau Merkel konnte nicht anders und sorgte sich immer ein wenig um ihn. Obwohl auch sie selber ledig war. Aber er sah ein, dass das bei ihr etwas anderes war oder anders auf sie wirken musste. Benedikt war im Innern nicht der ruhige Mensch, als der er öffentlich auftrat. Frau Merkel ruhte wahrhaft in sich, und was für verwitwete Menschen galt, galt vielleicht auch für ledige: Frauen kamen mit ihrem Alltag besser zurecht als Männer. Und sie war hundertprozentig Frau, unverheiratete Frau (alte Jungfer, hätte man früher gesagt), und außerdem zehn Jahre älter als er, und sie besaß und fuhr ein Auto, einen Golf. Benedikt kam Frau Merkel unbeschützt vor. Passen Sie auf, spotteten gutmütig die Kollegen, sie will Sie verheiraten, Stockfeld. Lassen Sie ihn, Merkelchen, witzelten sie bei Pizza und Tortelloni, er ist ein Oberschlaukopf. Und die verheirateten Männer (die weiblichen Kollegen waren nur matt interessiert) begannen ihre Hymnen auf die Freiheit der Ehelosen anzustimmen. Keiner aber wusste, woran er wirklich bei Benedikt war, Frau Merkel wusste es so wenig wie die andern. Benedikt war durch ein bitteres Ur-Erlebnis in Sachen Frauen bedürfnislos geworden. Vor mehr als zwanzig Jahren hatte seine erste und große Liebe auf seine der Scheu abgerungene Frage *Sollten wir nicht heiraten?* einen so hartnäckigen Lachanfall bekommen, dass sie sich vom gemeinsamen Tisch im *El Paradiso* abrupt und im Stechschritt in Richtung Damentoiletten retten musste. (Hast du ein Auto? Hast du in zwei Jahren noch ein paar Haare auf dem Kopf? Hast du irgend so was wie einen Freundeskreis?) Ein neuer Lachanfall konnte mit Mühe abgewehrt werden, und

Benedikts entschwindende große Liebe klang bei tröstenden Worten sanft und genauso ehrlich wie vorher: Beni, ich mag dich wirklich, ich mag dich wirklich schrecklich gern. Ich möchte, dass du mein Freund bleibst, ich hatte nie einen dermaßen guten und werde nach dir nie mehr so einen haben wie dich, aber damit hat sichs auch schon, und sag bloß nicht, das wäre nichts, oder wenig. Ist Freundschaft nicht etwas Wunderbares?

Sie waren keine Freunde geblieben, nicht im Streit hatten sie sich getrennt, die Angelegenheit war einfach versickert. Ein paar spätere Verliebtheiten hatten aber unter dem Zeichen der Vorwarnung gestanden, und Benedikt wich ihnen aus, er durfte um seiner Selbstachtung willen keine zweite Enttäuschung riskieren. Nach Monaten der Trauer (ohne Hass) war in ihm das Interesse an Intimität abgestorben, ohne dass er ein Weiberfeind geworden wäre. Im Gegenteil. Aus angenehmer Distanz fand er Frauen anheimelnder, ungefährlicher als Männer. Der Typ für Männerfreundschaften war er überhaupt nicht. Wer war er denn? Er war der einst von seiner Mutter in einer Symbiose geliebte Sohn. Seine Mutter war früh und ohne lange zu leiden gestorben: nach drei Wochen Lungenentzündung als Influenzafolge, und Benedikt war erst fünfundzwanzig gewesen, ein Alter mit annehmbar guten Nerven.

Benedikt liebte die Kunden, die Frauen vor allem. Benedikt seufzte und wandte den Blick vom Meer. Er liebte und bewunderte die Frauen, die Kundinnen, die anschließend und mit sorgsam verwahrten Kontoauszügen im PLUS-Markt mit ihrem furchtbar anstrengenden Vormittag weitermachten, einen Haushalt organisieren mussten, werweißwas alles sonst noch zu tun hatten. Keine hier am Strand sah so aus, als kümmere sie sich um ihr Girokonto und sei an einem Gespräch über Fonds und Anleihen und Sparbriefe interessierte. Er konnte sich, angesichts der großen weiblichen Körper ringsum, nicht mehr jenen Benedikt (sein Selbst) von damals vorstellen, mutig genug, einen Heiratsantrag zu machen (von der physiologischen Seite her betrachtet).

Die Vormittage gingen ja noch, nachdem alle heimwärts gewandten Aktivitäten abgegrast waren, denn Benedikt studierte den Wirtschaftsteil der Herald Tribune, seine Englischkenntnisse, auffrischungsbedürftig, ersetzte sein Fachwissen. (Das Nachsenden seiner Regionalzeitung, auch eine Maßnahme in Sachen Heimweh, hatte nicht funktioniert.) Inlandskurse, Auslandskurse. Freiverkehr und Unnotierte. Verkehr und Versicherungen, Freiverkehr Sydney, Tokio, hochinteressant und nostalgisch. Goldbörsen, Aktien-Umsätze. Wie hoch fliegt der Dollar? Benedikt musste an seine alte Vermieterin und seine abendlichen Vorlesungen in ihrer Wohnküche denken. Die Renten-Renditen-Auflistung las er vor dem spannenden Kapitel: Edelmetalle und Münzen. In seiner Filiale verfügte Benedikt nur über einen einzigen wagemutigen Kunden, mit dem ein Austausch zum Beispiel über Devisen möglich war. Über Bundesanleihen und Obligationen. Industrieanleihen. Sonderinsistierte Investment-Zertifikate. Doch, wie Benedikt vermutet hatte, der Dollar zog weiter an. Seine Zinsprognosen trogen ihn nie. Ach, was hätte aus ihm doch werden können, wohl auch sollen! Absolvent der London School of Economics, der er war, aber dann wurde ein Strang der Bescheidenheit und des Zauderns (Heimweh?) in ihm übermächtig, seine Liebe zum Oststadtviertel hatte ihn im Griff, und er nutzte sein Stipendium für Harvard nicht länger als vier Wochen, es zog ihn heimwärts, als er doch erst fünfundzwanzig war und keine Mutter ihn mehr rief.

Vor dem freien Umgang mit Frauen musste Benedikt sich von jeher schützen. Kaum sah er eine Frau, ein Mädchen, da fühlte er sich auch schon gedrängt, sie überschwänglich und beklagenswert anzuschauen, entsetzlich radikal und von

Herzen, in einer Jetzt-oder-nie-Weise ganz entgegen seiner Empfindung, und jede schien von ihm zu erwarten, dass er zupackte. Und das ängstigte ihn. Beides: Angst vorm Zugreifen, Angst davor, dass das so war.

Der Lachanfall der ersten Liebe hatte dann die Lage eher verschärft, obwohl er, bis zur Bedürfnislosigkeit hin, ernüchtert war, denn an seiner Art, weibliche Körper anzublicken, konnte er nichts ändern. Nur an seinem Arbeitsplatz (seine Blicke waren nun einmal innig) legte sich diese Hochspannung, das vertrauenerweckende und mathematisch klare Finanzklima beschwichtigte. Wie angenehm, mit einem Bündel raschelnder Kontoauszüge den sehr geschäftssinnigen, patent Lebensalltagsfürsorge betreibenden Kundinnen entgegenzueilen, mit einem Lächeln und leichtfüßig, und nur hier, in der Sparkasse, machte es ihm nichts aus, dass, wenn er an seinem Schreibtisch unter seinem Spot saß und aus der Schattenwelt leuchtete, jedermann (jede Frau) auf ihn hinabsehen konnte. Sein Kopfhaar bestand vorwiegend aus kargem mittelbraunem Bewuchs zwischen Schneisen. Auf der ein wenig abgeplatteten Schädeldecke war gar nichts mehr los. Und vom vielen Sitzen sackte Benedikts Rumpf in die Hüften, er wurde ein bisschen fett in dieser Partie, Wammen bildeten sich (noch, unter der Kleidung, sein Geheimnis), und deshalb absolvierte er seit einem Dreivierteljahr ein Lauftraining: fünfhundert Meter Gehen, fünfhundert Meter Laufen je alternierend am Abend in der Vorstadtgegend, die in Kleingartenparzellen und Äckern mündete.

Bald wieder! Benedikt seufzte beim Patschen entlang des Tyrrhenischen Meeressaums. Tiefer als bis zu den Knöcheln ging er nie ins warme Wasser. Ohne meine Ambitionen stände ich nicht ganz so gut da, dachte er mit schadenfroher Verachtung für die Sommermenschen um ihn herum, denen in Strandferien nur die üblichen Vergnügungen einfielen. Die *Ambition* war ein Buchprojekt über den Weltspargedanken. Heute Vormittag lockte es ihn allerdings plötzlich noch mehr (oder für ein zukünftiges Projekt?), über Wirtschaftswachstum zu reflektieren, mit mehr Markt gegen mehr Mangel. Markt und Mangel, sinnierte er später noch im Liegestuhl, als ein Menschenkörperschatten über seine aufgeschlagene Zeitung fiel. Und weil es sich beim Menschen vor ihm um Frau Zoff handelte (aus seiner Reisegruppe: Haftverschonung für den in Exkursionsbussen migränoiden Benedikt Stockfeld), lächelte er sofort intensiv und zu Gemüte gehend. (Sie war eine Frau, da konnte er ja sowieso nicht anders.) Frauen musste er als einer erscheinen, der auf prinzipieller Brautschau war, am Strand und wo auch immer.

Herrlicher Tag, wie? Haben Sie je einen solch herrlichen Tag gesehen? Frau Zoff stöhnte. Sie sah sehr gesalbt aus, regelrecht glitschig, man würde auf ihr abrutschen.

Gestern war es auch so … ich meine: herrlich. Es ist hier eigentlich dauernd so, seit wir hier sind. Benedikt war erleichtert und doch auch ein wenig gekränkt: Gestern hatte Frau Zoff ihn gebeten, ihren Rücken einzucremen. Heute musste das jemand anders erledigt haben. Er fürchtete, seine Antwort wäre nicht liebenswürdig genug gewesen, und sagte deshalb: Trotzdem, es ist ein besonders herrlicher Tag. Er klang so eifrig-ehrerbietig, als gäbe er in Frau Zoff einer Kundin recht, die etwas Richtiges über ihre VW-Aktien vermutet hatte. Aber diese beinah nackte Frau hier in der Sonne erwartete, dass er forderte: Reichen Sie Ihre Scheidung ein! Bitte! Oh, seine warmherzige, inständige Art, Frauen anzublicken! So ein Urlaub ist etwas Wundervolles, stammelte geschäftig Benedikt, der sich chronisch der Genussunfähigkeit verdächtigt fühlte.

Und wie schnell vergeht die Zeit, die schönste des Jahres, klagte Frau Zoff den bevorstehenden Alltagstrott an, während Benedikt sie im Geiste bekleidete und in den Schatten zwischen Sparkassenschreibtisch und Kundentresen stellte: Er zog ihr einen Regenmantel an, wickelte den schimmernden salbigen Hals in einen Schal und hatte sie sofort lieber. Er hörte das leise Geräusch der Schubladen auf Rollen mit Gegenzug, rasches Auf und Ab und Befingern der Karteikarten, Formulare, Auszüge (leider hätten sie demnächst Schließfächer für Auszüge: weniger Kundenkontakt!). Und nicht die Sonnenhitze erwärmte ihn, das übernahm jetzt die beseligende Vision eines regnerischen düsteren Tags, die Offenheimer Landstraße unwirtlich und sturmgeschüttelt die Menschen (Hausfrauen, eine Geschäftsfrau: Frau Zoff, geeignet fürs Beratungskabuff), sie atmeten erschöpft auf in der Geborgenheit der Filiale, worin die trockene Wärme summte, die Kasse klirrte, der Teppichboden süßlich roch und im Safe-Keller, wohin Benedikt Frau Zoff geleitete, eine Aura von Theater, Großer Oper, Festbeleuchtung feierlich stimmte.

Nachmittags suchte Benedikt landeinwärts einen stillgelegten Bahndamm auf, dort, wo er lediglich ein kleines Viereck aus Bepflanzung und Erdboden anblickte, tröstete ihn etwas Heimatliches. Es gab auch hier in der abweisenden Fremde wirklich gelbe Wegwarte, rötlichen Flohknöterich und wilde Kamille, und die Schafgarbe verblühte zwischen verblichenen Grassorten, und der Kieselboden lag sonnenverdorrt unter seinem Blick. Den er nicht zum tyrrhenischen Himmel hob. Er schaute auch nicht nach rechts hinüber zu den rosa und hellblau getünchten Häusern, denn das war die Fremde. Wie hatte Frau Merkel es bewerkstelligt, sich hier wohl zu fühlen? In solchen Momenten fiel Benedikt ein, es sei günstig und passend, zu beten. Dazu müsste er eine Schwelle nehmen. Bequemlichkeit und Schüchternheit behinderten ihn. Er überwand sich, aber sein Gemurmel hörte sich begütigend an, als sei Gott ein gehandicapter Rentner, dem Benedikt zusicherte: Schon gut, ich komme ja schon, ich helfe Ihnen sofort über die Kreuzung. Was für ein absurder Rollentausch!

Warum verreisen Menschen überhaupt? Warum kann ich nicht sein wie die anderen? Benedikt fühlte sich aufgelegt zu wimmern. Riesige Rhabarberpflanzen und Klatschmohn erinnerten ihn an seine Abendlaufstrecke, und er hätte alles hergegeben, um jetzt auf dem schmalen schattigen, von Hainbuchen und Pappeln gesäumten Pfad zwischen Altersheimgelände und landwirtschaftlichem Versuchsterritorium und einer Ponyweide heimwärts in die Güterstraße zu traben.

Seine Wochenendtouren hatte er einigermaßen gern gemacht. Aber vielleicht schon zu innig sich erst auf der Rückreise auf seinem Sitzplatz im Zug behaust gefühlt, Anfang vom Ende? Aber damals noch drückte er sich vor anderen Menschen nicht (er bevorzugte, um das Organisieren los zu sein, Gruppenreisen der Sparte Studioso), vielmehr belebte er Unterhaltungen beispielsweise mit beeindruckenden Prophezeiungen von der Art Welt-Wirtschafts-Kollaps. Legen Sie Ihr Geld in Immobilien an, riet er privat. Die Explosion der verschuldeten, kreditüberladenen Drittländer lässt nicht länger auf sich warten. Das waren Zeiten! Krisen! Kompetenz! Mittlerweile hielt er sich an die Filiale, den Fortbestand der Sparidee, an Sparbücher, Sicherheiten. Kassenwart werden wollte er nicht, aber die Vertretung des Kollegen Weimar war kein Problem für ihn, und obwohl alle in der Filiale das befürwortet hätten und Benedikt für einen ungerecht Behandelten hielten: Erst recht wollte er nicht zum Filialleiter aufsteigen. Unlängst hatte wieder ein zwölf Jahre Jüngerer dieses Amt angetreten. Oft genug stand der mit einer Frage an Benedikts Schreibtisch.

Zum Abendessen sortierte der Reiseleiter die Gäste immer einmal wieder anders. Gern trennte er Ehepaare, gern gesehen war bei Benedikt eine Ehefrau, denn Ehefrauen hatten nichts Forderndes, und sie schienen auch nichts zu erwarten. Heute war Benedikts Tischgenossin Frau Beck, unverheiratet, etwa Mitte vierzig, sah nicht übel aus. Wie alle aus der Gruppe missachtete sie die Warnungen der Hautärzte und gab den ganzen Tag über ihr Fleisch der Sonne hin; gut eingeölt, schade das nicht: Über dieses Thema, ausbaufähig, hatten sie bereits geredet. Was nun? Bei der Vorspeise, Grapefruitfleisch mit Krabben in einer sahnigen Sauce und in einem schalenförmigen Glas gereicht auf sperrigen Chicoréeblättern, ergab es sich von selber, dass zwei einander gegenübersitzende Menschen zwischen Aufgabeln, Kauen, Herunterschlucken sich anblicken mussten, und seines warmen entzündlichen Blicks eingedenk, überlegte Benedikt einen unverfänglichen Konversationsstart. Sind Sie Vegetarierin?, fragte er, um nicht um Frau Becks Hand zu bitten, wie es seine Augen bedauerlicherweise gewiss schon unternommen hatten.

Dies hier sind Krabben, oder? Und ich esse sie, oder? Frau Beck bohrte ihre Gabelzinken in einen minimalen halbmondförmigen bleichrosa Leichnam, hielt ihn aufgespießt in Benedikts herzlichen Blick, er sah wie ein zu lang benutztes Ohropax aus. Er wurde sodann von Frau Beck zermalmt. Und ich mag Fleisch. Ich liebe es. Fleisch. Frau Beck hieß eigentlich Frau Beckowa, und sie hatte einen starken Akzent, rumänisch? Sie war erst am Zielort zu der Gruppe gestoßen, den Reiseleiter schien sie gut zu kennen, die beiden duzten sich. Sie setzte ihre Lesebrille auf, prüfte die heutige Dinner-Karte. Wunderbar! Es gibt Steaks. Vom argentinischen Rind. Ihr Gesicht nahm einen gefräßigen, kannibalischen Ausdruck an. Ich lasse mein Leben für ein saftiges Steak. Fett schien in ihrer Kehle zu zischeln. Benedikt beschäftigte sich mit der Frage, was es zum Thema Lebensmittel/Ernährung noch beizutragen gäbe, kam auf Süßspeisen. Während Frau Beck (Beckowa) bekanntgab, dass sie im Freundeskreis als Spezialistin in sämtlichen Variationen mit Marzipan, aber auch Mohn berühmt sei, rührte ihn die Geduld der Frauen mit unbequemen Textilien: Seine Tischnachbarin trug ein großblumiges ärmelloses Sommergewand, dessen schärpenartige Befestigung etwas unterhalb der Schultern saß, und das konnte nicht angenehm sein, so wenig wie der ziemlich tiefe Ausschnitt mit Blick auf die Speckfalte ihres nicht unerheblichen Busens; dafür war sie nicht mehr jung genug. Benedikt fand die Ursache für diese heikle Art, sich anzuziehen, in einer großzügigen Menschenliebe. Aber er brauchte neuen Gesprächsstoff, denn die Frau, großer Körper, begann, ihn auszuhorchen: Sie sind Junggeselle. Absichtlich, wenn man fragen darf? Kommen Sie denn gut allein zurecht? Für mich sehen Sie schutzbedürftig aus, von Anfang an dachte ich: Was ihm fehlt, das ist eine Frau, die sich um seinen Alltag kümmert.

Frau Merkel, sie ist eine Kollegin in der Bank, denkt ähnlich. Benedikt lachte. Aber sie täuscht sich. Genauso wie Sie. Ich bin mit meinem Leben zufrieden, und zwar von A bis Z.

Frau Beck, hin- und herblickend zwischen Dinner-Karte und Dessert-Kelch, vergleichend, zweiflerisch, spähte über die Hornkante ihrer Lesebrille in Benedikts Gesicht, bis sie schließlich zum Fazit kam: Ich glaubs nicht, ich glaubs nicht.

Mousse von der Maracuja, las Benedikt, den es nicht interessierte, aber er misstraute seinem (gewiss wieder zu anheimelnden, Zuneigung verströmenden) Angesicht, und die kleine Menu-Karte war ein Schutz.

Ja, meinetwegen, Frau Beck probierte einen Löffel voll orangegelber Creme, schmatzte ein bisschen, Maracuja, kann schon sein, sie ist nicht sehr charakteristisch, nein, ich glaubs nicht, dass Sie so glücklich sind, wie Sie behaupten. Und ich hätte eine Idee. Eine Idee in meinem und wahrscheinlich, ob Sie es wissen oder nicht, auch in Ihrem Interesse. Und jetzt war sie diejenige mit dem innigen Blick.

Benedikt, unverzüglich verschreckt, hatte plötzlich und trotz Creme einen trockenen Mund. Er spürte seinen Puls.

Er fragte: Haben Sie sich je über die Kreditrückzahlungsfähigkeit Mexikos oder Polens Gedanken gemacht? Wie stehts mit Obligationen, Anleihen, Bundesschatzbriefen, Fonds? Gehen Sie nur auf Nummer Sicher und tun alles aufs Depositenkonto? Haben Sie sich anlässlich der neuerlichen Zinssenkung Gedanken darüber gemacht, was Sie für Ihr Geld tun können? Waren die Crashs auf dem Neuen Markt ein Denkzettel für Sie, sozusagen eine Lehre fürs Leben? Allgemeines Misstrauen gegen Aktien?

Ich habe Sie am Strand beobachtet. Sie kleben am Liegestuhl fest, Sie machen Notizen, oder zeichnen Sie etwas?, oder Sie lesen Zeitungen, alles, was nicht an den Strand gehört. Sie baden nicht. Sie könnten ein Mensch mit mehr Mumm werden, mehr Lebensfreude.

Jedem Tierchen sein Pläsierchen. Benedikt hoffte, er blicke streng, aber als höflicher Mensch musste er leider schließlich lächeln. Er versuchte, diese große Frau ihm gegenüber anzuziehen, Regenjacke über die unbequeme Trägerhalterung unterhalb der Schultern, endlich verpackte Busenfalte, doch sie wurde und wurde nicht zur Kundin, er schaffte es nicht, und sie machte ihm Angst. Er witterte Gefahr: Sie würde über ihn verfügen. Weil offenbar kein finanz- und wirtschaftspolitischer Themenkomplex sie interessierte, gar nichts aus seiner Branche, sann er auf Volkstümlicheres: Nehmen Sie an Gymnastikkursen teil? Lieben Sie Päonien? Haben Sie ein Konzertabonnement? Schauen Sie Serien im Fernsehen an? Benedikt fühlte sich von Fragen gehetzt, fühlte sich wie vor einem Zugunglück (der Zug fuhr zu schnell, das könnte nicht gutgehen) und obdachlos. Ein Vogel ohne Käfig, verirrt in fremde Gärten, und zu bunt.

Aber an diesem Abend passierte noch nichts. Das Glück (oder Gott?, hochpersönlicher Gott Benedikts?) sandte ein älteres Ehepaar aus der Gruppe aus und platzierte es an Benedikts und Frau Becks Tisch. Und der Mann, der sein kurzärmeliges weißes Hemd über der beigen Hose trug, fragte: Bist du so weit? Kannst du dich von deinem Partylöwen trennen? Oder, der Mann wandte sein gerötetes Urlaubergesicht Benedikt zu, kommen Sie mit? Gäste erwünscht! Seine kleine friedliche Frau (Typ Kundin mit Sparbüchern für zwei Enkelchen) nickte einladend. Es stellte sich heraus, dass Frau Beck mit den beiden und mit anderen zum Boule-Spiel und darauffolgenden Bestaunen des Sonnenuntergangs verabredet war. Zum Zeitpunkt des Sonnenuntergangs war während des gesamten Aufenthalts der Saum des Tyrrhenischen Meers der sicherste Ort, die Teilnehmer dieser Reise vollzählig anzutreffen. Die Kameras summten, die Photoapparate klickten, jeden Abend wieder, wenn der tiefmalvenrote, gleißend leuchtende Fixstern in den Horizont zu sinken schien, weite Wasserflächen ringsum verfärbend. Ähnliche Naturwunder wie später zu ferner Musik der Tanzflächen das bleiche Mondlicht, ähnliche banale Mischungen würden nie aufhören, einfache Gemüter zu erregen, und auch Benedikt war nicht immun gegen Hochgefühle; gewisse Stimmungen wie aus einem alten, in- und auswendig bekannten Film beeindruckten auch ihn, irritierend blieb nur das heimatlose Gefühl. Ich bin in der Fremde. Ich bin aus meinem Regelwerk herausgenommen.

Am nächsten Tag kam Benedikt sich von Frau Beck observiert vor. Jetzt erst erwies es sich als gut, dass er (wie aus Furcht vor einer Gepäckkontrolle zwecks Urlaubertauglichkeit) seine Badehose mitgenommen hatte, sogar täglich in der Strandtasche mit an den Strand. Auch gut: Frau Beck gehörte immer zu den Allerletzten beim Frühstück, erschien entsprechend spät am Platz, den die Reisegruppe für sich gebucht hatte und von dem auch Benedikt sich nie absentierte. Man klebte nicht aneinander, immerhin. Außerdem waren Studioso-Teilnehmer ruhige Menschen, viele von ihnen oft auf Bus-Exkursionen. Und Benedikts Nachbar war das einzige Baby der Gruppe, seine jungen Eltern hatten es via Sondergenehmigung mitnehmen dürfen, und es war ein stilles Baby, gelegentlich mäkelig, aber auch dabei still.

Heute war Benedikt ausnahmsweise bei den Frühaufstehern, und der Strandumkreis, in dem er seinen blassen Körper der schon wieder grellen Sonne erstmals darbot, noch ziemlich leer. Er musste einen Meeres-Test machen, bevor er, zum Äußersten entschlossen, ein zweites Mal und dann für Frau Beck badete. Beim Test konnte er noch vorsichtig sein. Wie alle Frauen, die er dabei beobachtet hatte, watete er so ins Wasser, als wolle er es eigentlich nicht, er spreizte die Arme ab, betastete die Oberfläche ab und zu, immer noch wie um eine Berührung zu vermeiden, begann dann erst, bis zu den Oberarmen die Nässe an sich auszuprobieren, und er hatte Raum genug um sich, um kleine rebellische Schreie auszustoßen, während er seinen ganzen Körper mit jähem fürchterlichem Entschluss in die Tyrrhenische See eintauchte. Er badete gegen zwölf, nachdem er Frau Beck unten bei den winzigen Wellen ausgespäht hatte, ein zweites Mal, kurz, aber fanatisch und ohne das vorherige weibliche Getänzel. Er badete wie ein Profi. Dass er nicht schwimmen konnte, würde sie nicht merken, es ließ sich leicht simulieren. Vorspiel und das Bad selber empfand Benedikt als Tortur, aber während der Ruhe danach im Liegestuhl als die reine, zuvor nicht gekannte Wohltat, für Körper und Seele gleichermaßen. Eine nie erlebte Entspannung, besser sogar als die nach seinem heimatlichen Abendtraining zum Altersheim, der Landwirtschaftlichen Versuchsanstalt und der Weide mit den schläfrigen Ponys. Ähnlich müsste Erlösung von allem Irdischen sein, doch diese hier war irdisch und dennoch wundervoll.

Bravo! Eine weibliche Stimme mit rumänisch rollendem R scheuchte ihn auf, plötzlich im Schatten eines Frauenkörpers (großer Körper): Frau Beck. Wir könnten nachher ein Stück weit rausschwimmen, richtig schwimmen kann man nämlich erst hinter der kleinen zweiten Wellenlinie. Frau Beck deutete aufs Tyrrhenische Meer. Benedikt sah die kleine weiße Schaumspur, Parodie auf Brandung. Frau Beck hatte einen marineblauen Latex-Badeanzug an und vergessen, den Bauch einzuziehen. Benedikts missverständlichen Innigkeitsstromblick schützte die Sonnenbrille, er fühlte sich sicherer: Das war vorhin aber schon mein zweites Bad. Er glaube nicht, dass er ein drittes nehme. Er machte Anstalten, sich aus dem Liegestuhl herauszuschaffen, sie stand, er lag, und daran war alles falsch. Er fragte: Darf ich Ihnen mein Lager anbieten? Aber dann konnte er sich wieder zurückfallen lassen, denn schon hockte Frau Beck im Sand, Schneidersitz, die Oberschenkel platt, ihre Finger spielten mit dem Sand. Weil es unter dem Sonnenschirm schattig war, schob sie ihre Sonnenbrille elegant über die Stirn und steckte sie in der strubbeligen mittelblonden Dauerwelle fest. Aus Höflichkeit setzte auch Benedikt, aber ungern, seine Sonnenbrille ab und barg sie vor dem Sand in ihrem Etui, Brillentuch darübergestopft.

Um es kurz zu machen, startete Frau Beck, womit sie in Benedikt eine düstere Vorahnung weckte (sie hatte auch mit dem Lächeln aufgehört): Sie sind der einzige ledige Teilnehmer der Reisegruppe. Wollen Sie mich bitte heiraten? Ich denke an eine Scheinehe, obwohl es ja, glaub ich, schon in der Bibel heißt, es wäre nicht gut, dass der Mensch allein sei, na ja, in diesem Sinn, aber es sollte wirklich eine Art Green-Card-Ehe sein, Sie verstehen. Ich komme anders nicht nach Deutschland, ich meine, um dort einen Job zu kriegen. Anders als über eine Ehe kann ich dort nicht arbeiten.

War ihm das Baden im Tyrrhenischen Meer trotz erstem Wohlgefühl doch nicht bekommen? Benedikt fühlte sich bleiern und wie festgeleimt auf dem Liegestuhl, stranguliert.

Rein technisch würde das nicht gehen, brachte er dennoch heraus. Es beruhigte ihn, dass soeben von seiner jungen freundlichen Mutter das Baby auf seinem Tuch platziert wurde; schaukelnd, schwankend konnte es seit einigen Tagen schon allein sitzen. Und: Ja ja, rief Benedikt in vorauseilender Hilfsbereitschaft, von der er nicht wusste, ob sie in diesem Augenblick überhaupt schon fällig war, ja gern, ich passe sehr gern wieder auf ihn auf. Genießen Sie Ihr Bad! Und als die junge Frau sich bedankte und tatsächlich, ihrem Mann hinterher, wegsprang, dem Wasser entgegen, war Benedikt mutig genug für Frau Beck: Da hätten wir das Hauptproblem, rein räumlich schon mal: Meine Wohnverhältnisse sind …

Sind okay, fuhr Frau Beck, nunmehr ganz Beckowa, ungerührt fort, ausreichend für zwei, der Reiseleiter kennt Ihre Kollegin Merkel, und von der weiß er doch so manches über Sie. Aber abgesehen davon, es wäre egal. Ich könnte die Mansarde über Ihrer Filiale haben, in sechs Wochen schon, und falls Zusammenleben Sie zunächst einmal erschreckt, bis dahin in einem Hotel wohnen, kein Problem, kein Thema.

Benedikt war es ein wenig schwindlig, auch übel, und er hörte seinen Puls und rumänisches Raunen, und das Beste blieb der Blick auf das Baby, dessen Gemütsverfassung stets sehr plötzlich aufkommenden Stimmungswechseln unterworfen war. Eben noch grinste es das Gebäckstück in seiner rechten Hand an, zuckte damit hin und her, dann schaute es grimmig drein, ratlos in die Ferne.

Die Mansarde, konnte Benedikt immerhin denken, meine heilige Mansarde. Und: Die gütig-vertrauenerweckende Frau Merkel gibt Auskunft über mich, ihre pastellblassen Twinsets, die vom Busen gewölbten Jäckchen abstehend, am Rücken überm platten Hinterteil der Stretchhose angeklatscht, und nur ihr zuliebe bin ich jetzt an diesem tyrrhenischen Strand und als Opfertierchen einer räuberischen rumänischen Kannibalin in der Falle, ich zufriedener Einzelmensch mit der fürsorglichen Liebe zu Frauen auf Distanz, Frauen jenseits des Schalters, Frauen mit kleinen tüchtigen Geldangelegenheiten, unspekulativen Frauen ... Seine Assoziationen in eine Ordnung zu bringen, vermochte Benedikt nicht, noch nicht (wann denn aber vielleicht, wann gefälligst? High Noon in doppelter Bedeutung, am Strand und im Kopf!).

Auf der Tasche liegen werde ich Ihnen nicht, ich habe etwas Geld, es waren verschiedene unglückselige Umstände, die mich jetzt aus meiner Heimat vertreiben. Ihre Frau Merkel hält Sie für einen mitfühlenden Menschen, der Reiseleiter meint, sie sorge sich um Sie, und dass Sie doch einsam sein könnten, und das deckt sich mit meiner Vermutung ...

Frauen, denen ich nichts abschlagen kann ... Aber nie zuvor in seinem ganzen Leben war je eine Frau so direkt (schamlos?) in sein Privatleben eingedrungen, ausgenommen seine Mutter, und das auch nur, solang er ein Kind war, als Erziehungsgehilfin. Um am Leben zu bleiben, oder, Vorstufe, wenigstens nicht ohnmächtig zu werden, fokussierte Benedikt seinen gefährlichen Flammenblick auf das wacklige Baby. Es blickte auf ihn zurück. Zuerst ernst, prüfend. Plötzlich lächelte es, hörte ebenso plötzlich damit auf. Es vertiefte sich wieder einmal in die Untersuchung des Gebäckstücks in seiner zuckenden, ab und zu wedelnden, winzigen dicken Hand. Es öffnete seinen schrägen Mund, willens, in das Backwerk zu beißen, das Backwerk schwebte in Mundnähe hin und her, immer im letzten Augenblick doch den Mund verfehlend, auf und ab, das Baby brachte beide nicht zusammen, Mund und Gebäck, das Baby fand den Mund nicht. Wir lernen es noch, wir lernen es noch, summte etwas unter Benedikts Schädeldecke, während Frau Beckowa sich mit einem warnenden *Bis dann!* aufrappelte, Seesand vom eingeölten Fleisch strich und sich vorläufig auf und davon machte. Benedikt war endlich allein, aber das kam ihm überhaupt nicht so vor. Noch war er ein freier Mensch, noch war nichts passiert, aber das kam ihm ebenfalls überhaupt nicht so vor.

Sag mir die drei Wörter

Gleich sag ichs, nicht mehr lang, aber dann. Tom feuerte sich an und ließ sich von Fee streicheln: über seine linke Hand, die sich unter der Berührung als Sitz seiner Seele aufspielte. Und doch kam sie ihm wie ein fremdes Stück Fleisch vor, irgendwie losgelöst, eine Metzgereiauslage, Sonderangebot.

Gibs zu, säuselte Fee, warum solltest du dir nicht diese Freiheit gönnen? Du hast nicht mit dem Ehevertrag deine Rechte aufs Liebhaben anderer Menschen verloren.

Anderer Menschen, das klingt ziemlich beliebig. Tom grinste, er hoffte, das Grinsen landete als Lächeln und nicht zu hilflos in Fees Wahrnehmung. Sie hatte jetzt wieder ihren Photographierblick.

Mich also zum Beispiel. Fees Augen konnten Funktionen übernehmen, die im Allgemeinen Gliedmaßen vorbehalten waren, alles was mit Schmusen, Kuscheleien zusammenhing, vollzogen ihre Augen, und im Augenblick drängelte ihr blauer Blick sich in Tom hinein, in sein, wie er empfand, bedauernswertes Gesicht.

Ihr jungen Frauen von heute geht ganz schön zur Sache. Gute Bemerkung, lobte er sich. Eine Ablenkung. Andererseits gäbe es bald kein Stoppschild mehr vorm Ernst der Lage.

Ich will dir helfen, Tommy.

Sanfte Penetranz. Sie ist eine Frau mit beinah bester Ausstattung. Sie ist intelligent, sieht erstklassig aus, hats zu was gebracht, alles erste Sahne, aber was ihr fehlt, das ist Instinkt. Bei dieser Erkenntnis fand Tom das lieblich gewölbte Gesicht inmitten der Botticellifrisur mit den wie von einer Floristin gestalteten Löckchenaufbauten plötzlich töricht.

Ich machs dir doch leicht, summte Fee, ließ vom Streicheln der Fleischware Hand auf dem Metzgertresen Sessellehne ab und strich, sanfter Vormarsch, stattdessen über seine linke Gesichtshälfte – Fee saß dicht neben ihm in ihr Sesseleck gedrückt, ihr Oberkörper drängte auf seine Sesselmitte zu –, woraufhin sie, eine linke Gesichtshälfte immerhin nur, dem Zusammenhalt seines Organismus entwich und doch gleichzeitig Schauplatz gepresster Gefühle wurde. Diese Gesichtshälfte gehörte Fee und ihm gemeinsam, und es schien Tom: mehr ihr als ihm. (War sie eigentlich eine gute Fee?) Seine in fremden Besitz genommene Haut mit seinem Fleisch darunter – sie litt wie bei Phantomschmerz, wo blieb denn bloß die Wohltat? Das war doch Zärtlichkeit. Vielleicht genierte es ihn ganz einfach und prinzipiell, dass sie als Frau den tradierten Männerpart übernahm. Er wollte wahrhaftig nicht ihr kleiner schüchterner Junge sein.

Fee war beim Thema Wochenendtrip, London, Paris, oder lieber das Meer, und an welchen Strand da, und sie wäre für die süßliche Milde der Côte d'Azur. Und keine Ehefrau der Welt könne ihm verbieten, mit einem Menschen, der ihm etwas bedeutete – ohne Verluste für die Ehefrau –, sich Genüsse zu genehmigen, die einzig mit diesem anderen Menschen zu haben wären, und so weiter und so fort mit den unrealistischen Träumen, die bei Fee so sachlich klangen wie Eintragungen in eine Steuererklärung. Und sie, die doch klug war und als Feuilletonredakteurin mit der Sprache umgehen konnte, scheute nicht vor albernen Klischee-Bildern zurück, unter denen ihr neuerdings am liebsten dasjenige von der *baumelnden Seele* war. Lass mal für ein paar Tage so richtig die Seele baumeln, Tom!

Toms Seele? Er stellte sie sich in diesem Moment wie einen aus Versehen am Stück runtergeschluckten Fleischklops vor.

Ich will nur drei Worte von dir hören, Tom! Fee, wie vor Anstrengung, als müsse sie mit harten Därmen kämpfen oder mit Presswehen – und es war Toms Körper, aus dem sie das Zeug raustricksen wollte, nicht ihrer –, Fee vergaß das Streicheln. Schau mal, es ist doch ganz leicht, ich sag sie ja auch, diese drei Wörter: Ich liebe dich.

Sie plinkerte mit den Augenlidern, was ihr im Blickkontakt gar nicht passte, und Tom fragte sich, ob sie Kontaktlinsen trug. Er kam sich wie ein Analphabet in einer der ersten Unterrichtsstunden vor. Obwohl er nichts vorlesen sollte. Er sollte drei Wörter aufsagen. Demnach wars ein Schwerbehinderter, kein Analphabet, der fragte: Drei Wörter? Und vermutlich, wieder mit dem Notstandsgrinsen, sah er auch wie ein Obertrottel aus.

Ja, nur drei Wörter. Sogar als Obertrottel gefiel er dieser Frau noch immer, ihr Lächeln nahm die wundervollen Stunden an der Côte d'Azur vorweg, Seelebaumeln, und nach dem Kitsch die nackten Tatsachen. Drei Wörter, Tom. Nicht irgendwelche. Diese drei Wörter. Du hast sie eben gehört.

Tom hörte die Telephonklingel. Er konnte mit der rechten Hand zum Hörer rüberlangen, und seine Frau wartete nicht darauf, dass er was sagte, sie rief aus der Stadt an, um ihn wissen zu lassen, es dauere etwas länger, sie hätte beim HNO-Arzt eine Nummer bekommen und mache noch ungefähr eine halbe Stunde lang Besorgungen, und Tom blickte auf Fee, deren angespitzte Lippen *Ich liebe dich* in die Luft zeichneten und dann zu ihm hinhauchten wie eine kleine Dampfwolke aus einer Spielzeugwelt-Lokomotive.

Ich dich nicht, sagte Tom fest und laut zu seiner Frau ins Telephon.

Wie bitte? Stimmt was nicht mit der Verbindung? Wir müssen das Telephon nachsehen lassen. Ich versteh dich allerdings gut.

Ich dich nicht, wiederholte Tom, und diesmal wagte er es sogar, dabei Fee standhaft anzuschauen. Es wunderte ihn, wie erheitert sie lächelte – immerhin auf einen Todesstoß hin, oder nicht?

Tz tz, machte sie und ruckelte mit dem hellen Köpfchen, und die floristischen Haarkünste schaukelten mit. Sogar am Telephon fürchtest du dich vor deiner Frau. Unverdrossen lächelte sie weiter auf ihn ein, und ihm erschien plötzlich ihre ansehnliche frische Gestalt vorm Hintergrund eines grünen Gartens mit Hängematte, die zwischen zwei Baumstämme gespannt war, darauf glitzerte etwas Silbriges, Spiegelndes: Fees baumelnde Seele. Oh verdammt, wie verdammt gut sie sichs gehen ließ, während er …

Ich dich nicht, er sah Fee an, also geben wirs auf, sagte er in die tote Leitung. Seine Frau hatte ohne großes Brimborium aufgelegt, und er fixierte diese janusköpfige Fee, die gute und die böse in einer einzigen hübschen Inkarnation, die jetzt eher auf die gemütliche Art lächelte und flüsterte: Ich dich aber, lieben, und aufgeben? Nie und nimmer.

Das macht zwei mal drei Wörter, antwortete er lahm.

Manchmal ist es beinah schön

Als es dann gegen fünf, ohnehin eine Zeit des Behagens, anfing zu schneien, überließ Frau Bick sich ihrem Kinderglücksgefühl. Geheimhaltung, bis auf *es schneit*, denn Herr Bick sah in allen Erscheinungen stets die praktische Seite, und Schnee war unpraktisch. In ihrem kleinen Rausch fiel es Frau Bick schwer, jetzt nicht überschwänglich zu werden. Über das Kaffeetablett hinweg hielt sie Herrn Bick zwischen seinen Augen und dem Wirtschaftsteil der Zeitung die Feuilletonseite mit der Karikatur hin. Lang und genüsslich hatte sie die studiert. Sie klang sanftmütig, als sie sagte: Würdest du mir das hier bitte photokopieren? Ich meine so, dass es oben auf ein Blatt kommt. Ich wills als Briefbogen benutzen. Ich brauchte ziemlich viele davon.

Sie hatte sich arglos gegeben. Keine große Angelegenheit, so sollte es sich anhören. Sie wusste, dass Herr Bick sich beim Lesen ungern stören ließ, erst recht mit irgendwelchen Ansinnen. Er knurrte unbestimmt, woraufhin Frau Bick ihn mit einem Achtel des Eifers, nach dem ihr zumute war, zu stimulieren versuchte: Diese Karikatur drückt ein Lebensgefühl aus. Sollte sie sagen: *mein* Lebensgefühl? Besser nicht. Es wäre undiplomatisch. Sie sagte: Das Lebensgefühl aller Sterblichen.

Oho! Aha!, machte Herr Bick, und Frau Bick fuhr fort: Es wäre also extrem lieb, wenn du mir das als Briefkopf machen könntest. Im Januar muss ich sieben Geburtstagsbriefe schreiben, einen davon an Ina, die wird sechzig, und die Karikatur hat in meinem Bewusstsein gezündet, ich habe originellere Ideen als immer Gesundheit und all dieses *Erdenkliche* an Gutem, du weißt schon.

Immerhin betrachtete Herr Bick jetzt Frau Bicks Zündstoff. Die Karikatur zeigte einen Mann in der Hängematte, und auf den ersten Blick machte er einen zufriedenen Eindruck. Genauer betrachtet aber war seine Lage hoffnungslos. Der Fußteil der Hängematte war an einem Baum befestigt, nach einem zweiten Haltepfosten am Kopfteil streckte der Mann, das Aufhängeseil umklammernd, seinen Arm vergeblich in die Luft, ins Leere. Ihm jedoch schien diese alle Naturgesetze zunichte machende Unmöglichkeit zwar vielleicht etwas unbequem, aber als Notbehelf praktisch zu sein.

Was sagst *du* dazu? Es ist genial. Die Absurdität des menschlichen Glücks. Frau Bick klang nun so euphorisiert, wie sie war. Dass Herr Bick äußerst matt, auch flüchtig auf ihren Fund reagierte, wunderte sie überhaupt nicht, er war nun einmal so. Er hatte bloß *Kein schlechter Witz* gesagt. Und hinzugefügt: Nicht mehr und nicht weniger. Dann setzte er seine Lektüre fort.

Oh doch, es ist mehr als ein guter Witz, es steckt viel mehr dahinter! Die Aporie des Glücks, wie gesagt. Des irdischen Glücks. Es ist niemals ganz vollendet, niemals ganz vollkommen. Ein Gleichnis, eine Metapher. Frau Bicks kleines rundes Gesicht hatte einen pathetisch-wichtigtuerischen Ausdruck angenommen, durch den sie, hätte er nur zu ihr aufgeblickt, für Herrn Bick wieder einmal ihrem guten armen verstorbenen Bello ähnlich geworden wäre.

Frau Bick-Bello schaute aus dem Fenster und sagte feierlich: Es schneit, wird aber tauen. So ist das auf Erden.

Auf Erden, wiederholte Herr Bick mit piepsiger Stimme, um Frau Bick nachzuahmen. Dann, mit seiner eigenen Stimme, fragte er: Und in deinem Himmelreich schneit es ohne Ende, stimmts?

Es schneit, so lang ich will. Und vorerst hier unten fängt der Film an, wird aber, und das weiß dein hastiges Bewusstsein leider dauernd, nach anderthalb Stunden wieder aufhören. Genauso wie die Zirkusvorstellung. Oder nimm irgendein anderes kleines irdisches Glück. Es ist eingezwängt mitten ins Unglück. Ringsum. Gibs zu, dass es so ist.

Unglück finde ich hoch dramatisch. Was weißt du schon vom Unglück? Uns gehts gut. Dir gehts verdammt gut.

Na schön, dann sag statt Unglück Normalität, Alltag, die üblichen Scherereien. Und mittendrin dieses kleine köstliche Glück.

Ich wusste gar nicht, dass du dauernd mal zwischendurch so glücklich bist.

Das wärst auch du, wenn du genau aufpassen würdest. Jetzt zum Beispiel, das ist ein glücklicher Moment. Und zwar täglich so um fünf rum und nicht nur, weil es heute plötzlich schneit. Täglich eine gute kleine Phase zwischen Alltagskram und Alltagskram.

Und richtig glücklich wäre ich, wenn ich diese Zeitung nicht nur in der Hand hielte, sondern wenn ich sie auch lesen könnte.

Es fiel ihr schwer, aber Frau Bick schaffte es, Herrn Bick ungefähr zehn Minuten Ruhe zu gönnen. Dann aber war es einfach nicht mehr möglich, den Mund halten. Sie hatte, bevor auch sie weiterlas, ein bisschen Schneefall genießen wollen, doch daraus war nichts geworden. Es schneite nicht mehr. Schon vorbei!, rief sie anklagend. Da hast du es wieder! Vergänglichkeit! Das winzig kleine Glück! Das ist jetzt nur noch ein etwas dicklicher Regen!

Zwei Uhr war auch eine angenehme Zeit, zu der am nächsten Tag, Kopien noch nicht geliefert, Hühnersalat verspeist, Herr und Frau Bick beim Espresso saßen, erster Teil der Zeitungslektüre. Und wieder fing es aus niedriger Bewölkung an zu schneien! Wieder der Kinderglücksrausch unter Frau Bicks Schädeldecke und von da bis in die Zehenspitzen! Ein neuer Beitrag zum alten Thema war einfach unumgänglich. Frau Bick kündigte die Störung mit einem erkünstelten Räuspern an. Sie klang schulmädchenhaft brav, um Herrn Bick nicht mit Überschwang zu erschrecken: Weißt du, das mit dem Griff ins Leere, ich spreche von dieser Karikatur mit dem Mann in der Hängematte und dem fehlenden zweiten Baum oder sonstwas zum Festmachen, ich meine, er hat es schön, aber nicht wirklich. Und wenn es wirklich so ginge, ohne sicheren Halt, dann doch wohl nicht auf Dauer ... es ist nicht genug, etwas fehlt ... uns Sterblichen, jedem entgeht etwas, und zwar: noch. Alles im Sinn von »Jetzt erkenne ichs stückweise«. Und mit *dann aber* geht es bei Paulus weiter, wir werden *dann aber* erkennen, und *dann*, das ist nach dem Tod.

Jetzt war Herr Bick dran mit dem Räuspern, und er machte es laut, in kleinen Stößen. Frau Bick begriff und eilte sich zu sagen: So, das wars schon. Ich werde von jetzt an mucksmäuschenstill sein, ich versprechs. Nur bitte, mach mir bald diese Kopien.

Auf das Versprechen war Verlass, weil wie täglich fünf vor drei im letzten Drittel des Leitartikels Frau Bick, duselig-benebelt, nur noch eigene Sätze erfand und nichts mehr mitbekam. Sie brauchte einen Mittagsschlaf, Herr Bick brauchte keinen: für Frau Bick immer etwas peinlich, denn sie war sieben Jahre jünger als er, der sich außerdem vor seiner Pensionierung als Jurist im Justizministerium weniger hatte schonen können als sie mit ihrem kleinen kinderlosen Haushalt, den sie nie wirklich ernst nahm, von Anfang an nicht und höchstens dann, wenn es Herrn Bick zu staubig wurde. Zusätzliches Glück: Er kochte gern und interessant. Und vielleicht, weil er schon in der frühsten Ehezeit Frau Bicks Essensangebote eintönig fand, übernahm er auch das Einkaufen, über das hinaus, was ihnen *Väterchen Frost* ins Haus lieferte. Damit war Frau Bick das los, was für sie der problematischste Sektor in der Haushaltsführung war. Die Ursache dafür, dass trotzdem sie und nicht Herr Bick mittags schlappmachte, war leicht gefunden und wurde von ihr immer mal wieder in sein Gedächtnis gehoben: Ich bin zu originell, ich denke eine Menge. Anzunehmen, dass das überanstrengt.

Es war der anheimelnde Brauch, dass Herr Bick *Bett* spielte, und als Bett rief er auch heute mit verstellter Stimme nach Frau Bick, die beim Einsteigen sagte: »Und alle Lust will Ewigkeit.« Hallo, Bett! Das ist leider noch keine Ewigkeit ... Frau Bick faltete ihren rundlichen kleinen Körper embryonenhaft, zog die Daunendecke bis über die Schultern und ließ ein wohliges Ahhh-Stöhnen vernehmen ... das ist nur ein zwischen Alltag und Alltag geklemmtes halbes Glücksvollkommenheitsstündchen ...

Ahhh ahhh, stöhnte das Bick-Bett mit, brummelte dann im Bick-Bett-Bass: Wird höchste Zeit, dass du kommst, du Predigerin. Nach allem, was man so mitkriegt, hört sich das nicht nach Geburtstagspost an, die du schreiben willst. Herr Bick übernahm: In deiner Klientel müssen eine Menge trauernde Hinterbliebene sein, für die ich dir diese Karikatur photokopieren soll. *Deine* Verantwortung, ob das zusammenpasst, dein Hängemattenmann und die Kondolenzbriefe. Ahhh, unterbrach ihn das Bett, lass sie jetzt schlafen. Ahhh!

Niemand ist gestorben, nirgendwo, sagte Frau Bick. Ahhh!

Obwohl Herr Bick die Spleens seiner Frau nur unfroh unterstützte, machte er sich an die Arbeit. Auf eine zusätzliche zwölfte Kopie (um mindestens elf hatte sie gebeten) zeichnete er im Stil des Karikaturisten einen zweiten Baum, dem ersten gegenüber und so, dass, am ausgestreckten Arm, der Mann das Seil des Kopfteils nur noch spielerisch umfasste. Befestigt auf beiden Seiten am sicheren Ast: vollkommenes Hängematten-Glück.

Sein Kunstwerk für Frau Bicks persönlichen Gebrauch wurde zwischen vier und fünf beim Kaffee, heute mit Vanillecreme-Waffeln, besichtigt, gründlich und gerührt.

Kaum weniger aufwendig studierte Herr Bick Frau Bicks Gesichtsausdruck, bis er neugierig fragte: Na und? Ist das immer noch eine Aporie? Utopie? Ist das Glück genug?

Genug ist nie genug, erstens. Frau Bick klang versonnen. Und zweitens: die Dauer? Der Mann wird aufstehen müssen. Es schmeckt und hat geschmeckt. Es schneit und hat geschneit. Es ist schön und es ist schön gewesen. Nichts, wohin du siehst, das dauert.

Wer will schon ewig in einer Hängematte liegen. Oder essen. Jetzt war Herr Bick wie am Vortag am Wirtschaftsteil, und lesen wollte er, er sagte: Es *war* ruhig und es ist ruhig gewesen. Geh wieder ins Bett. Er zog das Bass-Register, rief als Bett: Hallo, Frau Bick! Ahhh! Komm! Hast du gehört?, fragte Herr Bick. Übrigens, es schneit noch. Und wer verbietet dir, noch eine Waffel zu verschmausen?

Das Liebespaar trifft sich, aber der nächste Abschied steht schon bevor. Frau Bick seufzte, sie fühlte sich wohlig melancholisiert, ihr war weich und nach milder altehelicher Freundlichkeit zumute. Gleichzeitig empfand sie eine inspirierte Aufgeregtheit. Was für ein günstiger Moment! Genieße ihn, und zwar: sofort, gründlich! Geh mit den günstigen Momenten sorgsam ökonomisch um, solang dies hier noch kein Himmelreich ist! Frau Bick schaute in das bleiche Schneeflockendickicht. Mit Schnee sah ihr Garten besser aus, und sie dachte: Es ist beinah ganz schön. Sie sang: »Der Schnee hat einen weißen Schein, mir übers Haupt gebreitet …« Sie sagte: Ob der Text ganz stimmt, weiß ich plötzlich nicht mehr. Sonst weiß ichs immer, wenn es *nicht* schneit. Sie summte den Anfang noch einmal, sie sagte: Manchmal ist es beinah ideal. Manchmal ist es fast *ganz* schön. Sie sang: »Doch bald ist er hinweggetaut, hab wieder schwarze Haare …«, und das war der Augenblick, in dem Herr Bick, der nicht den Eindruck erweckt hatte, als würde er Frau Bicks Lebensäußerungen auch nur hören, sich einmischte, unfreundlich klang er nicht: Gut, dass du dran erinnerst. Wir müssen dir dringend den Haaransatz nachtönen.

»Wie weit noch bis zur Bahre, wie weit noch bis zur Bahre«, sang Frau Bick.

Vanessas Salon

Wenn Holly Myers die Decke auf den Kopf fällt, geht sie in *Vanessas Salon* um die Ecke und lässt sich was an den Haaren machen. Das tun übrigens viele, und wenn es nur um Waschen und Frisieren geht. Sie sagt, sie hat komplizierte Haare. Ihre jüngeren Freundinnen waschen jeden Morgen unter der Dusche ihre kurzen glatten Frisuren, kommen nur zum Schneiden, Tönen, Strähnchen-in-Papilloten-Aufrollen, die dann separat gepinselt werden. Es sind nur sechs Minuten bis zum Salon, über die Bahnlinie, an der Bushaltstelle vorbei und die paar Schritte bis zum ersten Block, zweiter Eingang. Im Parterre haben die Blocks hohe Rundbogenfenster, und ihre beiden hat Vanessa mit an den Seiten bühnenmäßig gerafften, blassblauen Volantvorhängen dekoriert, und in der Auslage zeigt sie Flaschen und Dosen mit Präparaten für die Haare und große Tafelplakate mit eleganten Frisuren auf schönen Frauenköpfen. Im Innern hängen umrahmt ihr Meisterbrief und ein Brief der Innung zur Jubiläumsfeier, fünfundzwanzig Jahre *Vanessas Salon*, und außerdem weitere schöne Frauenbilder mit den verschiedensten Frisurmoden. Wenn Holly alle Vierteljahre zur Dauerwelle kommt, sagt sie jedes Mal, bevor sie sich in einem der fünf zur Straße gekehrten Sessel vor einem der fünf ovalen Spiegel niederlässt, seufzend, ironisch: Ihr wisst ja Bescheid, dort hinten links außen hänge ich, wenn ich nachher zahle und weggehe. Es handelt sich dabei um einen wundervoll lockigen Kopf, mit dem Holly lebenslänglich nie zahlen und weggehen wird. Dass sie lieber eine praktische Frisur hätte, wäre nur ihr Haar nicht so kompliziert, sagt sie auch jedes Mal, manchmal auch drastischer: Nun macht mal was aus diesen paar Fusseln. Sie redet von den jungen Freundinnen mit der täglichen Haarwäsche morgens unter der Dusche. Holly duscht morgens nicht, wenn, dann abends und nie gern. Sie mag Vollbäder, aber nicht hinterher Aufputzen.

Die Parterre-Etage im Block mit *Vanessas Salon* ist höher als die vier darüberliegenden, und aus dem Hauptraum führen zwei Stiegen in den später eingebauten Zwischenstock, nach links ins kleine Abteil für Männer, nach rechts zum WC und zu dem Privat-Kabuff der Friseusen, worin sie ihre Sachen haben und Kaffee machen und wo immer etwas zum Essen herumliegt, Kekse, Schokolade, irgendwas in Dosen und Packungen, Clementinen, Aspirin. Wenn Vanessa, die dafür Zuständige, hinter einem Mann die kleine Stiege hochhüpft, empfindet Holly eine Spur von schlüpfriger Verworfenheit, ein bisschen was von Bordell. Neuerdings sind die Männer hier Mangelware, nur ganz junge Burschen kommen gelegentlich herein, und Holly findet, dass sie sich verunstalten lassen. Schade um die Haare, sagen die anderen auch, aber die Friseusen müssen lachen, für sie ist es eine Abwechslung, es macht Spaß. Ab und zu kommt auch der ein oder andere ziemlich alte Mann, und der sitzt dann der Einfachheit halber mit unten bei den Frauen, wenn Platz ist, und seine stumme Isolation wirkt sich sofort lähmend auf das sonst übliche Geschnatter aus. Die große dicke Karin kommt nicht mehr als Aushilfe, nicht mal am besonders geschäftigen Freitag: Vanessa kann sich eine Dritte nicht mehr leisten. Die Miete ist hoch, die Nebenkosten sind gestiegen. Beim Waschen war Karin ideal, sie hat besonders kräftig die Kopfhaut massiert. Sie hat bei jeder Behandlungseinheit *Alles klar?* gefragt und nach dem *Ja* der Kundin *Alles klar!* gesagt, der Abschied soll ihr schwergefallen sein: Es tut mir leid, aber ehrenamtlich kann ichs nicht machen. Alles klar? Aber wenn Not am Mann ist, bin ich da, und eventuell im Weihnachtsgeschäft. Alles klar.

Für Holly ist der Salon eine Zuflucht. Sie denkt: Wie für die meisten dort. Die kommen viel öfter, die ganz alten aus den angrenzenden Blocks sogar täglich zum Frisieren. Holly hat noch ein paar andere Schlupfwinkel. Im Salon kennt man sich, bleibt trotzdem auf Distanz und außerhalb vom Salon nicht zusammen, wenigstens Holly nicht, höchstens zu einem kurzen Schwatz auf der Straße oder im *Nimm's-mit-Markt*. Und die Frauen reden sich per *Sie* an, mit Vornamen nur die beiden Friseusen, mit denen einige auch auf *Du* stehen, oder sie sagen bald *du*, bald *Sie*, es kommt nicht drauf an, macht keinen Unterschied. Sie sind allesamt Stammkunden, hierhin verläuft sich keiner, die Blocks liegen am östlichen Stadtrand, und in der Hauptstraße des Viertels schöpft *Harry's* den Rahm ab. Übrigens war es Holly, auf deren orthographischen Einwand hin Vanessa ihren Firmennamen geändert hat, die Unkosten waren beträchtlich. Der Apostroph muss weg, es ist im Deutschen falsch, es ist lächerlich, eine Imitation, angelsächsischer Import, hatte Holly, Jahre her, im gewohnt sarkastischen Plauderton gesagt, der im Salon Umgangssprache ist, damit Vanessa nicht beleidigt wäre. Etwas schnippisch klingt sie immer, aber das hat nichts zu bedeuten. Und obwohl sie an dem Apostroph hing, sie fand es schmissig und up to date, hat sie sich von ihm getrennt und jetzt einen Grund, auf den affigen Harry herabzublicken.

Vanessa, die Chefin, ist eine hübsche, etwas speckige Frau mit zarter Haut, rosiger Gesichtsfarbe, mit der Haarfarbe wechselt sie in den verschiedensten Brünett-Herbstrotgold-Tönungen ab, sie trägt das Haar lang und steckt es am Hinterkopf raffiniert hoch, es ist dichtes feines Haar, und seitlich steckt sie absichtlich längere Partien nicht mit hoch, so dass sie längs der Schläfen baumeln. Seit Holly sie kennt, und da war sie noch zu jung dafür, verharrt sie in den Wechseljahren. Noch immer sieht sie jünger aus. Ihr

Mündchen ist tipptopp ziemlich hellrot grell geschminkt und etwas patzig, wie auf alles gefasst, sie hat eine rabiate erste Ehe hinter sich, erst jetzt in der zweiten geht es ruhig zu, und bogenförmig nachgezeichnete Augenbrauen, und wenn sie lacht und lächelt (kommt dauernd vor), hat ihr Gesicht etwas Anzügliches, fast ein wenig Frivoles, so als wäre sie jederzeit zu einem deftigen Flirt bereit. Was sicher täuscht, denkt Holly, denn Vanessa lebt sehr bürgerlich, man würde ihr die gute Mutter, die sie ist, nicht glauben; und neuerdings bin ich sogar stolze Oma, sagt sie und lacht ihr stimmloses abschätziges Lachen, durch das man ihr auch die *stolze Oma* nur schwer glauben kann, und doch ist sie eine, und sie vermisst Tochter und Enkelsöhnchen, die, vorerst nur für zwei Jahre, in Albertine/Missouri leben, weil Vanessas Schwiegersohn dort in einer Filiale seiner Firma einen guten Job angeboten bekam. Die Tochter sehnt sich nach Europa, auch darauf ist Vanessa stolz. Sie hat kulturelle Ansprüche, und in dem Kaff dort ist nichts los, sagt sie und rollt jämmerliche Haarbündel auf die kleinsten Wickler des Ladens, und Holly würde gern *Bitte versetzt aufrollen, damit nachher keine Kopfhaut rausguckt!* sagen, Vanessa soll sich auf ihre Arbeit konzentrieren. Wenn sie eine Aufrollpause einlegt, möchte Holly rufen: Bitte weitermachen! Das Haar trocknet! Es geht ums Ganze! Mein Aussehen, ich muss wochenlang damit rumlaufen! Vanessa wäre nicht gekränkt, sähe nur so aus, ein bisschen gekränkt sieht ihr rosiges freundliches Gesicht immer aus, als wollte sie immer und alle daran erinnern: Ich bin eine Ungarin. Eigentlich gehöre ich nicht hierher. Vanessa würde hoch stimmlos lachen. Die Pausen braucht sie im Kampf gegen ihre chronischen Hitzeschübe mit oft so schlimmen Schwitzanfällen, dass sie ins Privat-Kabuff eilen und die Kleidung wechseln muss. Triumphierend und zugleich eingeschnappt ist ihr Ausdruck, zurückgekehrt im nächsten watschligen Hängeroberteil, mit dem sie über ihrem molligen Körper warme Salon-Luft unter den Stoff fächelt; sie blickt sich im Spiegel mit ironischem Argwohn an, drapiert links auf der Stirn eine nach innen gewölbte Franse um und denkt vielleicht über eine neue Farbnuancierung nach.

Die Friseusen machen sich nach Ladenschluss die Haare, die eine der anderen. Christa, die Jüngere und unentbehrlicher Beistand, berichtet, von Natur aus wäre sie aschblond und demnach langweilig, also bevorzugt sie wie Vanessa Tönungen aus der Braun-Skala, und da lässt sich viel Interessantes machen. Sie ist vorsichtiger als die Freundin und ungeschminkt im runden kleinen Gesicht und auf eine vernünftig-praktische Art lieblich. Sie schaut in den Spiegel, greift sich ins Haar, sagt: Es ist dick, aber ich hab doch eine leichte Dauerwelle drin, glatt getönt, damit es besser fällt. Neidisch hört Holly gern all diese Frisurengeschichten. Ob Christas Mann irgendwann abgehauen ist? Holly weiß nicht, wie sie arglos-beiläufig danach fragen könnte. Christa tut ihr ein bisschen leid, warum? Auf ihre ruhige, praktische Art ist Christa doch immer gut gelaunt, was man von Vanessa nicht behaupten kann. Christa ist erst einundvierzig, hat aber eine Tochter, die schon achtzehn wird und dann ganz groß gefeiert. Die Tochter ist anderthalbköpfig größer als Christa, mit 1,60 eine zierliche Mutter, und sie wiegt mit fünfundsiebzig Kilo auch sehr viel mehr. Christa hat einen kleinen Bauch und ein bisschen was um die Hüften, also stimmt es nicht ganz, wenn sie sagt: Ich kann essen, so viel ich will, ich bleibe dünn. Ich nasche für mein Leben gern. Meine Tochter hat das von mir, aber sie kann sichs eigentlich nicht leisten. Ich sag ihr: Wenn du dann erst in der Bäckerei arbeitest, wirst du noch dicker. Ihre Tochter wird Fachkauffrau, sie macht demnächst in der Realschule ihren Abschluss und hat schon eine Ausbildungsstelle. Viel lieber wäre sie Altenpflegerin geworden. Bei einem Praktikum hat sie ihr Talent dafür entdeckt, ihre Liebe zu den Alten.

Zuerst hatte sie Angst, erzählt Christa, sie hat gesagt, wahrscheinlich muss ich da nur von morgens bis abends die Scheiße wegmachen und so was. Aber irgendwie zog es sie doch dorthin, und dann ist es eben ganz anders gekommen. Holly hat sich damals für die Tochter und deren wunderbare, einmalige, ausgefallene Leidenschaft für die Alten begeistert und gegen Ministerien und Bürokratie gewettert, als sie hörte: Die Gesetze haben sich geändert, und jetzt kann sie nicht mehr ihren Wunschberuf ergreifen. Holly hat die neue Gesetzeslage nicht richtig begriffen, die Tochter würde entweder einen anderen Abschluss brauchen oder ein anderes Praktikum, egal, sie hat geschimpft: Anstatt dass man froh ist, wenn schon jemand so einen allgemein unbeliebten Job machen will! In den Pflegeberufen haben sie doch immer Personalmangel! Und jetzt verkauft eine solche Begabung Brötchen und Sahnetorten! Nicht zu fassen!

Beim letzten Termin hat, als es Kaffee gab, nur auf Hollys Untertasse neben dem Becher ein Butterkeks gelegen, Christas war leer. Für Selbstmitleid zu bescheiden, hat Christa nur auf eine trockene nüchterne Art betrübt berichtet: Mir war ja oft ziemlich übel, und jetzt hat man eine Milchzuckerallergie festgestellt. Schluss mit dem Naschen! Aber auch bei allen anderen Sachen muss ich aufpassen, beim Einkaufen brauche ich jetzt doppelt so lang, bis ich all das Kleingedruckte gelesen habe, man glaubt ja gar nicht, wo nicht alles Milchzucker drin ist, manchmal möchte ich denken, der verdammte Milchzucker ist überall drin. Hollys Mitleid, sie klingt oft etwas exaltiert, war überhaupt nicht gespielt-übertrieben, es war echt, und außerdem gefiel ihr die Sache nicht. Sie stellte sich Christa gern glücklich vor. Ganz und gar glücklich wirkte sie eigentlich nicht, oder täuschte der Anschein? Das Mitleid ist nicht vergangen. Sie ist aber etwas erleichtert, denn Christa hat gute Sachen, auch Süßes, auf Sojabasis entdeckt.

Vor acht Jahren muss ihr Mann noch dagewesen sein, wenn Christas siebenjähriger Sohn nicht einen anderen Vater hat. Es gibt überhaupt keinen Grund zur Diskretion in dieser Frage, die Christa mit ihrer gleichmäßigen, gutartigen Geduld beantworten würde; andererseits ist Holly nicht allzu neugierig und das auch nur für die Dauer eines Salon-Besuchs.

Holly bewundert den tapferen Fleiß der kleinen Christa, mit dem sie ihr Leben im Griff hat, ein Doppelleben mit zweifacher Tüchtigkeit: im Beruf, im Familienleben. Bewundert auch Vanessas Aktivität, schließlich trägt als Chefin sie die Verantwortung, irgendwann muss ja wohl die bürokratische Verwaltung des Salons erledigt werden, Buchführung, Steuererklärung und was nicht sonst noch alles an kompliziert Undurchschaubarem. Bloß wirkt bei Vanessa alles lässig-tändelhaft, sogar, dass sie jeden Abend die tagsüber benutzten Frottiertücher zum Waschen mit nach Haus nimmt (was Christa übernimmt, wenn sie, weil Vanessa sich nicht wohl fühlt, den Laden allein schmeißt). Beide wohnen auf dem Land in Kleinstädten, der Salon am Ostende der Stadt liegt günstig für sie, nah bei der zweispurigen Ausfall-Schnellstraße in ihr ländliches Gebiet, beide sind Autofahrerinnen, Vanessa hat zwanzig Minuten bis nach Haus (und sie und ihr Mann *haben* ein Haus), Christa sogar nur zehn Minuten, so dass sie in der Mittagspause, zwölf bis halb zwei, in ihre Wohnung fährt und dort schnell für sich und den Sohn etwas zum Essen macht, und weil morgens früh, wenn er in die Schule geht, das Wetter oft anders ist als mittags, sorgt sie dafür, dass er sich umzieht, und dann geht er entweder noch mal in die Schule oder zu seinem Freund.

Morgens geht es noch, Holly streckt das bisschen Haushalt, die Nachmittage aber sind schwierig. Myers kommt gegen sieben abends. Nach der Arbeit im Sägewerk geht er für ungefähr eine Stunde mit ein paar Freunden in den

Kleinen Durst auf ein paar Bier, und andere sind schon da und neue kommen dazu. Er kommt auf seine Kosten in puncto Geselligkeit, sagt Holly und hört sich dabei etwas beleidigt an. Sie sollte sich auch wieder um einen Job bemühen, aber sie kann sich nicht aufraffen. Nicht auf die Uhr zu sehen, abgesehen von den paarmal, wenn sie etwas für Myers zu tun hat, Frühstück, Abendessen, das hat auch viel für sich, sagt sie. Den Tag dahinziehen lassen. Nur, der Leerlauf nachmittags. Es gäbe zu tun, irgendwas zu putzen, sie liest auch gern, bloß bleibt der wunde Punkt dieses Aufraffen, einen Entschluss fassen. Der Mensch braucht etwas Kontakt, sonst wird er sonderbar: Das finden alle, die sich im Salon treffen. Aber sogar gesundheitlich geht es Holly besser, wenn sie die Nachmittage nicht allein zwischen ihren eigenen (hübschen) vier Wänden verbringt. Zu Haus hat sie Kaffee von ihrer Lieblingssorte, eine schwarze bittere Espresso-Mischung, und doch wird ihr danach oft übel, nie aber von Vanessas Kaffee oder erst recht nie, wenn Christa ihn macht, er schmeckt weniger seicht, oder ist es psychogen?

Holly kommt immer um halb zwei, auch diesmal steht sie zwei Minuten zu früh vor der verschlossenen Tür im Rundbogen. Christa hat sie gesehen, schließt auf, mit der andern Hand macht sie noch ihre Jeans zu, sie lacht und sagt: Ich war gerade auf der Toilette. Sie zieht ihren kleinen kurzärmeligen hellblauen Pullover über die Jeans, er wird wieder hochrutschen, und ihre Haare, von Holly sofort mit Überschwang gerühmt, schimmern heute in metallischem Blattgold. Es sieht wundervoll aus, so kühn möchte ich auch mal sein, schwärmt Holly, und Christa macht kein Theater, sie ist nicht überrascht oder sonderlich geschmeichelt, weil sie sachlich-fachlich Hollys Komplimente für gerechtfertigt hält, diese Tönung ist in Ordnung, basta. Holly ist eingetreten, und vom Vorraum mit der Kasse und den Regalen voller Produkte für die Haarpflege und Kosmetik-Präparate und Perücken ruft sie ins Salon-Innere, Vanessa dort vermutend: Ich muss saniert werden, dringend! Nun restauriert mich mal schön!

Ich bin heute allein, sagt Christa, die Vanessa muss zum Arzt. Mit einer Geste leitet sie Holly in den Behandlungsraum: Suchen Sie sich den besten Platz aus. Ich habe heute nur Kundinnen mit Voranmeldungen, wenn keine Laufkundschaft dazwischenkommt, müsste alles klappen.

Zum Arzt? Was Schlimmes? Holly sitzt vor dem zweitletzten ovalen Spiegel der Fensterreihe, sie hat es getestet, in dem sieht sie am günstigsten aus. Auf der dem Fenster abgekehrten Seite befinden sich die Plätze vor den Waschbecken. Sie schlägt die Beine übereinander, knapp vor dem Regal mit den Lesezirkelmappen mit Illustrierten und Frisurmodeheften. Hoffentlich nichts Schlimmes, bei Vanessa?

Wie mans nimmt, sie muss operiert werden. Es sollte eigentlich diese Woche sein, und das wäre auch besser gewesen, weil nächste Woche auch mein Sohn operiert wird …

Oh je, wie grässlich!, schiebt Holly dazwischen, während Christa ihr ein Frottiertuch und darüber ein Plastikcape umhängt.

Ja gut, sagt Christa, es ist halt Pech, und ein paar Tage lang müssen wir den Laden dichtmachen, und der achtzehnte Geburtstag meiner Tochter kommt auch noch dazu. Kann man nichts machen. Die OP von Vanessa musste verschoben werden, weil der junge Doktor Stork gesagt hat, er will seinen Vater dabeihaben. Es wird kompliziert. Vanessa hat ihn gefragt: Machen Sie das etwa zum ersten Mal, jetzt bei mir? Christa lacht. Dann erfährt Holly von Vanessas vielen Vernarbungen aufgrund früherer gynäkologischer Eingriffe, und dass sie gleichzeitig etwas Fett abgesaugt kriegen will, und damit die Kasse zahlt, braucht sie noch eine medizinische Begründung, aber die bekommt sie natürlich. Die Vernarbungen haben große Schmerzen gemacht.

Vielleicht wird sie dann auch ihre Schwitzschübe los, sagt Holly. Und was ist das bei Ihrem Sohn?

Mit einem breitzinkigen Kamm pflügt Christa Hollys mittelkurzes Haar. Vor dem Waschen sieht es nach mehr aus, weil Holly zwischendurch flüssige Tönung und immer wieder auch Spray draufgeschmiert hat, und auch von Schmutz hält sie viel, weil er die Dinge zusammenhält und mehr aus dem Haar macht, als damit los ist. Auf der Schädeldecke ist ziemlich viel Grau nachgewachsen, außerdem schimmert die Kopfhaut durch. Im Salon geniert man sich nicht. Holly genießt die Offenheit, die sie sich ihren Freundinnen gegenüber verbietet. Schmach und Schande über diese Haare! Altwerden ist widerwärtig. Christa lächelt. Es ist nicht nötig, zu widersprechen. Sie muss zum Telephon, es hat geklingelt, und Holly hört wieder von Vanessas Operation und dass der Laden ein paar Tage zu sein wird, weil auch Christas Sohn operiert wird, es lief nicht nach Plan, denn der junge Doktor Stork will seinen Vater als Assistenz haben, der Sohn muss aber in der verabredeten Woche in die Klinik, da haben sie in der Schule Projektwoche, deshalb, sagt Christa. Ihrer hessischen Einfärbung hört man noch immer die rumänischen Großeltern an, sie klingt ein bisschen bröckelig mit oft gerolltem Zungen-R. In Vanessas Hessisch ist es der ungarische Akzent, der durchdringt und zum Mondänen sein Teil beisteuert, ihre Sprechweise, von geringschätzigen Zwischenlachern aufgehellt, hat etwas Seichtes, wie obenhin Gesagtes, und Holly weiß nie genau, was sie davon halten soll: Was meint Vanessa ernst, was denkt sie wirklich? Bei Christa ist man immer sicher, alles ist handfest, bodenständig. Die meisten Sätze, wenn es sich um Antworten handelt, beginnt Christa mit einem den Einstieg in die Grammatik erleichternden *Ja gut*. Ja gut, sagt sie jetzt am Telephon, morgen gleich um acht, das ginge noch.

Christa gibt Auskunft: Der Urologe sagt, er ist jetzt sieben, später sollte man es nicht machen. Die Vorhaut ist zu eng. Sie ist schon ein paarmal geweitet worden, aber trotzdem, und noch dringender ist das mit seinen Hoden. Mal sind sie da, mal sind sie nicht da. Der Urologe sagt, dass bei diesem Befund später mal Unfruchtbarkeit vorkommen kann. Es ist keine große OP.

Holly bewundert Christas freundlichen Gleichmut. Wie sachlich und wie offen diese Leute sind, denkt sie, fast bin ich es, der diese Berichterstattung peinlich ist. Mit *diesen Leuten* meint sie die aus den Blocks der Lincoln-Siedlung, von der die Bahnlinie mit der rotweißen Schranke die Bewohner der Westpark-Anlage trennt, und zu denen gehört sie, die dringend hofft, im Salon angenommen zu werden, was ja auch so einigermaßen hinhaut.

Und hat er Angst? Ich meine, ists ihm mulmig oder so?

Ja gut, er ist erst sieben, Angst hat er keine, aber es ist nicht wie alle Tage. Deshalb kann ich auch nicht weiterarbeiten, ich muss mich im Krankenhaus blicken lassen und um ihn kümmern und so.

Aber ja! Natürlich! Unbedingt! Holly will einen mütterlichen intensiven Eindruck machen und noch etwas über das Ergreifende an Kindern tiradieren, bezweifelt aber, dass Christa daran Gefallen fände. Sie braucht so etwas nicht. Es ist selbstverständlich.

Gerade hat Holly den Kopf zurückgelegt, ihr Nacken ruht auf der Plastikrutsche zum Waschbecken, bereit, von Christa mit Wasser umspült zu werden, womit die auch, vorerst mischend, angefangen hat, da klingelt wieder die Telephonterz, und Holly lobt: Ihr seid gefragt! Christa eilt sich nicht besonders, muss aber mit Holly aufhören, und wieder erklärt sie einer Kundin die Lage: Die Vanessa wird nächste Woche operiert, heute kommt sie höchstens noch mal nach dem Arzt vorbei, und ich mache den Laden allein, aber dann … Die Kundin ist an der Reihe, spricht,

Christa wartet, beginnt: Ja gut, entweder heute so halb fünf rum oder dann Freitag um halb neun.

Für die Stammkunden, wenn es ganz dringend ist, komme ich auch am Samstag, sagt Christa, zu Hollys nassem Kopf zurückgekehrt und ihn eine Zeitlang geduldig warm umspülend, dann massieren ihre kleinen tüchtigen Finger gründlich das Shampoo in die Haare, und Holly spürt ein angenehmes Kribbeln auf der Kopfhaut, nicht nennenswert schwächer als bei der kräftigen Karin, die nicht mehr finanziert werden kann.

Eine Kundin ist eingetroffen, grüßt ein bisschen müde, setzt sich vor einen Spiegel, hat schon ein Lesezirkelheft genommen und sagt: Ich habs mitgekriegt, Vanessas Operation, und dass ihr eine Woche zumacht. Das habt ihr nicht besser organisieren können, oder?

Ja gut, sagt Christa, wir hatten es gut organisiert, aber die OP von meinem Sohn ließ sich nicht verschieben.

Wie jetzt wird sie es heute noch viele Male erzählen, warum es sich nicht besser einrichten ließ. Die müde Kundin liest beim Zuhören und lächelt, als Christa sagt: Und der Kleine schämt sich natürlich auch ein bisschen vor den anderen in der Klasse. Die wollen genau wissen, was er hat. Christa lächelt auch.

Bei meinem Neffen wurde das vor achtunddreißig Jahren schon gemacht, erzählt die Kundin. Sie darf jetzt ans Waschbecken ihrem Fensterplatz gegenüber, denn Holly, trockengerubbelt, sitzt nun wieder auf ihrem Sessel, nachdem sie sich aus einem Körbchen eine Lesebrille gefischt hat. Wie alle andern ist auch diese an den Bügeln ausgeweitet, weil sie vom vielen Stopfen zwischen die Wicklerdschungel auf den Köpfen strapaziert sind. Plötzlich wird der Laden ziemlich voll, mit der alten stämmigen Frau Fuchs, deren Herrenhaarschnitt erneuert werden soll, einer sehr zierlichen ältlichen Frau mit einer rotbraunen Haarwucht, deren komplizierte Frisur, wie Dampfschiffaufbauten gestapelt, nur die Friseusen herstellen können und die zu Hollys übertrieben eifersüchtigen Haarmassen-Schmeicheleien jedes Mal sagt: Ich gebe Ihnen gern was ab.

Und es kommen die zwei wabbligen uralten Schwestern, die sich immer, wenn die Prozeduren es erlauben, an der Hand halten, stumm sind und vor sich hin lächeln, und Christa, unerschrocken angesichts der verschiedenen Manipulationen an den vielen Köpfen und mit Übersicht bei der Reihenfolge, hat Glück, weil sie nun allen zusammen und gleichzeitig von Vanessa und ihrem siebenjährigen Sohn berichten kann. Alle nehmen an den OPs Anteil und bleiben ruhig dabei, erst recht, wenn Holly einen ihrer affektiven Kommentare dazwischenruft, und Holly bewundert wieder die Gemächlichkeit der anderen Frauen und fragt sich: Ist das Weisheit? Lebensweisheit? Die Frau mit der nur in Etappen zu domestizierenden Haarwucht klammert sie aus, denn die sagt überhaupt nichts: Wie jedes Mal blickt sie sich selber ernst ins gespiegelte Gesicht. Und mitten hinein in die OP-Miseren wird über Abwesende und über eigene und überlieferte Krankengeschichten geredet. Einige wollen Kaffee, andere nicht. Eine dicke ältere Frau kommt gleich aus dem Vorraum in den Salon, sie stöhnt, sagt: Ich habs gehört, Christa, du bist allein, aber ich muss rüber ins Stift, mein Mann ist gestern operiert worden, Darmverschluss, es war zuerst eine Fehldiagnose, die Ärztin gab ihm Tropfen für den Magen, aber er hat die ganze Nacht durch weiter gekotzt und musste dann mit Blaulicht ins Stift, und sie haben ihn sofort operiert. Jetzt ist er ansprechbar, ich muss hin, aber mach mich vorher zurecht, Christa.

Die Frau darf bleiben. Während einige entweder vor sich hin dösen oder von gehörten und selbst erfahrenen Fehldiagnosen reden, kümmert sich Christa um Holly, bei der inzwischen das Tönen dran ist. Christa erzählt: Der achtzehnte Geburtstag wird immer groß gefeiert. Und meine Tochter hat Naturlocken, das dichte Haar hat sie von mir, mein Sohn hat dünnes feines Haar, und das hat er von seinem Vater. Aber was macht meine Tochter mit dem lockigen Haar? Sie bügelt es.

Ach du liebe Zeit!, ruft Holly. Ich dachte ja oft bei sehr glatthaarigen Mädchen, dass es wie gebügelt aussieht, aber dass sie das wirklich machen! Und wie überhaupt? Das kann man doch gar nicht bei sich selber? Machen Sie es? Legt sie den Kopf aufs Bügelbrett?

Nein, ich weigere mich! Christa lacht ihr gutmütiges ruhiges Lachen. Eine Freundin machts, und meine Tochter bei einer andern Freundin. Und sie legen wirklich den Kopf aufs Bügelbrett. Ich sag immer: Sonst holst du das Bügelbrett nie raus, aber für die Haare, dann ja. Es ist nicht gut für die Haarspitzen.

Diese jungen Dinger machen euch noch brotlos. Haare straff zurück und im Nacken hochgebunden oder gesteckt, nicht allen steht es, viele kriegen Eierköpfe.

Die müde, freundlich gegen ihren Mittagstiefpunkt kämpfende Frau hat sich gemeldet. Sie gähnt. Meine Enkelin ist erst dreizehn, aber sie fängt auch schon mit dem Bügeln an und nicht für die Wäsche. Die Frau lacht, gähnt wieder, wirkt zufrieden. Ja, sie hätte jetzt gern einen Kaffee.

Christa sagt, dass trotzdem bei vielen eine Dauerwelle drin ist, eine leichte.

Sag mal, Christa, sagt die müde Frau, habt etwa Ihr die Frau Webber auf dem Gewissen? Ich sah sie gestern, und sie hatte ein Farbe wie Orangenmarmelade auf dem Kopf.

Die war bei *Harry's*. Christa ist vergnügt, nicht gehässig. Und das hab ich davon, hat sie gesagt, sie kam gleich hinterher zu uns in den Salon. X Packungen dies und x-mal das und noch ein Sälbchen, sagt sie, und bis auf den letzten Cent hat sie ihr Portemonnaie geplündert. Nichts mehr übrig für ein Trinkgeld. Christa lacht wieder.

Frau Webber, sagt Holly, ist das diese Rosige? Mit einem blassen Teint ginge Orangenmarmelade vielleicht. Und wenn das Gesicht schmal wäre. Dann sähe sie wie eine Madonna aus. Den jungen Mädchen mit schmalem Gesicht stehen diese zurückgestriegelten und hinten aufgesteckten Frisuren sehr gut, ich finde sie toll.

Holly versucht, sich abzulenken: Einwirkungszeit ihrer Tönung fünfzehn Minuten, die Christa, weil sie in gleichmäßiger Ruhe ringsum viel zu tun hat, vermutlich wieder einmal überschreitet, trotz Piepston vom Wärmestrahler über Hollys Kopf. Sie muss sich vom Gedanken ans Trinkgeld ablenken. Geiz ist nicht der Grund. Warum ist das immer so schwierig? Der Schein liegt schon griffbereit in ihrer rechten Jeanstasche, ein Fünfer, eigentlich zu viel. Holly will, dass Christa sieht, was sie von ihr kriegt, und deshalb steckt sie den Schein nicht in den kleinen schwarzweißen Schiffsrumpf für die Extras, das Boot *Für Schiffbrüchige* dient als Kaffeekasse, und Holly möchte, dass der Fünfer nur für Christa ist und dass er ihr imponiert.

Die Frauen reden über Spargelrezepte und eine missglückte Bandscheiben-OP und dass die meisten Rezepte spleenig sind, und beim Thema Vorsorge sagt Frau Fest: Ich sag immer, eine Vollkasko-Versicherung gibt's nicht.

Christa sagt: Ich weiß jetzt endlich, woher meine Rückenschmerzen kommen. Der Internist sagte, diese Orthopäden-Spritzen betäuben bloß, und ich sollte eine Kernspintomographie machen, und da hat man dann drei Zysten am Steiß entdeckt. Operieren kann mans nicht, wegen der Nerven drumherum, aber irgendwie einschrumpfen lassen kann man sie.

Nicht von allen, viele sind zu verdöst oder in ihre Illustrierten vertieft, hört sie Zusprüche: Lass es sofort machen! Holly gehört zu den Eifrigsten, und Christa wird es machen lassen, sobald Vanessa den Laden zwei Tage allein schmeißen kann.

Heute gab es bei Christa ein Asia-Gericht aus der Gefriertruhe, von Milchzucker stand nichts auf der Packung. Der Sohn könnte jeden Tag Pommes essen oder Nudeln, Ketchup drüber, und mit Ketchup hat er auch das Asia-Gericht runtergekriegt. Nachher wird Christa sich ein Stück Schokolade gönnen, richtige Schokolade, keine auf Soja-Basis, aber wirklich nur ein einziges Stück, sehr schwierig! Mindestens einmal im Verlauf der Prozedur steigt Holly unter all ihren Umhängen und mit den Wicklern auf dem Kopf die kurze Treppe rechts in den Zwischenstock rauf, sie sagt *Das ist der Kaffee* und muss aufs WC. Auf dem kleinen Tisch im Privat-Kabuff, in das sie jedes Mal einen Blick wirft, rührt sie die angebrochene Schokoladentafel.

Mit der kräftigen dunklen Tönung sieht Holly zufriedener aus, sie findet ihr Haar nicht mehr so räudig wie vorhin nach dem Waschen, und nun muss Christa mit dem Rundfön mehr Masse herauslocken. Holly hat gemerkt, wie sich in den letzten Minuten, es ist schon vier Uhr geworden, Nervosität durch ihren ganzen Körper schlich und die genussvolle Salon-Gemütsverfassung dahinschwand. Schnellerer Puls. Geht das den anderen Frauen auch so? Im letzten Akt, kurz vor dem Schlussbild mit dem definitiven Urteil über das Aussehen in den kommenden Tagen, bis zur Eingewöhnung ins Unabänderliche? Nein. Holly beobachtet Zufriedene, auch Gleichmütige, sogar Gähnende! Aber immer gegen Ende einer Friseursitzung bemächtigen sich ihrer argwöhnische Ängste. Sie schmeckt ihr nicht, doch sie braucht noch eine Zigarette. Ihr Mund ist ausgetrocknet. Sie wissen ja, da drüben hängt mein Idealkopf, sagt sie, die jetzt vornübergebeugt, Kopf nach unten, gefönt wird. Auch ihr: Hauptsache sauber, wenns nichts geworden ist, klingt hollygemäß erheiternd, Christa ahnt nichts von Panik. Holly fürchtet sich vor der Schere in Christas Hand und vor dem Satz: Jetzt gleichen wir noch ein bisschen aus. Die Spitzen müssen weg. Außerdem findet sie (wohin ist ihre mitempfindende Wärme für die tapfere tüchtige kleine Frau?), dass Christa (wieder einmal) nicht lang genug geföhnt hat, es müsste mehr an Locken herauszupusten sein. Nur die künstliche Komik rettet; es hört sich grotesk an, ist aber Hollys bitter-trauriger Ernst: Bitte mehr Hinterkopf, wenn sich das machen lässt.

Das wird schon noch. Christa beruhigt, aber der Föhn wird nicht mehr eingestöpselt. Christa *gleicht aus*.

Länger wirds nicht. Bitte nur Millimillimillimeterchen!

Nur die Spitzen. Christa lächelt gutartig. Die sind gesplittet.

Aber die Fransen lassen wir besser, wie sie sind. Myers hat gern lange. (Myers, wenn er überhaupt Stellung nimmt, schimpft: Das Zeugt hängt dir über die Augen. Beim Zigarettenanzünden wirst du Feuer fangen, und alles wird lichterloh abbrennen. Du siehst wie ein Berber aus.)

Holly achtet nicht darauf, welche Kundin das ist, die sagt: Mit Ihrem Mann haben Sie Glück. Meiner merkt nicht mal, dass ich beim Friseur war. Ich könnte mit quietschgrün auf dem Kopf nach Haus kommen, und er würde es nicht merken.

Offenen Auges und mit gewohnter Genugtuung (Christa schwenkt den Spiegel) genießt Holly ihren lockig aufgeblähten Hinterkopf; aber nur mit ihrem speziellen Nach-dem-Friseur-Schleierblick, flüchtig, verschreckt, nickt Holly ihrem Frontal-Anblick im ovalen Spiegel zu, das Nicken gilt als Einwilligung in Christas Tat, oder Untat – was auch sonst soll man machen? Trotzdem bleibt Holly der Spaßvogel, grüßt die Kundinnen zum Abschied und sagt: *Ade, Idealkopf!* zum schönen gerahmten Mädchen mit der dreifachen Haarpracht. Christa dankt für den in der Jeanstasche erhitzten Fünfer, und Holly geht.

Es ist dummerweise windig, dummerweise kommt der Wind aus jeder Richtung. Die Bahnschranke muss lange geschlossen gewesen sein, denn vor ihr haben sich in beiden Richtungen lange Autoschlangen gebildet. Der Gegenverkehr irritiert Holly: Alle Insassen glotzen sie an, und sie weiß nicht, wie sie aussieht. Sie weiß es zu Haus auch erst nach einer Rast mit ermutigendem Whisky im Sessel, Beine hoch, dann riskiert sie die drei aufklappbaren Alibert-Schrankspiegel im Bad: Gelungen! Es sieht gut aus! Besonders links, Profil. Es ist nicht der Idealkopf aus *Vanessas Salon*, aber es ist Holly vom Besten, wird es erst recht sein, wenn sie mit gespreizten Fingern durch die noch zu eng anliegenden Locken fährt und das Ganze aufbauscht.

Holly verwöhnt sich mit einem zweiten Whisky. Sie ist gerührt. Sie setzt sich in der Diele vor den langen Spiegel, wählt in der Tastatur des Handys den Anschluss *Vanessas Salon*, es dauert nicht lang, bis Christa sagt: *Vanessas Salon*.

Hallo, Christa, ruft Holly, die ihren Namen nicht nennen muss, weil sie ihrer unverkennbaren Stimme gewiss ist. Ich weiß, ich störe den Betrieb, aber ich hab vergessen, noch mal alles Gute für die zwei Operationen zu wünschen! Sagen Sie es Vanessa, bitte. Und besonders Glück für Ihren kleinen Sohn!

Danke, ich werds ausrichten.

Und lassen Sie das mit dem Einschrumpfen dieser blöden Zysten bald machen! Überarbeiten Sie sich nicht! Unsere Frisuren sind nicht so wichtig wie Ihre Gesundheit! Wirklich nicht!

Christa lacht kurz, unaufwendig, wie es zu ihr passt, und Holly denkt: Was für eine bescheidene Frau, und so tüchtig, so tapfer. Sie nimmt die Dinge, wie sie sind, packt sie an, sie hat keine Wahl. Holly hat noch Zeit, bis sie für Myers und sich den Abendimbiss richten muss. Sie blättert im Adressbüchlein, plant ein paar Telephonate. Der Mensch braucht Kontakt. Falls sie sich nicht verplaudert, kriegt Myers heute Abend was Ausgefallenes. Hallo, Isi, man könnte sich mal wieder verabreden.

Pfarrer Bonnets Start in den Tag

Besorgtes Schweigen. Dann war er allein im Schlafzimmer. Es ließ sich nicht mehr aus der Welt schaffen: Diesen Tag hatte Bonnet mit einem Fluch begonnen.

Ich finde unser Leben grotesk, resümierte er. Er bewegte die Lippen dabei. Sein Mundraum war von bitterem Geschmack ausgeschlagen.

Gestern Nacht hatte er zwei Becher Tee aus Wermutkraut benötigt, um seine wellenförmig durch den Magen-Darmtrakt säuselnde Übelkeit loszuwerden. Ich finde auch das lächerlich, fügte Bonnet seinem Fazit hinzu: diese sektiererische Tee-Therapie. Werde zu Schnäpsen zurückkehren. Nicht abschweifen, warnte er sich. Morgendliches zielloses Herumsinnieren empfand er neuerdings als Gefahr. Er beobachtete sich seit ein paar Monaten bei zu gutem Schlaf in den ersten Tagesstunden. Früher waren ihm die zerlöcherten halbwachen Träumereien unheimlich gewesen. Was würde der einfach konstruierte Doktor Firstgold einem Patienten raten, der sich über zu guten Schlaf beschwerte? Bleib bei der Sache: Bonnet gab sich wieder Befehle. Die Hüpfschritte seiner guten alten Ehekameradin beabsichtigte er sich nochmals vorzuknöpfen. Vom Bett aus sah er allmorgendlich ihrem Treiben zu, seit er selber nur noch so schlecht aus den Federn fand. Vielleicht handelte es sich um Neid auf ihren Morgeneifer, er war sich nicht ganz sicher, sagte aber jetzt halblaut: Ich finde unser altes gemeinsames Leben höchst sonderbar, in seiner Groteskheit rührend und anstrengend, manchmal bis zum Gepeinigtsein – doch möchte ich mich absolut nicht von ihm trennen.

Kleine bescheidene Badezimmergeräusche, und über dem Bedürfnis, Frieden zu schließen und etwas, das dorthin führte, einzuleiten, schlief Bonnet noch einmal ein.

Was bei unselbständigen Menschen, die gedankenlos die Welt in Redensarten interpretierten, *mit dem linken Bein aufstehen* hieß, widerfuhr dem achtundsiebzigjährigen Pfarrer Bonnet am Donnerstag der letzten Aprilwoche, und weil er sich in dieser Materie gut auskannte, wählte er gegen die trübe Funzel seines kreatürlichen Haders den Wirkstoff offener Unmutsbekundungen. Umso länger konnte sich der Geist gegen die wahren Gegnerschaften wehren. Der Pfarrer Bonnet kannte den intellektbezogenen Anlass für seinen Groll, aber er wollte das pur Instinktive, den unverfälschten und simplen Reflex auf die Premiere der Offenbarungen noch ein wenig walten lassen.

Seinen ersten Feind der nicht spirituellen Sorte erblickte er, nach dem definitiven Aufwachen, in seinen Pantoffeln, und folgerichtig schnauzte er diese an:

Ihr törichten Monster, ihr Kreislaufsägen!

Verdienten sie doch wenigstens, Pantoffeln genannt zu werden. Des Pfarrers bemächtigte sich eine umgreifende Empörung, denn der Tag für wehmütige Erinnerungen, der war heute entschieden nicht. Wäre jemand im Zimmer gewesen, dann hätte Bonnet sich damit erfrischt, vor Zeugen zu schimpfen: Da haben wir den freien und angeblich reich bestücken Markt der Weltwirtschaft, und was geschieht? Geld, unser aller einzelnes und sauer verdientes Geld, wird verschleudert, verprasst, unterschlagen, falsch verwendet – wofür denn alles? Wir Idioten wissen es nicht einmal genau, aber wenn wir dann ganz bestimmte Pantoffeln suchen, einen genau zu definierenden Bequemlichkeitswert mit ästhetisch einleuchtender Komponente, so werden wir es, gekillt von schlechter Luft bei künstlicher Beleuchtung und Unterhaltungsmusik, völlig vergebens tun. Wir werden nichts den braunbeigekarierten Gefährten aus früheren Tagen Vergleichbares finden. Unsere Ansprüche sind nicht verwegen, aber als fast unschicklich werden sie abgeschmettert. Geben wir uns trotzdem bloß nicht als Anhänger alter Zeiten zu erkennen! Das sind wir ja erstens nicht rundum, keineswegs pauschal, oh nein – und zweitens führt es zu den übelsten Missverständnissen.

Missverständnissen bei wem denn eigentlich? Wie viele Bonnets liefen denn überhaupt heutzutage noch durch die Straßen, wie viele nachdenkliche und nicht abgestumpfte Menschen, die sich beim Blick auf Altersgenossen fragten: Was denn, alter Möchtegern und Griesgram, was denn, du kaufhauswütige Dickmamsell, was denn hast du in der Nazizeit gemacht? Bist mitgelaufen, hast *dafür* sein können, nicht alles so übel gefunden, ein bisschen da und dort auch denunziert, dein Schäfchen ins Trockene gebracht, ein paar Ehrenämter übernommen und die Leiter raufklettern können und dir dafür irgendwelche Orden anstecken lassen.

Ach! Und alle diese Sünder freuten sich auch in diesem April einmal wieder, einmal mehr, wie nach Gesetzesbuchstaben, über den vulgär knospenden und aufplatzenden Frühjahrsbeginn, in voller Selbstgerechtigkeit. Nach inoffizieller Rechtsprechung. Recht recht recht so! Recht so, dachte auch Bonnets Familie, wenn sie dem Alten dabei zuschaute, wie er am Garten Gefallen fand. Oh ja, und er konnte Gefallen daran finden. Sofern ihm nicht alles Mögliche, das dagegensprach, einfiel. Aus purer Faulheit und keinem andern Grund hatte er noch immer kein Geld aufs Spendenkonto einer der Hilfsorganisationen überwiesen – worum ging es denn diesmal? Um eine Hungerkatastrophe, die Bonnets Religiosität interessant machte. Er dachte beim vorsichtigen und gleichzeitig gierigen Betrachten schrecklicher Fernsehbilder mit größerem Mut zur Dialektik als gewöhnlich an den persönlichen Gott.

Aber weder an Gott und an die dem Menschen noch nicht bekannten Galaxien wollte er jetzt schon denken, noch an den Hauptfeind dieses Donnerstags, den Kirchenmann, der als Nazi angefangen und später, viel viel später verglichen mit Bonnet, zum Widerständler umgeschwenkt war, nein: besser für ihn, er bliebe noch eine Weile der Schuhindustrie zugewandt. Für empfindliche Füße und dünne Fersenknöchel war nichts mehr vorgesehen. Der Mensch war zu einem Einheitsprodukt verkommen. Was den meisten gefiel, hatte jedem einzelnen zu gefallen, und ein Einzelner musste sich ohnehin schleunigst verwandeln oder tarnen und mit den vielen anderen sich zur blöden Summe zusammenzählen.

Wie passte die freundliche und hübsche, hellhäutige Hand seiner Schwiegertochter in Bonnets heute stark geschwärztes Bild vom Zustand der Menschenwelt? Gar nicht gut, denn diese Hand, die ein wenig fleischig war und von Bonnet sehr geschätzt wurde, gemahnte ihn an sein individuelles Glück, und dem wünschte er sich jetzt nicht in Dankbarkeit zuzuneigen. Seine Schwiegertochter stellte ihm die Morgengabe auf die Wäschekommode, die erste Tasse Kaffee, und sie sagte dazu die ebenfalls ritualhaften, immergleichen vier Wörter:

Schwarz und ohne alles.

Mit Bonnets Lieblingsgeräusch, ihrem Lachen, entfernte sich die Schwiegertochter. Bonnet nahm erste und befriedigende Schlucke zu sich. Sein Schwung vervollkommnete sich, und er dachte: So absurd, wie es ist, dieses Leben, und wie wir es aufteilen, angeblich führen, in Wirklichkeit dahinbringen, so absurd es ist, es ist nicht drauf zu verzichten.

Gelegentlich erschreckte es ihn, wenn er sich klarmachte, auf welche Simplizität seine Bedürfnisse heruntergekommen waren. Viel zu oft dachte er wie an das Hauptsächliche an Essen und Trinken. Er las nicht mehr mit Geduld. Die Bilder in seiner Wohnung schaute er kaum mehr genau an. Wäre die Schwiegertochter nicht und durch sie die beiden kleinen Kinder, Bonnet hätte ohne Musik gelebt; so aber, im Zusammenleben mit der kleinen optimistischen Familie seines Sohns, hörte Bonnet Blockflötenstückchen.

Er *selber* vollführte jetzt einige körperliche Übungen. Vor Zeugen wäre er dazu nie bereit gewesen. Handelte es sich bei den Frauen um die größere Unschuld, oder war es vielmehr Unverfrorenheit, ungebrochenes Fleischesbewusstsein, das sie in Selbstdarstellungen trieb? Bonnet fand weder seine Frau, deren Naturell doch das eines schüchternen Menschen war, noch seine Schwiegertochter grundsätzlich gehemmt und verlegen und – immer auf dem körperlichen Gebiet – vor Zeugen behindert, so wie er es war.

Ihm kam jetzt, beim Hals-Schulter-Training, die lachwillige und oft geradezu schmachtende Bezirzbarkeit seiner Schwiegertochter in den Sinn, und er fasste noch ein wenig mehr Tagesmut. Oh, und da war sie ja, die Spinne von gestern Abend. Beweiskräftig schien Bonnet dieser Fund, und genau im richtigen Moment wurde er gemacht. Seine Assoziationen leiteten Bonnet wieder in den Gegensatz von Individuum und Massengesellschaft, wobei das Nachdenken über die im Allgemeinen ärgerliche Bezirzbarkeit der Frauen sich ein wenig verlor. Die Spinne hatte sich diskret und individualistisch in die Nische zwischen Nachttisch und Wäschekommode zum Sterben zurückgezogen. Eine würdevolle und vornehme Tote lag dort. Tiere überhaupt, freilebende Tiere, fielen dem Menschen nicht zur Last, wenn es ans Sterben ging. Tote Vögel setzten dem Menschen nicht dadurch zu, dass sie auf seinem Weg lagen. Die vielen vielen Toten, die es unter den Tieren dauernd geben musste, bekam man nicht zu Gesicht.

Bonnet wünschte sich beim Blick auf das einem Schmutzrest ähnliche, zusammengeschnurrte bräunliche ehemalige Lebewesen keine Zerknirschtheit. Lieber gab er dem Geist der Übertreibungen wieder nach. Nähme sich der Mensch, die angemaßte Krönung der Schöpfung, nur ein Beispiel an … woran? Das führte nirgendwohin. Auf eine zutreffende Metapher besann Bonnet sich umsonst. Er musste und wollte an den berühmt gewordenen Kirchenmann denken, dessen Begräbnis den Stadtvätern die geltungssüchtigen phantasielosen Köpfe verdrehte, doch zum Spinnenkadaver wies kein wirklich erhebender gedanklicher Weg. Mit der Hausschuhspitze versetzte Bonnet der toten Spinne einen Schubs, zimmerwärts, damit jemand anderes sie dort fände, jemand mit dem notwendigen Schwung, die sang- und klanglos Entschlafene zu entfernen. Seine Schwiegertochter sähe Bonnet bei dieser Tätigkeit lieber als alle anderen Hausgenossen, und er fing jetzt an, sich auf die heitere rheinische Eddi zu freuen. Obwohl es kein Tag für günstige Stimmungen war, doch, er freute sich, auch auf ihr hellblondes Haarkäppchen. Ihre Haare wusch sie alle zwei Tage. Merkwürdig, wie lustig und wie neugierig sie ihn auf solche Frauenbanalitäten machte. Richtig gut dran war er mit einer Schwiegertochter aus dem Rheinland. Eddi. Von ihm ließ sie sich das bieten: die Veränderung ihres Vornamens. Und zu Bonnets politisch-ästhetischer Gewissensgenugtuung sagte mittlerweile auch sonst im Familienkreis beinah niemals mehr jemand EDDA zu EDDI. Nichts allzu Germanisches durfte um Bonnet herum bemerkbar werden. Bei jedem Anklang an die Nazizeit setzte Bonnet eine Art Ekzem mit Juckreiz zu.

Wie durch ein Wunder und ohne dass Bonnet die Sache hintertrieb, hatten sein Sohn und Eddi in Kreuzenstadt keine Wohnung für sich und die Kinder gefunden – Bonnet hatte zugeraten, auf ein Haus erpicht zu sein: Denkt nur an die Kinder, denkt an die Scherereien mit Nachbarn, hellhörigen Wänden, ängstlichen und mäkelsüchtigen Mitmietern –, und demzufolge blieb die Hausgemeinschaft in Enge erhalten, erst seit etwa drei Jahren war dem Hausherrn Bonnet das recht so, erst seit er selber eigentlich keine vernünftige Zerstreuung mehr für sich erfinden konnte, und sein Sohn fuhr täglich zweimal dreißig Kilometer. Er war zum Institutsleiter avanciert und zufrieden mit dem Posten.

Vom Parterre des Hauses in den ersten Stock zu Bonnet hinauf drangen die paar Geräusche, die sich durch den Abtransport der beiden Kinder ergaben: Eddi kutschierte sie jetzt durch die Gegend, setzte die kleine Gloria an der Weggabelung ab, die zur Helen-Keller-Schule führte, und dann brachte sie das Tinchen in den Kindergarten, wo sie immer ein paar Minuten lang darauf wartete, dass Tinchen, mit einem passenden anderen Kind vereinigt, seine Mutter vergaß.

Sogar das Älterwerden kam Bonnet bei Eddi wie eine Etüde vor. Nichts vom üblichen und weinerlichen Frauenverwelken registrierte er an ihr. Du redest dummes Zeug, schalt man ihn, wenn er Eddi für UNVERSEHRTES JUNGSEIN loben wollte. Sie IST doch jung, sie ist es nicht GEBLIEBEN. Bonnet zog Vergleiche. Andere Frauen wurden, wenn es auf die vierzig mit ihnen zuging, andere verheiratete Frauen mit Kindern, sie wurden fleischig auch im Geist. Durch eine glanzvolle absonderliche Idee, einem Seitensprung gleich, war Eddi vor 37 Jahren auf dieser hochproblematischen Erde gelandet, unverdient für die Umgebung von Köln, wo sie aufgewachsen war – übrigens zwischen Leuten, mit denen Bonnet nicht viel anfangen konnte, mit diesen Schwiegereltern und Schwägerinnen seines Sohnes und ziemlich viel Anhang –, und zwanzig Jahre nach Eddis Aufscheinen in der Welt profitierte er, Bonnet, von diesem verwunderlichen Phänomen.

Am offenen Fenster führte Bonnet nun einige Armbewegungen aus, die an Vogelflugvorbereitungen erinnerten. Keine Birke war so träge wie die in seinem Garten. Bei anderen Birken zeigten sich schon erste grüne Blättchen, aber Bonnets Birke stand langweilig und kahl herum und produzierte nur bröselnde Samenwürmchen. Manchmal musste Bonnet sich an die großen schöpferischen Werke der russischen Dichter des vergangenen Jahrhunderts gemahnen, um nicht über die Birke zu nörgeln. So konnte er assoziativ umschwenken, und die Birke war wieder ein Baum mit russisch-literarischer Tradition, geadelt durch standesgemäße Großväter, und nicht mehr, wozu sie ihm zu oft verkam: ein Baum für Frauen, ein Baum, der im Frühjahr Allergien verursachte und die Volkskundler zu allerlei Blödsinn und Zauber anregte.

Du wirst alt, hatte Eddi gestern zu Bonnet gesagt, als er sich über die Enge in den Kaufhäusern und über die Anrempeleien beklagte. Und anstatt als Euphemismus zu begrüßen, was Eddi aus seinem Alter machte – nämlich einen Prozess oder, noch freundlicher: ein Ziel –, bellte er – aber jetzt erst – zurück: Alt alt alt! Du bist doch sonst nicht so phantasielos, meine kleine Eddi, was für eine Banalität! Das ist nicht das Alter, Kindchen, das sind orthostatische Schwierigkeiten, ist falsches Schuhwerk. Zugestanden, in deinem Alter weiß man davon noch kaum was …

Was gäbe es noch, an Beschimpfungsmaterial für später, wenn es zum Austausch mit den Angehörigen käme? Die Verschlechterung der Öffentlichen Dienste fiel ihm jederzeit ein. An die geringeren Leistungen der Müllabfuhr hatte man sich gewöhnt, und Bonnet sah voraus, wie sie alle sich fügen würden, was die neuen Leerungszeiten der Briefkästen betraf. Selbstverständlich, man hatte keine Wahl. Doch da war und blieb – blieb: sofern man dafür sorgte – die innere Kraft zur Rebellion. Wenigstens mürrisch konnte der Mensch die Verschlimmerungen seiner alltäglichen Verhältnisse beantworten.

Zweiter oder wievielter Feind an diesem Donnerstag? Bonnet vergaß das Mitzählen. Schon wieder ein schrill besonnter Tag mit gestochen scharfen Konturen, viel zu trocken, viel zu hell, als lohnte es sich, das unscheinbare Angebot zu bestrahlen. Die Ausbeute, das angeblendete Material aus staubigem Grün und Braun in den Gärten, verlockte Bonnet zu keinen Sommervorfreuden. Dementsprechend würde er sich äußern, nachher, falls Eddi schmachtend und guter Laune in Frühjahrsbekleidung ihm über den Weg liefe.

Verdorren wird die Erdkruste, wenn ihr so weitermacht, drohte Bonnet, wodurch er Regina Bonnet, seiner Frau, am Frühstückstisch etwas rätselhaft blieb.

Nur 30 Prozent Luftfeuchtigkeit, las er ihr aus der Zeitung vor. Das ist extrem wenig, das ist gefährlich wenig.

Vor fast vierzig Jahren war es Bonnet bei ähnlich gearteten klimatischen Bedingungen im Hochgebirge einmal sehr schlecht gegangen. Seitdem fühlte seine Seele sich zaghaft an. Bonnet empfand Druck in der Herzgrube. Grube? Schwellung, Aufwallung, alles, was hüglig war, kennzeichnete diese Gegend besser. Ihm saß etwas Abschnürendes in der Kehle. Er könnte älter und immer noch älter werden, egal, es würde ihn verblüffen, zu sterben. Er war unvorbereitet, bei ständiger Übung. Für *unpassend*, vergleichbar dem Sommerangebot draußen und in den Kaufhäusern und demzufolge wie nicht für ihn ersonnen, hielt er seinen eigenen Tod. Andeutungen hierüber waren bei ihm außer Gebrauch gekommen. Törichterweise erwarteten alle Menschen von einem Pfarrer nur Nettigkeiten über dessen Bereitschaft, diese Erde zu verlassen.

Regina Bonnet fing an, den Frühstückstisch abzuräumen, als Eddi ins Zimmer stürmte und rief: Ist das nicht ein herrlicher Tag heute, findest du nicht auch?

Ja, sagte Bonnet, es wäre nur hilfreich, wenn du die tote Spinne auf dem Schlafzimmerboden aus der Welt schaffen könntest.

Die New Yorker machen doch auch weiter

Es war Sonntag gegen elf am Frühstückstisch im Erker, böiger Westwind schlug Regen gegen die Scheiben, und die beiden alten Schwestern hatten ihr Quantum verzehrt. Was jetzt in Unvernunftsintervallen drankäme, wären die zusätzlichen Verwöhnungen. Während Otti, die Jüngere, in den »Erinnerungen eines alten Mannes« nach der Stelle suchte, bei der sie gestern mit dem Vorlesen aufgehört hatte, stieß die zehn Jahre ältere, fast blinde, gewitzte Geraldine einen Kaffeelöffel ins Himbeergeleeglas, zog ihn gefüllt heraus, leckte ihn genießerisch ab und sagte: Ich habe eine richtige Gier aufs Jüngste Gericht. Ich glaube, du liest mir erst mal wieder einen von diesen alten Artikeln über die Taliban vor. Du hattest versprochen, alles aufzuheben.

Und *ich* hatte vorgestern eine Gier, das alte Zeug wegzuschmeißen. Es würde nichts mehr sein wie vorher, hieß es nach dem 11. 9., und heute, was ist heute? Nur ein paar Monate später, was ist? Es ist alles, wie es vorher war. Oder: beinah alles.

Nicht in Amerika. Nicht für die New Yorker. Sie haben vom ersten Tag an weitergemacht, aber nicht wie vorher. Mit dem nächsten Löffel Gelee und ein paar Tropfen Rum experimentierte Geraldine in ihrer Teetasse. Und der amerikanische Präsident will auch weitermachen.

Lass uns lieber an diese Umfrage gehen. Bei größter Liebe zu ihrer Schwester hasste Otti deren Neugier auf diesen Krieg, wie sie ihn ungern nannte, wenn sie ihn überhaupt nennen musste, weil andere von ihm redeten und sie dann aufforderten: Sag auch was, Otti. Schmeckt das?, fragte sie ihre Schwester.

Ich bin nicht ganz sicher. Probiers. Etwas fehlt. Geraldine verlangte nach ihrer Stola. Beide hatten zwei Pullover und noch eine Strickjacke darüber an. Die alten Fenster waren undicht. Die hohen Heizkörper glühten, aber sie standen an den verkehrten Stellen. Die Schwestern waren zu faul, umzuräumen, und sie liebten ihren Erkerplatz. Das alte Haus hat was Fatalistisches, sagte Geraldine und zog sich noch mehr in sich zusammen, als Otti ihr die Stola umlegte. Das Haus ist wie wir. Kirschwasser, oder haben wir Himbeergeist? Es würde besser passen als Rum.

Wir haben Himbeergeist. Ich finds nicht schlecht mit Rum.

Wir haben uns schon als junge Mädchen betrunken, und es war mit Whisky, und unsere Mutter hatte diese Fehlgeburt, und ich fand es schändlich von unseren Eltern, dass sie so was machten, ich meine, dass sie Sex hatten.

Sex hatten! Du siehst zu viel fern.

Genauso viel wie du. Otti, du hattest versprochen, die alten Zeitungen aufzuheben. Ich kann mir nicht vorstellen, nach allem, was man von dort sieht, wie sie leben, Menschen wie wir …

Sie sind keine Menschen wie wir.

Otti klang schroff abweisend. Und woher willst du wissen, wie es in diesem Afghanistan aussieht? Du bist fast blind …

Ich kriege mit, dass es steinige, staubige, schrecklich hässliche Gegenden sind, lauter Geröll, und die Leute hocken und stehen nur herum, ich habe von dort noch nichts gesehen, was irgendwie behaglich wäre. Ich wüsste gern, wie sie wohnen und was die Frauen kochen. Was machen wir mit dem Rest von der Kürbissuppe? Kippen wir eine Dose Erbsen rein?

Otti lehnte es wie immer ab, am Frühstückstisch schon über den Mittagsimbiss zu beratschlagen, und brach sich einen Brocken vom Apfelkuchen ab. Er war Geraldine ruinenhaft geraten, lauter Fragmente, schmeckte aber, und Geraldine sagte *Pompeji* dazu.

Anni kriegt ein Kind, sie kriegen ein Baby, sie und Matthes, sagte Geraldine.

Das Studentenpärchen lebte oben in der Mansarde mit Benutzerrecht einer Gartenparzelle. Sie war eine kleine Blumenoase inmitten grün vermooster Wildnis: Geraldines Geschmack und beider Resignation angesichts der Wachstumsgier der Natur, Waffenstillstand, eine Niederlage.

Ja, nett, oder? Otti tropfte Rum auf ihr nächstes Kuchenrudiment. Mir hätte sie es gar nicht erst zu erzählen brauchen. Anni ist so dünn, man sieht sofort alles.

Armes Wurm, das Baby, sagte Geraldine.

Sie wollen endlich heiraten, sagte Otti. Anni hätte gern, dass das Kind später in der Schule einen richtigen Vater hat.

Wird dieses Kind überhaupt noch in die Schule gehen? Ich frag mich, ob es noch dazu kommt. Ob die Erde sich dann noch dreht. Geraldine wusste, dass sie Otti ärgerte. Aber ihr war es ernst damit, sie musste ab und zu darüber reden. Das Jüngste Gericht in Sichtweite wäre günstig für sie beide, sie hatten nicht mehr allzu viel Lebenszeit vor sich und müssten dann nicht so lang warten. In Särgen oder in Urnen? Geraldine war für Urnen. Otti schwieg sich darüber aus. Gut möglich, dass man doch auf der Welt Ende warten müsste, falls das mit der Auferstehung unverzüglich nach dem Sterben nicht funktionierte.

Wenn du das mit dem Baby schon so lang gemerkt hast, haben sie es noch im letzten Jahr gemacht. Und wie kann man so was noch machen, nach dem 11.9.? Geraldine klang etwas verlegen, als sie ergänzte: Zeugen. Unappetitliche Sache, genau besehen.

Das geht uns nichts an, sagte Otti. Sie angelte zwischen Toaster und Orangenkonfitüre nach dem dicken Couvert mit dem Fragenkatalog, adressiert an Dr. Geraldine Messner. Ab und zu wollen sie doch noch was von dir wissen, Schwesterchen. Wir sollten mal drangehen.

Wichtige Zeitgenossen sollten zu Wort kommen. Die erste Seite hatte schon ein paar Flecken abgekriegt.

Lies noch mal die Frage vor, in der es ums Weltende geht, bat Geraldine, und Otti las: »Wenn Sie sich klarmachen, dass die Sonne eines Tages ein roter Riese wird und die Erde dann vergeht und das Universum verglüht, empfinden Sie Trauer oder Erleichterung, eine Art Zuversicht, dass alles nicht umsonst war?« Otti schimpfte: Verdammt unlogisch! Dann wäre doch alles umsonst gewesen.

Geraldine hörte sich satt an, als sie sagte: *Ich* empfinde Genugtuung.

Die Fensterscheiben in ihren gebrechlichen Rahmen wackelten unter dem Ansturm einer nassen Böe. Wenn es in der von hohen alten Bäumen gesäumten Lindenstraße schon so wild zuging, musste es sich am nahen Ortsrand um den Orkan handeln, den der Meteorologe vom Dienst gestern Abend im Fernsehen wie ein Märchenonkel schaudernd angedroht hatte.

Endzeit, endlich. Apokalypse. Und die Menschen vermehren sich weiter wie die Mikroben, Anni kriegt ein Baby. Geraldine klang versonnen und interessiert, wie eine Wissenschaftlerin, gebeugt übers Mikroskop.

Rede bitte nicht mit den beiden so, sie freuen sich auf ihr Baby. Sei nett. Freundlich an Ottis Ratschlag war nur dessen Botschaft. Sie fürchtete die Skurrilität ihrer Schwester, die leicht als Kränkung misszuverstehen war. Fortpflanzung aller Art war auch ihr nicht geheuer. Ich bin eher schlechter dran als Geraldine, dachte sie oft. Obwohl sie jahrzehntelang die Gottesdienste der Markus-Gemeinde strampelnd an der Orgel begleitet und den Chor geleitet hatte, ging ihr eines Tages (der Pfarrer hatte *So gehts mit uns beiden nicht weiter* in einer letzten Umarmung geflüstert) der undeutliche Glaube verloren. Geraldine hingegen forschte sich mit jedem weiteren Schritt Richtung Tod den Chancen auf das, was hoffentlich danach an Besserem käme, neugierig entgegen. Sie berief sich auf Goethe, Goethe zu Eckermann, wonach »alle diejenigen auch für dieses Leben tot sind, die kein anderes hoffen«. Die paradiessüchtigen Terroristen, Schwerstverbrecher, hatten sie interessiert.

Meinst du nicht, statt Erbsen wären Bohnen dran?, fragte Geraldine. Eigentlich hatten wir von allem genug. Wir sind zusammengezählt fast 200. Aber ich bin noch nicht gelangweilt. Sie wickelte sich enger in die Stola, blickte in den Sturmregen. Und ich möchte Eis zum Nachtisch. Die New Yorker machen auch weiter.

Gnade vor Recht

Gnade vor Recht? Schlag dir das lieber aus dem Kopf. Ottilia Klein, auf dem Küchenboden in der Hocke über die schwarzen hartnäckig pappigen Flecken gebückt, versuchte es jetzt mit einem Klacks *Viss Super A* auf dem feuchten Tuch. Vom vielen Reiben taten ihr die Fingergelenke schon weh. Sie hatte ein bisschen Arthrose, aber eigentlich nur am Daumen und im rechten Knie. Eine Pause durfte sie sich nicht leisten, sie war zwar früh und müde wie immer aufgestanden und der erste wache Mensch im Haushalt, aber bei der Beseitigung der Unfallspuren verlor sie eine Menge Zeit. Viel anstrengender als die Putzerei war die Angst. Ottilia sagte sich – und das wollte sie zu ihrem Schutz auch später vorbringen –, *es gibt viel Schlimmeres*, doch wie wenig das half! So gut wie gar nichts gegen das sichere Gefühl: Ich bin in Not. Das wird nicht glimpflich ausgehen. Diesmal nicht, nicht mehr.

Wie schade um das verlorene Vergnügen an den butterblumenfarbenen Glanzmustern: So gleichmütig, als wäre nichts Grässliches passiert, schickte sie die aufgehende Sonne durch die Rollladenritzen. Ottilia Klein spielte gern frühmorgens mit dem Licht in der Küche, und vorhin, weil die Sonne schon kräftig funkelte, hatte sie den Laden nur einen Spaltbreit hochgelassen – ach, vorhin! Als noch alles gut gewesen war! Und Ottilia im sacht von den lustigen kleinen Vierecken in den Rollladenleisten durchstrahlten Schatten an das Nachmittagslicht gedacht hatte, das sie und ihr Mann in Rom durch ihre Jalousien ins Apartment gelassen hatten, also auch an ihren Mann, eine Befriedigung, es so früh am Tag zu erledigen, das Denken an ihren Mann, ein sauberes Gefühl, wie wenn man seine Verdauung hinter sich gebracht hatte.

Viss Super A war ziemlich enttäuschend. Der schwarze Kreis bleichte kaum aus, in der Fuge zwischen den beiden Fliesen überhaupt nicht. Oder lags am Putzgerät, dem feuchten Tuch? Sie sollte das Übel mit dem *Klitzi-Kritzi* angehen. Nur, *Klitzi-Kritzi* stand unter Kuratel. Warum war das gelbe Schwämmchen mit dem tüchtigen Kratzunterteil aus schwarzem drahtigem Material dann überhaupt im Haus? Ottilia konnte keine Kratzer entdecken, als man sie auf Schäden gestupst hatte, die sie entlang der Schrankwand im Schleiflack und im Chromstahl der Arbeitsplatte angerichtet haben sollte. Angeblich überzog ein feines Netz aus Kratzspuren ihr Reinigungswerk, eine total missglückte Überraschung (ging leider schwer in die Hose, hieß das damals).

Die Zeit arbeitete gegen sie. Und *Viss Super A* auf dem feuchten Tuch nicht für sie. Eine Bürste wäre besser, aber Ottilia wusste, die Bürste war tabu. Immer wenn sie im Bad Waschbecken, Dusche, Wanne und was es sonst noch gab mit *Viss Super A* auf der Bürste schrubbte, gegen grauen Belag, den sie selber eigentlich gar nicht sah, der aber da sein musste, weil die *Kinder* ihn mit vielsagendem Stöhnen beanstandeten, dann protestierte Gisela: Mit der Bürste kommst du überhaupt nicht an die neuralgischen Stellen, zum Beispiel nie und nimmer hinter die Wasserhähne, oh weiß der Himmel, warum du deine Brille nicht aufsetzt … und so weiter. Gisela war ihre Tochter.

Ottilia bemerkte erst jetzt den süßlichen Gestank in der Küche, aber das wunderte sie gar nicht, das kam von der Panik. Sie fuhrwerkte ja mitten in einem Nebel herum. Eine gute Idee, die Taste 3, Höchststufe, vom Abzug über dem Herd zu drücken. Der verschmorte Plastikrand war sofort auf den Bodenfliesen festgeklebt, als Ottilia, was für ein folgenschwerer dummer Fehler, die Thermoskanne dort abgestellt hatte, es fiel ihr einfach nicht mehr ein, wie sie mit dem Elend bei den vorigen Malen zurechtgekommen war. Eindeutige Feststellung: Dieser heutige Unfall war der schwerste. Die Zerstörung am weitesten fortgeschritten. Der Kannensockel mit seinem schweren Innenraum war wie eine nasse düstere Fehlgeburt aus seiner Höhle runtergeflutscht. Zum Glück lautlos in die druntergehaltene Mülltüte, wo er dampfig, aber weich auf eine leere plattgequetschte Milchpackung fiel und kein Unheil mehr anrichtete. Oh wäre Ottilia bloß für die Kanne selber ein ebenso unempfindlicher Platz eingefallen! Ich wusste in meiner Verzweiflung einfach nicht, wohin mit ihr, ihr müsst bitte bedenken, wie verwirrt ich war und in Not: Ottilias aufgeschreckter und doch noch schlaftraniger Kopf formulierte schon das bald fällige Beichtgestammel. Ihr Kinder, ich wusste nicht aus noch ein! Aber allzusehr verteidigen durfte sie sich nicht. *Wer sich selbst erhöht, wird erniedrigt werden.* Vielleicht klappte es andersherum auch. Als ihre eigene Anklägerin müsste sie vor ihre Richter treten. Ich bin ja wohl nicht mehr zu retten, so was von Wiederholungstäterin! Das klänge zu salopp, so als scherzte sie. Gar nicht geeignet. Reue zeigen, Es-tut-mir-ja-so-schrecklich-leid-Jammern! Und wenn sie trotzdem schimpfen? Gegen das Geschimpftwerden war Ottilia Klein von jeher machtlos gewesen. Sie brachte es einfach nicht fertig, sich wie eine arme kleine Maus in der Falle zu ducken. Doch schon ihr Mann hatte sie angebrüllt: Nur kein Selbstmitleid! Aber Ottilia tat sich leid. Sie tat sich ganz unendlich leid, jedes Mal beim Geschimpftwerden. Vielleicht lag es an der Lautstärke. Unter anderm sicher auch. Sie war geräuschempfindlich. Und geschimpft wurde immer mit erhobener Stimme.

Puh, wie besonders übel vom geschmolzenen Plastik die helle Fuge zwischen den drei betroffenen Fliesen zugerichtet war! Alles wäre ja schlimm genug gewesen, die ruinierte Kanne mit dem hübschen, braun und weiß gesprenkelten Muster (*das Perlhuhn* hieß die Kanne bei Ottilia), die vielleicht nie völlig wegzubringenden Schandmalspuren auf den Fliesen (die Kinder hatten speziell bearbeitete und teure, nämlich venezianische, in ihrem erst vor einem halben Jahr bezogenen wunderschönen neuen Haus), alles schlimm genug – aber doch noch viel schlimmer als *schlimm genug:* Es passierte heute zum dritten Mal in ungefähr vier Monaten, dass Ottilia die falsche Herdplatte auf *drei* stellte, nicht die, auf der die große Espressomaschine zum Kaffeekochen bereitstand, sondern die andere, die rechts vorne, eine Schnellkochplatte auch noch (deshalb war der Schmorprozess auch so rasch und so gründlich vernichtend ausgefallen), worauf sie die Thermoskanne, die dritte ihrer Art (das *Perlhuhn* der dritten Generation), zu allem Unglück gegen ausdrückliches Verbot abends deponiert hatte. Schon nach dem ersten Malheur hatte Gisela eindringlich gewarnt: Stell nie mehr *irgendwas* auf die Herdplatten, nichts, aber auch gar nichts mehr, das dort nicht hingehört und in dem nichts *gekocht* werden soll. Und sie hatte es doch getan, und das kam nun ans Tageslicht. Ottilia fand die Küche einfach gemütlicher, wenn das *Perlhuhn* auf dem Herd stand, der Herd sah dann so viel netter aus. Sie hatte es wirklich nicht aus Trotz getan. Abends und frühmorgens (weil sie angeblich so früh aufwachte, aber die Wahrheit war, sie stellte den Wecker, quälte sich gegen schwere Wattebäusche aus Duseligkeit und Wellen wie dicke Saucen, zusammengerührt aus Schlafrückständen, aus dem Bett, alles nur, um knapp zwei Stunden Alleinsein zu genießen), also zum Geschirrabwasch, Aufräumen, gewissermaßen als Beschließerin, und zum Herrichten des Frühstücks, gehörte die Küche Ottilia, und bei ihr hieß sie *mein Reich*, woran sie wider Willen und etwas beschämt immer beim Abendgebet denken musste, wenn die Stelle *DEIN Reich komme* drankam, sah sie die Küche vor sich an guten Tagen und musste Gott beteuern, SEIN Reich werde *ihr* Reich auf die unvorstellbar schönste Weise überrunden, es mit seinem triumphalen

Sieg geradezu nichtig und erbärmlich machen, und Gott glaubte ihr. Zumal da er wusste, wie viel sie an schlechten Tagen von SEINEM Reich hielt: Dort gibts keine Angst mehr, dort weiß man nicht einmal, was Geschimpftwerden ist, dort hat man keine Arthrose und auch nicht mehr das komische Bauchweh von neuerdings … und wenn Ottilia Glück hatte, schlief sie ein, ehe der Gedanke an Gisela ihr einen Schubser gab, durch den sie aus den Einschlafvorboten geschreckt wurde. Schon waren ihr die in Brusthöhe gefalteten Hände runtergesackt, da machte eine erinnerte Geste ihrer Tochter, ein Satz, ein Blick sie hellwach, und sie bekam es wieder mit diesem komischen Ruckeln zu tun, es waren keine Herzbeschwerden, aber Vibrationen, ein kleines Erdbeben in ihr drin, scheußlich.

Gisela war nervös. Sie und ihr Kurt plagten sich mit einem Projekt zur Erkundung der Immunabwehr. Sie rechneten und zählten und guckten in Laborgefäße, und Ottilia hörte von Peptiden und Makrophagen und Molekulartaschen oder so etwas Ähnlichem, und sie galten als vielversprechend, aber nach einem Jahr Harvard University, ermöglicht von einem Stipendium, hatte man sie dort doch ziehen lassen, Ottilia wusste nicht genau, warum, Gisela redete nicht gern drüber und sagte höchstens, *Amerika auf die Dauer, das wäre nichts für mich,* und wirklich war sie krank geworden, nicht gerade schlimm, aber sie fiel für ein paar Wochen aus, und das sagte Kurt.

Die Kinder, die ihre zweiundvierzigjährige Tochter und ihr vierundvierzigjähriger Schwiegersohn für Ottilia blieben, *Kinder*, sie waren wirklich keine bösen Menschen. Ein schwarzer Rand wie gleich nach dem Unfall mit der Kanne war kaum mehr zu sehen, das hieß: die schwarzen Flecken waren als Rand nicht zu erkennen, es waren jetzt einfach Flecken, also auch noch längst nicht gut, aber immerhin besser. Nur die helle Fuge, bei der war überhaupt nichts besser. Nein, böse Menschen hätte man sie mit dem grössten Übelwollen nicht nennen können. (Wen denn schon? Auch Ludwig Klein nicht, ihren aufbrausenden Mann, unberechenbar, das ja, aber böse?) Würden ihr böse Kinder angeboten haben, in ihre Einliegerwohnung umzuziehen? Wo es sich noch nicht einmal um eine richtige Einliegerwohnung handelte, sie war nicht exakt vom allgemeinen Wohnbereich abgetrennt, so dass Ottilia Kleins Einzug auf Zusammenleben hinauslief. Und sie hatte dankbar eingewilligt. Sie war ziemlich dumm dran damals, plötzlich als Witwe. Sie verstand nicht wenig von Musik und gab privat Geigen- und Blockflötenunterricht, aber rein gar nichts verstand sie von allem Praktischen. Um die Arrangements mit dem wirklichen Leben, dem Leben jenseits der Wohnungstür, hatte Ludwig Klein sich gekümmert. Die Welt der notwendigen Abbuchungen, und wie sie sich als Mitglied der Gesellschaft aller Staatsbürger selbständig zu verwalten hatte, war ihr vollkommen fremd. Als Erstes hatten die Kinder ihr beigebracht, wie man einen Scheck ausstellt. Sie nahmen ganz gern mal einen Scheck von Ottilia, ein Hausbau, nach dem Grundstückskauf, riss Löcher in die Kasse, aber am schlimmsten waren die Nebenkosten. Für die Umwandlung des vom Bauprozess verunstalteten Grundstücks in einen Garten, oder etwas, das möglichst schnell ein Garten werden sollte, mussten die Kinder beinah 30 000,– hinblättern – wie gut, der neuen Mitbewohnerin, die schließlich von 6 000 Bodendeckerpflanzen, Kirschlorbeer, Taxus und Buchsbaumhecke und einer Spezialsorte von Eiche, einer immergrünen, profitieren würde, das Ausstellen von Schecks beigebracht zu haben.

Dankbar also war Ottilie vor vier Monaten bei Gisela und Kurt ins Souterrain gezogen (ein bisschen dunkel, aber im Sommer, wenn die Hitzewellen kommen, werden Kurt und ich dich beneiden, *du* wirsts kühl haben im Gegensatz zu uns, und endlich hatte auch der Enkel Beffi, wenn er manchmal am Wochenende zu Besuch kam – er studierte bereits, vielmehr machte er ein Praktikum – einen Namen für sie, die er weder Omi noch Oma noch Großmutter nennen wollte, jetzt hieß sie *Maulwurf*) – dankbar? Zu wie viel Prozent? Zu einem Drittel? Jeder würde denken, *dankbar* sei das treffende Wort. Mütter, oder Väter, als Verwitwete zumal, sie lebten doch so gut wie nie mehr bei ihren Kindern. Ottilias Freundin Melanie Schmieding seufzte jedesmal tief, bevor sie äußerte: Wäre ich auch nur annähernd so gut dran wie du. Denk an unser Alter. Denk dran, wie es für *mich* sein wird, wenn ich eines Tages hilfsbedürftig und abhängig sein werde. Und Ottilia sagte dann zwar immer *oh ja* oder so was, aber sie dachte, weder von Gisela noch von Kurt und auch nicht von Beffi, obwohl der Arzt werden wollte, würde sie sich eines hinfälligen pflegebedürftigen Tages gern betreuen lassen. In ihrer Vorstellung davon packte sie das Grauen und die Sehnsucht nach gleichmütig-freundlichen Gemeindeschwestern mit geschickten Händen, vor denen sie sich nicht genieren müsste. Sie würde nicht gern mit Gisela aufs Clo gehen.

Und doch, es war *nett* von den Kindern, den beiden musste sie einfach dankbar sein. Und es war bequem für Ottilia, im Hinblick auf alles, womit sie, auf sich allein gestellt, Mühe gehabt hätte. Doch wenn sie sich ganz ehrlich prüfte, vermisste sie etwas, was ihr schon in beinah fünfzig Ehejahren gefehlt hatte, bei aller Liebe zu ihrem Mann: die Freiheit. Nur dank der Schüler hatte sie sich in ihrem Eheleben wirklich unabhängig und – ja – in Freiheit gefühlt, wenn die Geigenbögen über die Saiten kratzten und die Blockflöten piepten, beim Musikunterricht. Den gab sie jetzt nicht mehr. Als Wissenschaftler brauchten die Kinder absolute Ruhe, und sie lächelten beim Zitat *Musik ist mit Geräusch verbunden*, und als Gisela mit *Mami, weißt du, wir denken bloß* fortfahren wollte, konnte Ottilia schon abwinken und *Ich habs schon verstanden* sagen. Eigentlich vermisste sie das Stundengeben nicht. Es hatte sich ja wohl auch früher dabei um eine ziemlich verquere, sogar beinah trübselige Form von Freiheit gehandelt.

An der schwarzen Plastikschmiere mittlerweile mit einem Messer schabend, bekam sie die schwarzen Flecken auf den Fliesen allmählich zum Verschwinden. Doch in der Fuge haftete die Verhunzung und hielt allem Kratzen stand, fast sah es schlimmer aus als vorher, Ottilia hatte den Fleck zum Streifen gemacht, er war nicht mehr so schwarz, aber länger gezogen und düster grau. Während ihr vom Bücken und Schuften schwindlig und etwas schlecht war, dachte sie: Wenn ich allein lebte, wäre das hier gar keine Tragödie. Es wäre nichts weiter als ärgerlich.

Erstaunlich, wie wenig der Abzug überm Herd gegen den süßlichen giftigen Gestank half, die Küche war auch immer noch qualmig. Ottilia öffnete das Fenster weit, aber bei halb geschlossenem Rollladen kam nicht genug Luft in den Raum. Etwas höher mit dem Laden. Alles leise. Ottilia wünschte, man würde ihr nicht von jetzt an verbieten, das Frühstück zu richten. So fürchterlich das frühe Aufstehen auch war, das wars wert. Ein hoher Preis für ihre gegenwärtige Sorte Freiheit, und die hatte sie sich jetzt womöglich vermasselt. Zum zweiten Mal in meinem Leben, dachte sie mit einem bedrohlichen und doch auch befreienden Gefühl von Ehrlichkeit und Gemeinheit, was auf eins hinauslief, und sie schloss schnell ein *Tut mir leid, mein armer lieber Ludwig* an.

Als vor etwa vier Monaten die erste Thermoskanne, die Perlhuhn-Stammesmutter, auf der heißen Herdplatte draufging, flog Ottilias Trick, durch den die Peinlichkeit verheimlicht werden sollte, umso peinlicher auf. Es gab im Haushalt zwei Thermoskannen, und welche von beiden benutzt wurde, fiel den mit Wichtigerem beschäftigten Kindern nicht auf. Ottilia hingegen brauchte von jeher Systeme, im Grunde *spielte* sie, wenn sie sich mit Hausarbeiten beschäftigte, und ihr lag viel daran, morgens das Perlhuhn und für den Nachmittagskaffee die schwarze Kanne mit dem runden Bauch einzusetzen. Vor allem also ihr selber würde das Perlhuhn fehlen, abgesehen davon käme irgendwann heraus, dass es nicht mehr da war, manchmal kamen Leute, und beide Kannen wurden gebraucht. Deshalb besorge Ottilia auf einem Stadtgang Ersatz (zum Glück waren Perlhühner in einer Massenhaltung im Kaufhaus noch vorrätig). Das tote Perlhuhn hatte sie in Zeitungen gewickelt tief unten in den Mülleimer gestopft: Dinge wie diese konnte Ottilia gut unbemerkt erledigen. Was Ottilia, glücklich mit Perlhuhn Nr. 2, in ihrer Erleichterung allerdings vergaß, das war Giselas praktischer Einfall, eine Stelle auf der Verschlusskappe zum Zeichen, dass man sie bis hierhin drehen musste, wenn man Kaffee eingießen wollte, mit einem Aufkleber zu markieren. Und als der vermisst wurde, kam Ottilias Delikt ans Tageslicht.

Versuchs über den Gnadenweg, beschloss Ottilia mit genauso geringer Hoffnung aufs Gelingen wie beim ersten Mal. Das Schlimme ist nicht die kaputte Kanne, das Schlimme ist, dass ich überhaupt Angst haben muss. Sie wollte nachsehen, die Kinder hatten so ein Buch mit Aussprüchen, von wem das stammte: Gnade vor Recht. Sie schob einen Ausruf Giselas in eine abgelegene Gehirnkammer: Du bringst uns alle in Lebensgefahr! Das Haus könnte eines Tages abbrennen! Aber der Ausruf verschwand dort nicht, denn plötzlich standen die aufgewachten Kinder in der Küche. Sie hatten noch die Bademäntel über den Schlafanzügen an und schnupperten die süßliche Giftluft, und sie sahen merkwürdig unintelligent aus.

Das gibts doch nicht, schon wieder!, rief Gisela.

Ich war einfach noch nicht richtig wach, brachte Ottilia vor.

Warum stand die Kanne wieder auf dem Herd? Ich habs dir doch eingeschärft, nichts kommt auf eine der Platten, nichts, worin nichts heiß gemacht werden soll.

Zum Glück schauten sie bis jetzt noch nicht auf den Fliesenboden. Die Fliesen waren so weit ganz in Ordnung, wenn man nichts wusste, würde man nichts merken, aber die betroffene Fuge sah übel aus.

Kurt blickte nur finster aus seinem vom Schlaf noch dicken Gesicht.

Mitten in Ottilias Reuebezeugungen, vermischt mit ein paar kläglichen Verteidigungen, auf die sie wirklich nicht verzichten konnte, zogen sich die Kinder zurück. Den ganzen Tag über würde das feindschaftlich-pädagogische Familienschweigen das schöne neue Haus wattieren, Ottilia kannte das. Sie hatte ein bisschen Post zu erledigen, zum Glück. Vor ein paar Tagen war ihr Geburtstag gefeiert worden, und zwei Freundinnen von früher, die sie kaum je noch sah, musste sie noch für Karten danken. Ihrer besten Freundin eigentlich nicht, aber der zu schreiben lag ihr heute am meisten am Herzen.

»Meine Liebe, es muss aus den Korintherbriefen sein, und ich schau mir die Stelle, die ich irgendwann abgeschrieben habe, sehr oft an: ›… wir sind traurig, aber wir verzagen nicht. Wir sind unterdrückt, aber wir kommen nicht um …‹« Ottilia musste abbrechen.

Täuschte sie sich, oder stand jemand hinter ihr? Nein, sie täuschte sich nicht, und nun fächelte auch ein wärmlicher Atem über ihre Schläfe: Gisela stand hinter ihr und beugte sich über Ottilias Schulter. Unwillkürlich schob Ottilia ihren rechten Arm schräg über den Briefbogen. Sie fand, sie benehme sich wie ein Kind, aber wurde sie nicht auch so behandelt? Das *ging* doch einfach nicht, dass Gisela sich in ihr Zimmer schlich und, um das Maß voll zu machen, auch noch ausspionierte, was sie tat, wem sie schrieb und was sie schrieb. Ich beantworte meine Geburtstagspost, sagte Ottilia unaufgefordert und musste sich räuspern, weil sie so lange nicht mehr gesprochen hatte.

Seit wann schreibst du fromme Briefe?, fragte Gisela. *Wir sind traurig, wir sind unterdrückt ...* tz tz. Mami, was ist los mit dir?

Wir sind heute nicht gerade fröhlich, oder?, fragte Ottilia zurück. Sie schob den Stuhl ein Stück von ihrem kleinen Sekretär weg, sie saß jetzt schief und blickte zu ihrer Tochter auf.

Und du weißt, warum, Mami. Gisela drückte mit einem Kopfschütteln und einem fatalistischen Gesichtsausdruck Missbilligung und Betrübnis über die Unbelehrbarkeit ihrer Mutter aus. Die fühlte sich in dieser Begutachtung erneut wie das Kind, dessen Erzieherin in den Jahresbericht *Problemfall* schreiben würde. Eigentlich komme ich mit Kurt besser zurecht, dachte sie wieder einmal. Sie dachte es nicht gern. Aber vielleicht hielt Kurt nur seine Zunge im Zaum. Und Gisela kam ihm zuvor, um seine im Vergleich mit ihren vielleicht schwereren Angriffe abzuwimmeln. Sie nahm sein Schimpfen vorweg, war es das? Ottilia erinnerte sich. Dann hätte sie das nämlich von keinem anderen Menschen als von ihr selber. Ludwig war ein strenger Vater gewesen, und immer, wenn die kleine Gisela dem, was er von ihr erwartete, nicht entsprochen hatte – sie war nie ein unartiges Kind gewesen, nur eben *ein Kind* –, war Ottilia flink in seine Rolle geschlüpft, hatte das Maßregeln übernommen, beinah widerwillig, aber es musste sein, damit Ludwig nicht grob und ekelhaft würde.

Gisela war längst aus dem Zimmer, denn sie war nur gekommen, um ihre Mutter zu bitten, auf die Türklingel zu achten. Sie und Kurt begännen jetzt ein Experiment und dürften nicht gestört werden.

Seit Tagen schon erwarteten sie den Klempner, für den es einiges nachzusehen und zu reparieren gab, in zwei Toiletten funktionierten die Spartasten der Wasserspülung nicht richtig, ein Wasserhahn ließ sich nicht schwenken.

Und wirklich, heute klingelte der Klempner. Wenn Handwerker ins Haus kamen, waltete Ottilia ihres Amtes und hielt sich, so wünschten es die Kinder, immer im Umkreis ihrer Arbeitsstelle auf. Die Leute machen einen netten Eindruck, die meisten von ihnen, und doch, man kann nie wissen, und unnötig in Versuchung führen sollte man sie auch nicht, fanden Kurt und Gisela.

Als der Klempner, ein freundlicher, vergnügter jüngerer Mann, in der Küche den Siphon prüfte, überlegte Ottilia, womit sie sich ein bisschen zu schaffen machen könnte. Der Klempner sollte den Eindruck gewinnen, sie hätte hier wirklich was zu tun. Ihre Anwesenheit als Beaufsichtigung müsste ihn kränken. Wie nach einer langen Reise kam es ihr vor, als sei sie ewig nicht bei ihm gewesen, als sie ihren Schandfleck vom frühen Morgen dort in der Fliesenfuge wiedersah. Diesmal riskierte sie es und nahm wirklich *Klitzi-Kritzi*, den kleinen Drahtschwamm; der Klacks *Viss Super A* auf der roten Fliese erinnerte an Rahm, der noch eine Zeitlang geschlagen werden müsste, bis er steif wäre, und Ottilia kniete vor dem Tatort, fing zu rubbeln an. Es lag wohl am Klempnerburschen und dem bisschen Geplauder mit ihm, dass sie sich diesmal überhaupt nicht mehr in Not und Panik fühlte.

Fast vergnügt sagte sie: Sehen Sie nur, was ich angerichtet habe. Und sie schilderte ihm den Vorgang.

Pech, sagte der Klempner, aber so was kommt vor.

Ich sollte das Kratzding nicht benutzen, ich glaube, es ruiniert irgendeine Sonderbehandlung, die dieser Boden gehabt hat, sagte Ottilia. Die Alternative ist: Entweder bleibt diese Fuge dreckig, oder ich ruiniere sie.

Der Klempner warf einen Blick auf die fragliche Stelle. Wenns weiter nichts ist. Ist doch halb so schlimm. Er lachte.

Aber meine Kinder sind so stolz auf ihr neues Haus. Auf alles hier drin. Ottilia hörte, dass sie in einen jämmerlichen Ton gefallen war.

Nur nicht aufregen, sagte der junge Mann. Er lachte wieder. Sie sollten sich mit dem kleinen Schönheitsfehler nicht abrackern. Lassen Sie mich mal ran, wenn ich nachher mit dem Gully fertig bin. Nur weil es Sie so aufregt.

Seien Sie bloß nicht nett zu mir! Ottilia war aufgestanden.

Was ist denn los mit Ihnen?, fragte der Klempner. Zum Glück war sein Oberkörper unter die Spüle gekrümmt, sein Gesicht abgewandt, so konnte er nicht sehen, dass Ottilia weinte. Sie war ganz hin vor Erstaunen und auf eine vollkommen glückliche Weise unglücklich: Sie konnte ja weinen! Sie hatte doch gar nicht gewusst, wie das ging. Ich halts nicht aus, wenn Sie nett zu mir sind, sagte sie. Es war ihr jetzt ganz egal, was der nette Bursche von ihr hielt, ganz egal, wahrscheinlich dachte er: Die spinnt aber ganz gehörig. Es tat trotzdem schrecklich gut, mit ihm zusammenzusein, was immer er dachte, von ihr und von ihren dummen, großartigen Tränen.

Inhalt